Milan Kundera

米兰·昆德拉

余中先——译

Les testaments trahis

被背叛的遗嘱

ŒUVRES
DE
MILAN
KUNDERA

上海译文出版社

图书在版编目(CIP)数据
被背叛的遗嘱/昆德拉(Kundera, M.)著;余中先译.
—上海:上海译文出版社,2015.6(2023.9重印)
(米兰·昆德拉作品全新系列)
ISBN 978-7-5327-6645-1

Ⅰ.①被… Ⅱ.①昆… ②余…
Ⅲ.①小说评论-世界-现代 Ⅳ.①I106.4

中国版本图书馆 CIP 数据核字(2014)第 109402 号

Milan Kundera
Les testaments trahis

图字:09-2002-363 号

被背叛的遗嘱
Les testaments trahis

MILAN KUNDERA
米兰·昆德拉 著
余中先 译

出版统筹 赵武平
责任编辑 缪伶超
装帧设计 杨林青

上海译文出版社有限公司出版、发行
网址:www.yiwen.com.cn
201101 上海市闵行区号景路159弄B座
杭州宏雅印刷有限公司印刷

开本 890×1240 1/32 印张 9.75 插页 5 字数 146,000
2015 年 6 月第 1 版 2023 年 9 月第 5 次印刷

ISBN 978-7-5327-6645-1/I·4003
定价:79.00 元

目 录

第一部分

巴奴日不再引人发笑之日

幽默的发明

怀孕的高朗古杰夫人吃多了牛肠竟然脱了肛，下人们不得不给她灌收敛药，结果却害得她胎盘膜被撑破，胎儿高康大滑入静脉，又顺着脉管往上走，从他母亲的耳朵里生出来。从第一个句子开始，这本书就摊了牌：作者在此讲述的事是当不得真的，也就是说，作者并不能肯定真实（科学的或神话的）与否，他并不想按照事情在现实生活中的样子来描述它们。

幸运的拉伯雷[①]时代：小说之幼蝶飞了起来，身上还带着蛹壳的残片。庞大固埃以其巨人的外表仍然属于过去的神怪故事，而巴奴日则已经悄然到达了小说的尚且陌生的未来。一门新艺术诞生的特殊时刻，赋予了拉伯雷的这部书一种无与伦比的丰赡性；一切全都在此：真实性与非真实性、寓意、讽刺、巨人与常人、趣闻、沉思、真实的与异想天开的游历、博学的哲理论争、纯粹词语技巧的离题话。今天的小说家——十九世纪的继承者——

① François Rabelais（1494—1553），法国讽刺作家。

对第一批小说家所处的这一如此古怪的世界，对他们拥有的欢乐的生活自由抱有一种羡慕不已的怀恋。

如同拉伯雷在他作品的开头几页让高康大从母亲的耳朵里诞生，呱呱坠于尘世之地一样，在《撒旦诗篇》中，萨尔曼·拉什迪[①]的两个主人公在飞机于空中爆炸之后一边坠落一边还聊天、唱歌，以一种喜剧的、令人难以置信的方式行事。而此时，“在他们头上、身后、脚下，在真空中”，飘荡着活动的靠背椅、硬纸杯、氧气面具和旅客，两人中，一个名叫吉布里尔·法里什塔的，“在空气中游泳，游蝶泳，游蛙泳，蜷成一团后，向几乎是黎明时刻的几乎无边无际的空中伸出胳膊与腿”，另一位名叫撒拉丁·查姆察的，像是“一个怪诞的幽灵，[……]脑袋冲地直落下来，灰色制服上所有的纽扣全都扣得整整齐齐，双臂紧贴着身子[……]头上戴一顶圆顶帽”。小说是由这样的一幕开始的，因为拉什迪也像拉伯雷一样懂得，小说家与读者间的契约应该从一开始就建立；这一点必须清楚：他在这里讲述的事是当不得真的，尽管事情恐怖得不能再恐怖了。

当不得真与恐怖的联姻。这里是《巨人传》第四部中的一幕：庞大固埃的小船在大海中遇到了一艘羊贩子的商船，一个羊贩子看到巴奴日的裤子没有前开裆，眼镜又拴在帽子上，便把他当作王八，以为自己有资格捉弄他一下。巴奴日当即以牙还牙，向他买了一只羊，旋即把羊扔到海里，羊的生性就是跟着领头的跑，所有其他的羊就争先恐后地跟在第一只后面往海里跳。卖羊的一个个急红了眼，揪着羊毛羊角死不放手，也就跟着扑通扑通掉入水中。巴奴日手绰一根篙，可那不是为了搭救他们，而是不让他们爬上船来；他振振有词地劝勉他们，苦口婆心地给他们指明今世的悲惨与痛苦，以及来世的幸福与好处，同时肯定道，亡故的魂灵要比活在世上的人幸福得多。万一他们不乐意死去还想活在世人之中，他也希望他们能幸运地碰上一条鲸鱼，就像约拿遭遇的那样[2]。等到群羊与卖羊人全都淹死后，约翰修士向巴奴日表示祝贺，只不过捎带指责了他不该付钱给羊贩子，不该就这样糟蹋了金钱。巴奴日答道："不提钱了，天主在上，我这个玩笑可不止值五万法郎！"

这一幕是不现实的、不可能的，但它至少还有一个道德含义吧？拉伯雷揭露了商贩们的吝啬？我们应该为他们的罪有应得而幸灾乐祸？或许他是想激起我们对巴奴日残酷行为的愤慨？或许他是以反教会精神嘲笑巴奴日宣扬的愚蠢的宗教的陈词滥调？你们都来猜一猜吧！每一个答案都将是一架捕捉傻鸟的夹子。

奥克塔维奥·帕斯[3]说："荷马也好，维吉尔也好，都不知道幽默，阿里奥斯托[4]似乎预感到了它，然而，幽默只是到了塞万提斯

① Salman Rushdie（1947—），印度裔英国作家。

② 约拿遭遇鲸鱼的故事见《旧约·约拿书》第二章。

③ Octavio Paz（1914—1998），墨西哥诗人。

④ Ludovico Ariosto（1474—1533），意大利诗人。

笔下才形成个样子［……］幽默是现代精神的伟大发明。”他的基本的思想很清楚：幽默并不是人类的一项远古实践，它是与小说的诞生相联系的一项发明。因而幽默不是发笑，不是嘲笑，不是讽刺，而是一种特殊的喜剧形式，帕斯说得好（那是理解幽默的基本点的一把钥匙）：它“使得它所触及的一切都变得模棱两可”。谁若是不能从巴奴日让贩羊商人淹死海上、并向他们大肆宣扬来世之福的故事中找到快乐，谁就永远也不能懂得小说的艺术。

道德审判被悬置的疆域

假如有人问，什么是在我的读者与我之间产生误会的最常见原因，我会毫不犹豫地回答：幽默。那是我来到法国之后不久，我对一切都很腻烦。当一个著名的医学教授表示希望见到我，因为他喜欢我的《告别圆舞曲》时，我真是受宠若惊。他认为我的小说有预言性：斯克雷塔大夫这个人物在一个温泉城市治疗不孕妇女，他借助于某种特殊的注射器，悄悄地为女病人授入他自己的精液，在这一作品中，我涉及了未来的一大问题。教授邀请我参加一个关于人工授精的学术讨论会，他从衣兜里掏出一张纸，给我念他论文报告的草稿。提供精液应该是匿名的、无偿的，而且

（这时他瞪了我一眼）是出于三重的爱：对一个渴望完成其使命的陌生卵子的爱，对提供精液者自己因供精行为而得到延续的本体的爱，最后还有对痛苦的、未获生理满足的夫妇的爱。随后，他又瞪了我一眼：尽管他对我抱有敬意，他仍然要批评我：我没能以足够有力的方式，表达清楚提供精液行为的道德之美。我于是为自己辩护：小说是喜剧！我笔下的大夫是一个异想天开的人！不应该把一切都那么当真！他不信任地反问：那么，我们不应该把您的小说当真喽？我被问得糊里糊涂，突然，我一下子明白了：再没有比让人懂得幽默更困难的事了。

在《巨人传》第四部中，有一场海上风暴。所有人都跑上甲板拼命抢救船只，只有巴奴日被吓昏了头，躺在那里呻吟不已。他的哀诉连篇累牍。一旦风雨过后，勇气又复归他身上，他便嫌他们懒惰，把他们一个个骂得狗血喷头。下面这一点最为奇怪：这个懦夫，这个无赖，这个撒谎的家伙，这个哗众取宠的人，不仅没能激起我们的义愤，反而在这大吹大擂的一刻里最能赢得我们的喜爱。正是在这些段落中，拉伯雷的书真正地、彻底地变成了小说。要明白：这是道德审判被悬置的疆域。

悬置道德审判并非小说的不道德，而是它的道德。这道德与那种从一开始就审判、没完没了地审判、对所有人全都审判、不分青红皂白地先审判了再说的难以根除的人类实践是泾渭分明的。如此热衷于审判的随意应用，从小说智慧的角度来看是最可憎的愚蠢，是流毒最广的毛病。这并不是说，小说家绝对地否认道德审判的合法性，他只是把它推到小说之外的疆域。在那里，只要你们愿意，你们尽可以痛痛快快地指责巴奴日的懦弱，指责爱玛·包法利，指责拉斯蒂涅克，那是你们的事；小说家对此无能为力。

创造一个道德审判被悬置的想象领域，是一项巨大的伟绩：唯有那里，小说人物才能茁壮成长，要知道，一个个人物个性的构思孕育并不是按照某种作为善或恶的样板，或者作为客观规律的代表的先已存在的真理，而是按照他们自己的道德体系、他们自己的规律法则，建立在他们自己的道德体系、他们自己的规律法则之上的一个个自治的个体。西方社会习惯于自我标榜为人权的社会，但是，在一个人能有权利之前，他首先应该构成为个体，应该把自己当成这样或那样的一个人，应该被别人当成这样或那样的一个人；而要是没有欧洲艺术，尤其是小说的长期实践——它教会读者去对另一个个人产生好奇心，去试图弄明白与自己的真实所不同的别的真实——这一点便是不可能完成的。在这个意义上，齐奥朗①有理由把欧洲社会称为“小说社会”，而把欧洲人叫做“小说之子”。

亵渎圣物

世界的非神化(Entgötterung)是现代社会的一大特殊现象。非神化并不意味着无神论，它指的是这样一种情景：个人，有思想的自我，代替了作为万物之本的上帝；人可以继续保持他的信仰，去教堂跪拜，在床前祷告，然而他的虔诚从此将只属于他的主观世界。在描述了这一情景之后，海德格尔[2]总结道："诸神就这样终于离去。留下的空白被神话的历史学与心理学的探究所填补。"

从历史学和心理学上探究神话和探究圣书是说：把它们变得世俗，亵渎它们。世俗这一词来自拉丁文profanum：原意为神庙前的地方，神庙之外。所谓亵渎就是将圣物搬出神庙，搬到宗教之外的范围。如果说，笑在小说空间中看不见地弥散着，那么小说的渎神就早已一发不可收拾。因为宗教与幽默是不能兼容的。

托马斯·曼[3]写于一九二六至一九四二年间的四部曲《约瑟和他的兄弟们》，是一部对《圣经》的"历史学与心理学的探究"的

① Emile Cioran(1911—1995)，罗马尼亚裔法国作家、评论家。

② Martin Heidegger(1889—1976)，德国哲学家。

③ Thomas Mann(1875—1955)，德国小说家。

优秀之作。在托马斯·曼的笔下，《圣经》故事以一种令人发笑并莫名其妙地令人腻烦的调子讲述出来，也就是说，它再也不是一本圣书了。在《圣经》中亘古以来就存在的上帝，到托马斯·曼的笔下，成了人类的造物，成了亚伯拉罕的创造，亚伯拉罕让他从多神教的混沌中走出来，先是像一个高等的神祇，然后成为唯一的神。上帝知道应该将自己的存在归功于谁，他喊道："真是不可思议，这个可怜的人居然认识我。我还没开始因他而出名吗？事实上，我要去给他敷圣油了。"特别要注意：托马斯·曼强调说他的小说是一部幽默作品。《圣经》令人发笑！就拿波提乏[①]之妻与约瑟的故事来说吧，那女人欲火中烧，花言巧语地拿淫语百般挑逗他，说话时像一个小孩子那样，从牙缝里嘶嘶地漏气发不准音：跟我岁（睡）觉，跟我岁（睡）觉，而约瑟在整整三年中一直守身如玉，日复一日地向那嘶嘶作响的女主人耐心解释，他们之间是严禁做爱的。事发之日，只有他们两人在家，她又一次哀求，跟我岁（睡）觉，跟我岁（睡）觉，而他则再一次耐心地、学究味十足地解释禁止他俩做爱的理由，就在他解释的那当儿，他的性欲勃发起来，我的天哪，他勃起得那么有力，波提乏之妻一见，便疯了似的揪住约瑟的衬衣，当勃兴不已的约瑟撒腿逃跑时，她顿时失却常态，绝望地嚎叫起来，大喊救命，说约瑟要强奸她。

托马斯·曼的小说赢得了一致的推崇。这说明渎神不再被认为是一种冒犯，而是从此进入社会习惯之列。在现代社会中，不信神不再是可疑而具有煽动性的事情，而宗教信仰也丧失了往日的传道意义上或排斥异己式的确信。斯大林主义对宗教的打击在这一进程中扮演了一个决定性的角色：它试图抹去一切基督教的回忆，却粗暴地迫使人们意识到，不管我们信神还是不信神，不管我们是亵渎神圣者还是虔诚的教徒，我们都扎根于昔日同一种基督教传统的文化，如若没有这一传统，我们就将只是没有实体的影子，没有词语的推理者，精神上的无国籍者。

我从小受无神论的教育，而且一直津津乐道于此，直到有一天，我目睹基督徒受到侮辱，情况顿时起了变化。一下子，我青少年时代诙谐的无神论如同一切年轻人的幼稚行为一样，飞逝得无处可寻。我理解我信教的朋友们，我的心中充满激情和团结精神。有时我还陪同他们去教堂望弥撒。尽管如此，我仍然无法相信存在着一个掌握我们所有人命运的活生生的上帝。无论如何，我又能知道什么？而他们，他们又能知道什么？他们确信自己确信吗？我身子坐在教堂里，心中却怀着一种奇怪而幸福的感觉：我的不信神与他们的信神竟是那么令人惊奇地相近。

---

① Potiphar，《圣经》人物，约瑟的埃及主人。《创世记》第三十九章记述：波提乏之妻欲诱惑约瑟，约瑟不从而逃，遗下衣服，波提乏之妻反告约瑟，约瑟遂被波提乏打入牢狱。

往昔之井

什么是个体？个体的同一性寓于何处？对这些问题，所有的小说都在寻求一种答案。一个自我究竟靠什么来确定？靠一个人物的所作所为？靠他的动作？但是动作的做出常常不受主体的控制，而且几乎总是反过来损及主体。那么是靠他的内心生活，靠他掩盖着的思想和感情？然而一个人是否真的能理解自己？他被掩盖的思想可以用作弄清他的同一性的钥匙吗？或者，人是靠他的世界观，靠他的思想，靠他的Weltanschauung[①]确定自身的吗？这是陀思妥耶夫斯基的美学：他的人物均深深扎根于非常具有特色的个人思想意识中，依照这意识，他们以一种不可动摇的逻辑推理行事。相反，在托尔斯泰那里，个人的思想意识远远不是个体同一性得以在其上建立基础的稳固之物。“司契潘·阿卡谛耶维奇既不选择自己的举止行为，也不选择自己的观点看法，举止行为与观点看法自动地来到他面前，就像他既不选择帽子的式样也不选择礼服的式样，别人穿戴什么他也穿戴什么。”(《安娜·卡列尼娜》)假如个人的思想不是个体同一性的基础（假如它并不比一顶帽子具有更重要的意义）的话，那么这一基础又在什么地方呢？

在这一无休无止的寻求中，托马斯·曼做出了他很重要的贡献：我们以为在想，我们以为在做，而实际上只是另一个或另一些东西在替我们想与做：远古的习惯，变成了神话的原型，经过一代又一代的延续，获得一种巨大的引诱力，从“往昔之井”(如托马斯·曼所言)遥控着我们。

托马斯·曼说:“人的‘自我’是否紧紧地局限并密封地关闭在他短暂的肉体活动之中呢？构成它的许多因素并不属于他之外、他之前的世界吗？[……]在过去，普遍意志与个体意志的区别并不像在今天那样强有力地折磨灵魂……”他还说:“我们将面对一种我们称之为模仿或继承的现象，亦即一种生活概念，它认为每个人的使命就在于让某些已有的形式、某些由前辈人建立的神话模式复活，并使他们得以再生。”

雅各与其孪生兄弟以扫的冲突，只是亚伯与其兄该隐之间，乃至任何一个神的恩宠者与另一个被忽视的嫉妒者之间的古老敌对的翻版。这种冲突，这一“由前辈建立的神话模式”在雅各之子约瑟(他本人也属于受恩的种族)的命运中找到了它新的变形。正是因为被受宠者有罪的古老感情驱使，雅各才派他去和他嫉妒成性的兄弟们讲和(结果是令人沮丧的：兄弟们把他扔在一口井中)。

即使是痛苦这样一种表面看来不可遏制的反应，也只是“模

① 德语，世界观。

仿与继承”：当小说描写了雅各惊闻约瑟的噩耗时的动作和话语后，托马斯·曼阐释道：“这根本不是他平日里说话的方式。[……]挪亚谈到大洪水时曾经操着同一种或一种相近的语调，雅各把它据为己有。[……]他的绝望多多少少套用了某种表达形式，[……]然而在这里，人们又绝不能够怀疑他的自发性。”注意这重要的一点：模仿并不是说就没有真实性，因为一个个人不可能不模仿已经有了的东西；不论他多么真诚，它只是一种再生；不论它多么真实，它只是往昔之井的启发与命令的结果。

小说中不同历史时间的共存

我想到我刚开始写《玩笑》的日子，动笔伊始，我便自然而然地明白到：小说将通过雅洛斯拉夫这个人物把目光投入过去的深层（大众艺术之过去），我的人物的“自我”将存在于这目光中，并由这目光显示出来。四个主角是这样创造的：四个个人共产主义世界，插在四个过去的欧洲时代：路德维克：从伏尔泰式的辛辣精神中生长出来的共产主义；雅洛斯拉夫：渴望重建保留在民间文化中古朴的过去时间的共产主义；考茨卡：嫁接在《福音书》上的空想共产主义；埃莱娜：作为一个homo sentimentalis[①]的热情源泉的共产主义。所有这些个人世界都处于它们解体的那一刻：共产主义的四种瓦解形式。这也就是说，四种古老的欧洲式冒险的崩溃。

在《玩笑》中，过去只是作为人物心理的一个侧面或者在随笔式的离题中表现出来。后来，我又想把它直接搬到情节中。在《生活在别处》中，我把一个当代年轻诗人的生活摆放在欧洲诗歌的整个历史的画面之前，好让他的脚步与兰波、济慈、莱蒙托夫等的脚步混在一起。在《不朽》中，我甚至走得更远，我让不同的历史时间互相对质。

作为年轻的布拉格作家，我曾经十分憎恶“同代人”这一词，它以它随大流的臭味让我恶心。我头一次感到与他人联系在一起，那是多年之后在法国读卡洛斯·富恩特斯[②]的作品《我们的土地》时。一个生活在另一大陆、与我的经历及文化背景大相径庭的人怎么可能跟我一样受着同一种美学观点的缠绕？他怎么也想在一部小说中把不同的历史时间共置一起？一直到那时，我竟天真地以为这种艺术手法只属于我一个人呢！

不去往昔之井上俯身看一看，就不可能弄明白我们的土地（terra nostra），在墨西哥的我们的土地（terra nostra）究竟是什么。

① 拉丁文，有感情的人。

② Carlos Fuentes（1928—2012），墨西哥作家。

不要以历史学家的方式从中阅读按编年发展的历史事件，而要问一问：对一个人来说，什么是墨西哥土地的精华？富恩特斯在梦幻小说的形式下抓住了这一精华，在小说中，许多历史时代相互渗透，形成某种诗歌与梦的元历史。由此他创造出某些难以描绘的东西，总之，文学史上从未见过的东西。

同样落到往昔的深层中的目光，我还可以在《撒旦诗篇》中找到：一个欧化了的印度人的复杂的身份；这片不属于我们的土地（terra non nostra）；这些不属于我们的土地（terrae non nostrae）；失去的土地（terrae perditae）；为了抓住这个撕得四分五裂的人的真实身份，小说在地球上的许多地方对他进行观察：在伦敦，在孟买，在巴基斯坦的一个村庄，然后在七世纪的亚洲。

这种共同的美学意图（把许多个历史时代集中在一部小说中）可不可以由相互的影响来解释呢？不能！由共同受的影响来解释呢？我看不出来。或者，我们呼吸了相同的历史空气？小说的历史是不是以它自身的逻辑让我们肩负了同一使命？

作为对历史的反动的小说史

历史。我们还能倚仗这一陈年往日的权势吗？我所说的只是一种纯个人的私下承认，作为小说家，我总是感到身处历史进程之中途，既与先我而行的前人对话，又和（这可能更少）继我而至的来者对话。我当然是在说小说的历史，而非别的什么历史，而且我看它是什么样，我就怎么样说它。它与黑格尔的超人类理性没有共同之处，它既非事先决定，又非进步的同义词；它整个儿地属于人类，由人，由某些人写出，它可以与一个独立的艺术家的变化过程相比，一会儿以平庸的方式行事，一会儿又怪得出奇，一会儿才华横溢，一会儿又江郎才尽，常常错过机会。

我正在申报进入小说史，然而我的所有小说都流露出对历史，对这敌对的、非人的力量的憎恶，它这个从外部而来的不受欢迎的不速之客侵入并摧毁我们的生活。但在这两重行为中没有什么不合条理的，因为人类的历史与小说的历史是完全不同的两码事。假如说前者不属于人，假如说它像一股陌生的外力那样强加于人的话，那么，小说（绘画、音乐也同样）的历史则诞生于人的自由，诞生于人的彻底个性化的创造，诞生于人的选择。一门艺术的历史的意义与简单历史的意义是相反的。一门艺术的历史以其个性特点而成为人对人类历史之非个性的反动。

小说史的个性特点？为了能在数世纪的发展中形成一种独立性，这一历史难道不应该由一种永恒的因而必然也是超个性的常识来统一吗？不！我认为，甚至这常识也会永远保留其个性的、个人的特点，因为，在历史的进程中，这种或那种艺术的概念

（小说是什么？）以及它的发展方向（它从何而来？又向何处去？）总是不停地由每一个艺术家、由每一部新作品来定义和再定义的。小说史的意义就在于探索这一方向，探索它永恒的、总是在追溯既往地合并小说之过去的创造和再创造：拉伯雷肯定从来没有把他的《巨人传》称为小说。它曾经不是一部小说，随着后世的小说家（斯特恩[①]、狄德罗、巴尔扎克、福楼拜、万楚拉[②]、贡布罗维奇[③]、拉什迪、基什[④]、夏姆瓦佐[⑤]）不断从中得到启发，不断借用其名声，它才成为小说。它就这样插入小说的历史中，然后又被承认为这一历史的奠基石。

因此，"历史的终结"这一词从来没有激起我的忧虑和不快。"那将我们短暂生命汁液吸空并吐到它无用的工程中的东西，把它给忘了该有多么美妙！那历史，把它给忘了该有多么美好！"（《生活在别处》）假如它应该结束（尽管我不知如何具体地想象这一哲学家们喜爱谈论的结束），那就让它赶快结束吧！但是这同一个词"历史的终结"用在艺术上就让我揪心。这个终结，我真是太容易想象了，因为，今天绝大部分的小说生产都是在小说史之外的作品：小说化的忏悔、小说化的报道、小说化的清算、小说化的自传、小说化的揭阴私、小说化的曝内幕、小说化的政治课、小说化的丈夫临终、小说化的父亲临终、小说化的母亲临终、小说化的破贞操、小说化的分娩，没完没了的各类小说，一直到时间的尽头，它们讲不出什么新东西，没有任何美学抱负，没有为小说形式和我们对人的理解带来任何的改变，它们彼此相像，完全是那种早上拿来可一读、晚上拿去可一扔的货色。

依我看来，伟大的作品只能诞生于它们所属艺术的历史中，同时参与这个历史。只有在历史中，人们才能抓住什么是新的，什么是重复的，什么是发明，什么是模仿。换言之，只有在历史中，一部作品才能作为人们得以甄别并珍重的价值而存在。对于艺术来说，我认为没有什么比坠落在它的历史之外更可怕的了，因为它必定是坠落在再也发现不了美学价值的混沌之中。

即兴发挥与写作

叫我们迷惑不已的拉伯雷、塞万提斯、狄德罗、斯特恩等人的自由把握与即兴发挥是联系在一起的。只是到了十九世纪前期，

① Laurence Sterne（1713 — 1768），英国作家。

② Vladislav Vančura（1891 — 1942），捷克作家。

③ Witold Gombrowicz（1904 — 1969），波兰作家。

④ Danilo Kiš（1935 — 1989），塞尔维亚作家。

⑤ Patrick Chamoiseau（1953 — ），用法语写作的法国海外省马提尼克岛小说家，一九九二年龚古尔奖得主。

复杂而严谨的写作的艺术才成为必须。那时候诞生的小说形式，以一个在时间跨度上相当短的动作为中心，让有许多人物参与的许多故事在一个交叉点上相遇；这种形式要求有一个精心构思的情节与场面的计划：在动笔之前，小说家把小说提纲描画复描画，计算复计算，排列复排列，这是以前的小说家所从不曾做过的。只需翻一翻陀思妥耶夫斯基为《群魔》做的笔记就能明白：七个笔记本，在七星文库[①]版中它竟占四百页（整个小说才七百五十页），主题在找人物，人物也在找主题，人物长时间争抢主角的位子；斯塔夫罗金应该结婚吗？但“跟谁”呢？陀思妥耶夫斯基先后为这个人物选择了三个配偶，等等，等等。（矛盾只是表面上的，作品结构越是经过精心计算，人物也就越是真实自然。反对结构条理的偏见，将之视为阉割人物“活生生”性格的“非艺术”因素，只不过是那些对艺术一无所知者的天真情感。）

我们二十世纪的小说家怀恋着以往小说大师的艺术，无法将被割断了的线重结起来。他们无法跳过十九世纪的巨大经验；假如他们想重获拉伯雷或斯特恩的潇洒的自由，他们就必须把这一自由和写作的种种苛求调解好。

记得我第一次读《宿命论者雅克》的时候，我被它的大胆的不合成规的手法所惊呆，在这部丰富多彩的作品里，思辨与故事并行，一个故事套着另一个故事，我被这无视情节一致之规则的自由写作所惊呆，我问自己：这美妙的混乱是基于一个精心策划下的精彩结构呢，还是基于令人惬意的即兴发挥？毫无疑问，这里占上风的是即兴发挥。但是我自己提出的问题确实让我明白到，某种神奇的建筑一般的构思是包括在这一令人生羡的即兴创作之中的，这可能是一座复杂、多彩的建筑物，它同时得到精确的计算、测量和设计，就如同一座巍峨挺拔的、雄伟壮丽的大教堂。这样的一种建筑意识是不是会使小说失去它自由的魅力呢？失去它的游戏特点呢？然而，游戏到底是什么？一切游戏都建立在规则之上，规则越是严格，游戏就越是游戏。与下棋的棋手不一样，艺术家自己为自己创造规则，在无规则地即兴发挥时，他并不比在给自己创造自己的规则体系时更自由。

调和拉伯雷或狄德罗式自由与写作的苛求，给今天的小说家提出了另一些与巴尔扎克及陀思妥耶夫斯基所终日考虑的不同的问题。举例说：布洛赫[②]的《梦游者》的第三部是由五个“声部”构成的“复调”流动，五个完全独立的线条。这些线条既没有由共同的情节、也没有由相同的人物联在一起，它们各自都有一种完全不同的形式上的特点（A-小说，B-报道，C-故事，D-诗歌，E-随笔）。在全书八十八个章节中，这五条线以下述奇特次序交替进

① La Pléiade，伽里玛出版社的一套丛书，其中所收必须是经典作品，而且配有专家写的“序言”和编撰的评注、异文、索引，是公认的权威版本。

② Hermann Broch（1886 — 1951），奥地利小说家。

行：A-A-A-B-A-B-A-C-A-A-D-E-C-A-B-D-C-D-A-E-A-A-B-E-C-A-D-B-B-A-E-A-A-E-A-B-D-C-B-B-D-A-B-E-A-A-B-A-D-A-C-B-D-A-E-B-A-D-A-B-D-E-A-C-A-D-D-B-A-A-C-D-E-B-A-B-D-B-A-B-A-A-D-A-A-D-D-E。

是什么引导布洛赫恰恰选择了这个次序而非另一种次序呢？是什么引导他在第四章中选择了 B 而不是 C 或 D 呢？不是性格或情节的逻辑，因为在五条线里没有共同的情节。他是被别的标准引导着走的：被不同形式（诗歌、叙述、格言警句、哲理沉思）；被出人意料的相邻位置造成的魅力；被浸透在不同章节中的不同感情的反差；被各章的错落有致的长度；最后，被像反映在五面镜子中那样地反映在五条线中的相同的存在问题的展开。由于我找不到更确切的词，我们姑且把这些标准称为*音乐性*，结论如下：十九世纪制定了小说结构的艺术，而我们的二十世纪则为这门艺术带来了音乐性。

《撒旦诗篇》由多多少少彼此独立的三条线构成。A线：撒拉丁·查姆察和吉布里尔·法里什塔这两个今天生活在孟买和伦敦之间的印度人的生活；B线：论述伊斯兰教起源的古兰经史；C线：村民们去麦加朝圣的征途，他们以为能脚踏实地地渡过海洋，结果却被淹死。

三条线按以下次序在九个部分中反复来回地出现：A-B-A-C-A-B-A-C-A（注意：在音乐中，这样的构成称为*回旋曲式*：基本主题有规律地与各个插部交替出现)。

整体进行的节奏如下(我在括号中注明法文版的页数):A(100)-B(40)-A(80)-C(40)-A(120)-B(40)-A(70)-C(40)-A(40)。人们可以发现,B线与C线有着相同的长度,它们赋予整部作品以节奏上的匀称。

A线占了小说的七分之五,B线七分之一,C线七分之一。从这数量关系上可见A线的决定性地位:小说的重心处在法里什塔和查姆察的现代命运中。

然而,尽管B线与C线是从属的,小说的美学赌注却集中押在这里,因为全靠这两个部分,拉什迪才能以一种新的超越心理小说习惯套套的方式抓住一切基本问题(一个个体、一个人物的真实性问题):查姆察或法里什塔的个性不是由他们心灵状态的详尽描述所把握的,他们的神秘寄于共居于他们心灵之中的两种文明:印度文明与欧洲文明。它深居于这些根基中,他们虽已从这根基中拔出,但他们身上已永远带上了这根基。这根基到什么地方才能彻底断裂呢?假如人们想触及它的伤痕,一定要深入到哪里为止呢?投在"往昔之井"中的目光不是离题之言,这目光瞄着事情的关键:两个主人公的生存分裂。

没有亚伯拉罕,雅各就是不可理解的(据托马斯·曼的讲述,亚伯拉罕比他早生几个世纪)。雅各只是亚伯拉罕的"模仿与继续"。吉布里尔·法里什塔也一样,没有天使长加百列,没有马洪德（穆罕默德），他也是不可理解的，要理解他，甚至不可以没有霍梅尼神权政治的伊斯兰主义或没有那个引导村民走向麦加、走向死亡的狂热的姑娘。它们都是沉睡于他心中的他自身的可能性，他应该向这些可能性争得自己的个性。在这部小说中，没有一个重要问题是人们可以不向往昔之井投去目光就能观察清楚的。什么是好的？什么是坏的？谁对另一个而言是魔鬼？查姆察对法里什塔？还是法里什塔对查姆察？究竟是天使还是魔鬼启发了村民的朝圣？他们的溺毙是可悲的灾难还是通向天堂的荣耀之旅？谁能说清楚？谁能知道？这善与恶的不可捕捉性是否就是宗教创立者们所经历的心灵折磨？基督的这句出奇的渎神之言："主啊，我的主！你为何将我抛弃？"这可怕的绝望之词难道不是回响在每一个基督徒的心灵中吗？当马洪德自问是谁在他耳边提示了诗篇，是神还是魔鬼时，在他的疑问中，不是隐藏着一种疑惑吗？他不是在问人的生存本身究竟建立在什么之上吗？

在基本原则的阴影下

自从一九八〇年的《午夜的孩子》获得当时的一致赞誉以来，英语文学界中没有人否认拉什迪已成为今天最有才能的作家之一。

一九八八年九月以英文出版的《撒旦诗篇》照样引起人们对大作家应有的重视。小说获得好评，没有人能预料到几个月以后将刮来的暴风。伊朗的宗教领袖霍梅尼以渎圣罪判处拉什迪死刑，并派杀手四处追杀他，人们看不到这场猎捕几时才能终止。

这一切发生在作品被译成外国文字之前。在英语世界之外，丑闻先于小说书铺天盖地而来。在法国，新闻界立即发表了尚未出译本的小说的一些段落，并将判决理由公之于众。没有比这更正常的行为了，但是，对一部小说而言，它却是致命的。由于仅仅介绍了被指控的段落，从一开始起，人们就把这部艺术作品变成了简单的罪证。

我决不诽谤文学批评。因为对一个作家来说，没有什么比缺席遭批更糟的事了。我说的是作为思考与分析的文学批评；是懂得应该反复阅读欲评作品的文学批评（就像一部音乐大作人们可以无穷无尽地反复聆听那样，小说大作也是为人们反复阅读的）；是对当前杂色纷呈的世事置若罔闻，而一心争论一年前、三十年前、三百年前诞生的作品的文学批评；是试图抓住一部作品的新鲜之处并将它铭刻在历史的记忆之中的文学批评。假如没有这样一种随时与小说史相伴的思考，我们今天就会对陀思妥耶夫斯基、对乔伊斯、对普鲁斯特一无所知。没有它，一切作品就会在经受随意的评判之后迅速地被人遗忘。拉什迪的遭遇表明（假如还需要一个证明的话）这样的一种思考今天已经不再时兴。文学批评已被物的力量，被社会与新闻业的进化不知不觉地、直截了当地变成一种简单的（常常是灵敏的，总是匆匆忙忙的）有关文学现状的信息。

就《撒旦诗篇》而言，文学的现状就是一个作家被判处死刑。在这生死攸关的情形中，再谈什么艺术就有点无聊了。当基本原则受到威胁时，艺术又代表什么呢？在全世界，所有的评注都集中在原则的判断上：言论自由；必要的辩护权（事实上，已经有人在保卫这一权利，有人提抗议，有人在倡议上签字）；宗教；伊斯兰教与基督教；但还有这样一个问题：一个作者是否有道德权利渎神并由此伤害教徒的心？还有这一疑问：拉什迪攻击伊斯兰教是不是仅仅为了哗众取宠，为了把他无法卒读的书推销出去？

文人学者、知识分子、沙龙来客几乎以神奇的一致（全世界都一样，我注意到相同的反应）势利地对这部小说大摆架子。他们决定这一次要抵制商业的压力，拒绝阅读在他们看来仿佛是一个简单的引起轰动的东西。他们在支持拉什迪的请愿书上签名，同时却风度优雅地、带着花花公子般的微笑说："他的书？噢，不！噢，不！我没读过。"政客们利用他们并不喜欢的小说家的这一奇怪的"失宠状态"。我决忘不了他们那时表明的德行满满的公正不偏："我们谴责霍梅尼的判决，言论自由对我们是神圣的。但是我们同样要谴责对宗教信仰的这种攻击，它是不恰当的、可悲的，它伤害了人民的心。"

对了，没有人还在怀疑拉什迪攻击了伊斯兰教，因为满世界只有指控是真实的，而小说的文本再也没有任何意义，它不再存在了。

三个时代的碰撞

历史上独一无二的情景：从出身讲，拉什迪属于穆斯林社会，它在很大程度上尚停留在现代社会之前的生活中。而他在已处于现代，或更确切地说处于这一时代之末的欧洲写他的书。

伊朗的伊斯兰教目前渐渐脱离了宗教的节制宽容而转向战斗的神权政治，小说的历史也一样，随着拉什迪，它已从托马斯·曼的和蔼而博学的微笑，转到了从重新发现的拉伯雷式的幽默中汲取来的任意驰骋的想象。鲜明的反衬集于一体并推至极端。

从这个观点来说，对拉什迪的审判不是一个偶然，一个疯狂，而是两个时代之间再深刻不过的冲突：神权政治对现时代的指责，而目标便是这一时代的最有代表性的创造：小说。拉什迪并没有渎神。他没有攻击伊斯兰教。他写了一部小说。但这一切在神权政治来看却比攻击还坏：假如有人攻击一门宗教（通过论战、渎神、异端），神庙的守护者可以轻而易举地用他们自己的言语在自己的领地内保卫它；然而，对于他们，小说是另一个星球，建立在另一个本体论上的另一个宇宙，一个在其中唯一的真理都没有威力的地狱，魔鬼的含糊将一切确信都变成猜不透的谜。

让我们强调这一点：不是攻击；是含糊；《撒旦诗篇》的第二部分（也就是说，被定罪的有关穆罕默德和伊斯兰教的起源的那部分）在小说中是以吉布里尔·法里什塔的一个梦的形式来表现的，然后，他根据这个梦创作一部劣质的电影，他本人在其中扮演天使长的角色。小说叙述就这样两重地相对化了（先是作为一个梦，后是作为一部糟糕的电影），因而它不是表现为一种肯定，而是一种游戏式的发明。得罪人的发明吗？我否认，在我的生活中，它第一次让我明白了伊斯兰教的、伊斯兰世界的诗。

让我们坚持这一点：在小说的相对性世界中没有仇恨的位子，为了清账而写小说的作家（不管是为个人的清算还是为意识形态的清算）必定遭到美学上的灭顶之灾。引导心醉神迷的村民走向死亡的姑娘阿耶莎是一个魔怪，但她同样有诱惑力，有妩媚的活力（她的头上总是环绕着蝴蝶），而且，尤其非常动人；即使在一幅宗教领袖的画像（霍梅尼的想象画）中，人们也能找到一种几乎带有敬意的理解；西方的现代性是由一种怀疑论的眼光来观察的，在任何情况下，它都没有被表现得高于东方的古风。小说“历史学地、心理学地探索了”古老的经文，但它同时表现出它们被电视、被广告、被娱乐工业贬值到了何等地步；谴责这个无聊的现代世界的左派人物是否至少还能从作者那里得到无保留的好感呢？不，他们也显得极其可笑，跟周围的无聊世界一样的无聊；在这部作品中，在这巨大的相对性的狂欢节中，没有人有理，也没有人完全无理。

在《撒旦诗篇》中，遭指责的恰恰是小说的艺术。因此，在这整件可悲的事情中，最可悲的倒并不是霍梅尼的判决（它出于一种残酷的、却又前后一致的逻辑），而是欧洲在保卫和解释（耐心地向它自己，也向别人解释）最典型的欧洲艺术——小说艺术——时的无能为力。解释小说艺术也就是解释欧洲自己的文化。"小说之子"放弃了曾培养造就他们自身的艺术。欧洲这个"小说的社会"抛弃了自己。

我现在对十六世纪时的思想宪兵索邦[①]神学家们的所作所为不再感到惊奇了。他们点燃那么多的火刑堆，迫使拉伯雷东逃西躲，四处藏身。相反，让我感到惊奇并激起我敬佩的，则是那个时代的头面人物给予拉伯雷的保护，例如，杜·贝莱枢机主教[②]、奥戴枢机主教[③]，尤其是法国国王弗朗索瓦一世。他们想保卫原则吗？保卫言论自由吗？保卫人权吗？他们行为的动机比这还要更好，

① 索邦神学院于十三世纪在巴黎建立，不久就成为神学家的活动中心，从十六到十八世纪，先后对耶稣会教派、冉森派、百科全书派哲学家进行迫害。一七九〇年神学院被取消，一八〇八年起并入巴黎大学。

② Jean du Bellay（1492—1560），法国枢机主教，拉伯雷的保护人。

③ Odet de Coligny（1517—1571），保护过拉伯雷的枢机主教。

他们热爱文学和艺术。

在今天的欧洲，我看不到一个杜·贝莱枢机主教，看不到一个弗朗索瓦一世。但欧洲仍还是欧洲吗？也就是说，还是“小说的社会”吗？换言之，它还处在现代社会的时代吗？它难道不是已经进入另一个还没有名称的时代吗？在这个时代里它的艺术已不再有多大的重要性了吧！在这种情况下，当小说的艺术，它的最优秀的艺术在欧洲历史上第一次被判死刑时，我们为什么还要对它的无动于衷感到惊奇？在这个新的、继现代之后的时代里，小说不是已经度过相当一段时间的囚徒生涯了吗？

欧洲小说

为了给我所谈的艺术精确地划定界限，我把它称之为欧洲小说。我并非由此想说，在欧洲由欧洲人创造的小说，而是说，属于开始于欧洲现代社会初期的历史的小说。别的小说当然也存在于世：中国小说、日本小说、古代希腊的小说，但是那些小说同随着拉伯雷和塞万提斯诞生的历史事业的联系，没有任何延续性可言。

我谈到欧洲小说，不仅仅是为了与中国小说（举例说）相区别，而且也是为了说明它的历史是跨民族的；法国小说、英国小说或匈牙利小说不可能创造它们各自的自治的历史，相反，它们全都参加到一个共同的、跨国度的历史中来，这历史有其独一无二的背景，小说的发展方向和特殊作品的价值都可以在这一背景中得到揭示。

在小说的不同发展阶段，不同的民族像接力赛跑那样轮流做出创举：先是伟大先驱意大利的薄伽丘；然后是法国的拉伯雷；然后是西班牙的塞万提斯和流浪汉小说；十八世纪有伟大的英国小说，到世纪末，歌德带来德意志的贡献；十九世纪整个地属于法国，到最后三十年，有俄罗斯小说的进入，随之，出现斯堪的纳维亚小说。然后，在二十世纪里，有中欧的贡献：卡夫卡、穆齐尔[①]、布洛赫、贡布罗维奇……

假如欧洲只是一个单独的民族，那我就不会认为它的小说历史能在四个世纪的进程中有那么强的生命力，有那么丰富绚丽的色彩。总是有一些新的历史环境（伴随着它们新的生存内涵）一会儿出现在法国，一会儿出现在俄罗斯，一会儿又在别的什么地方，此起彼伏，它们不断推进着小说艺术，为它带来新的灵感，向它提供新的美学经验。就好像小说史在它的发展之线上一个接一个地唤醒着欧洲的不同地区，认可它们各具的特异性，同时把它们

① Robert Musil（1880—1942），奥地利小说家。

纳入一个共同的欧洲意识之中。

只是到了我们的二十世纪，欧洲小说历史的伟大创举才破天荒地首次诞生在欧洲以外的地方。先是在二十到三十年代的北美，然后是六十年代的拉丁美洲。随着安的列斯小说家帕特里克·夏姆瓦佐的艺术，还有拉什迪的艺术给我带来欢乐之后，我便喜欢更泛地谈三十五度纬线以下的小说或南方小说。这是一个新的伟大的小说文化，它异乎寻常的现实观念，与超乎于一切真实性规则之上的任意驰骋的想象联系在一起。

这一想象令我亢奋不已，但我却不完全知道它来源于何处。卡夫卡吗？当然啦。在我们的世纪，是他将不真实性合法地引入小说艺术之中。然而卡夫卡式的想象与拉什迪或加西亚·马尔克斯式的想象是不同的；这一丰富的想象似乎扎根于南方的特殊的文化现象；比方说，扎根于它的永远生机勃勃的口头文学（夏姆瓦佐就自称是克里奥尔[①]的说书人），或者，就像富恩特斯喜爱称之为巴洛克的拉丁美洲土壤，这种巴洛克比起欧洲的巴洛克来要更加茂盛，更加疯狂。

这种想象的另一把钥匙：小说的热带化处理。我想起拉什迪的一个幻想：法里什塔在伦敦上空飞翔，渴望对这个敌对的城市做一个热带化处理："全国的午睡制度，[……]树上栖息着新的各类鸟儿（南美大鹦鹉、孔雀、白鹦），鸟儿的脚下是新的树种（椰子树、罗望子树、长胡子的印度榕树），[……]宗教狂热，政治动荡,[……]朋友们不打招呼就彼此造访,老年公寓的关闭,大家庭的重要性,辣味更浓的饮食[……]。不利之处是霍乱,伤寒,军团菌病,蟑螂,灰尘,喧闹,一种放纵的文化。”

(“放纵的文化”:这是极其出色的概括。小说在现代主义最后阶段的趋向:在欧洲,是推至极端的平凡琐事,在暗淡的背景中所作的暗淡的矫揉造作的分析;在欧洲之外,是最例外的巧合的积累,色彩之上的色彩。威胁性:欧洲暗淡基调的厌烦;欧洲之外美景的单调。)

三十五度纬线之下的小说尽管在欧洲式趣味看来有些陌生奇异,但却是欧洲小说历史,是它的形式、它的精神的延续,而且与它的古老之源是那么惊人的相近。今天,拉伯雷的古老活力之源在任何地方,都不如在非欧洲小说家的作品中流得那么欢畅。

巴奴日不再引人发笑之日

我要最后一次回到巴奴日上来。在《巨人传》第二部中,他

① Creole,指在安的列斯群岛使用的由本地语与英语、法语、西班牙语或葡萄牙语混合而成的语言。

爱上一个贵夫人，想尽一切办法要得到她。在教堂里，正当望弥撒时（这不是该死的亵渎吗？），他不断地用荒诞无稽的猥亵话向她挑逗（在今天的美洲，他完全可能因此以性骚扰之罪而坐上一百一十三年监牢），当她断然拒绝他时，他就寻机报复，他找来一条发情的母狗，杀死后割下它的性器官切成细末，然后偷偷地撒在贵夫人的衣服上。当她走出教堂后，当地所有的公狗（拉伯雷说，一共有六十万零十四只）全都跟在她的身后追，向她身上撒尿。我记得我二十岁时曾住在一个工人宿舍里，我的《巨人传》捷克文本就放在床头。我三番五次地给那些对这本书深感好奇的工友读这个故事，读到后来，他们竟把它全给记住了。尽管他们都是些带着农民的保守的道德观念的人，但在他们的笑声中可以听出，他们对那以脏话与尿水向美人进行骚扰的家伙没有一丝一毫的谴责。他们是那么地赞赏他，竟至于把他的名字送给我们的一个同伴当绰号。喔，对了，不是给一个追女人的老手，而是给一个天真得、贞洁得有些离奇的青年人，他在洗澡时都怕被同伴看见他光着身子。我的耳边仿佛仍然响着他们的叫喊声："巴努尔克（这是捷克语的发音），去洗澡！不然，我们要拿狗尿给你淋浴了！"

我总是听到这善意的笑声，它讽刺了一个同伴的羞耻心，但它同时也表达了对这一羞耻心的温柔的赞赏。他们听到巴奴日在教堂中对贵夫人说的那些污秽话时就心花怒放，但见到贞洁的贵夫人冷冷地给了他一个下马威时也同样心花怒放，到这夫人被狗尿淋了一身臊时，他们又开心至极。我昔日的同伴们到底同情谁呢？同情羞耻者？同情无羞耻者？同情巴奴日？同情贵夫人？同情拥有令人羡慕的往美人身上撒尿的本事的狗？

幽默是一道神圣的闪光，它在它的道德含糊之中揭示了世界，它在它无法评判他人的无能中揭示了人；幽默是对人世之事之相对性的自觉迷醉，是来自于确信世上没有确信之事的奇妙欢悦。

幽默是——再一次借用奥克塔维奥·帕斯的话——“现代精神的伟大发明”。它并非自古以来就存在，亦非将永远存在下去。

我的心揪得紧紧的，想着将来巴奴日不再引人发笑之日。

第二部分

圣伽尔塔的被阉之影

一

卡夫卡的形象今天已多多少少被所有人接受，在这一形象的基础上，有人写过一部小说。马克斯·布洛德[1]在卡夫卡死后立即就写出，并在一九二六年将它出版。欣赏一下题目吧：《爱的神奇国度》。这部关键小说是一部根据真人真事写成的小说[2]。在它的主人公，一个叫做诺维的布拉格德语作家身上，人们可以找出布洛德令人得意的自画像来（女人崇拜的对象，文人嫉妒的目标）。诺维－布洛德让一个男人戴了绿帽子，后者精心设下一条凶狠毒辣的诡计，终于把他送进牢中待了四年。人们一下子就落入了一个由最不真实的巧合之网编织成的故事中（人物出于纯粹的偶然竟先后相遇于汪洋大海之中的一艘船上，于海法[3]的一条

① Max Brod（1884—1968），德语犹太作家，卡夫卡的亲密朋友。卡夫卡生前留下遗嘱，要布洛德在他死后将他的全部作品烧毁，但布洛德没有执行这一遗嘱，先后将卡夫卡的作品一一作序出版，并写了不少卡夫卡的评传，还将卡夫卡的作品改编成戏剧。

② Ce roman-clé est un roman à clé，这句话是一个文字游戏，“关键小说”和“根据真人真事写成的小说”的原文分别为roman-clé和roman à clé，直译为“钥匙小说”和“需要钥匙的小说”。

③ Haifa，以色列海滨城市。

街上，于维也纳的一条街上），人们经历一场善人（诺维和他的情妇）与恶人（先是那个戴绿帽子者，他是那么的庸俗，完全配得上当个王八，再有一个文学批评家，他一贯执拗地严厉批评诺维的漂亮作品）之间的斗争，人们为情节夸张的大起大落（女主人公因为无法再忍受在被骗的丈夫与骗人的情夫之间生活而自杀）而激动，人们赞赏诺维-布洛德这个随时随地都会昏倒的人心灵的敏感。

如果没有伽尔塔这个人物，这部小说恐怕还没写完就已被忘掉了。因为诺维的亲密朋友伽尔塔是卡夫卡的一幅画像。没有这把钥匙，这个人物恐怕就是整个文学史上最最无趣的人物了；他被描绘为一个“我们时代的圣人”，但是，即使在他的圣职方面，人们也所知甚少，除了诺维-布洛德在他的爱情遇到波折时偶尔还到他那里去讨个建议什么的，而这个朋友竟无法给他什么忠告，因为他作为圣人是没有这方面的经验的。

多么令人惊奇的悖理：卡夫卡的整个形象以及他的作品在他死后的整个命运首次在这部天真的小说中得到构思与描绘，而这部小说，这部白萝卜一样的蹩脚作品，这部漫画般虚构的故事，从美学上来说恰恰适合定位于与卡夫卡的艺术相反的一个极点上。

二

这里是小说的几段引文：伽尔塔“是我们时代的一个圣人，一个真正的圣人”。“他的优势之一就是一贯保持独立、自由，面对着世上所有的神话，他能做到如此神圣的通情达理，尽管从本质上说他与它们是唇齿相依的。”“他要的是绝对的纯洁，他不可能要别的什么东西……”

圣人、神圣的、神话、纯洁等词在这里并不属于一种修辞学上的需要，必须按照字面的意思理解它们：“所有行走在这大地上的智者与先知中，他是最最沉默寡言的[……]也许他只需有对自己的信任就可成为人类的导师！不，这不是一个导师，他不像别的人类精神导师那样，他不对人民讲话，他不对弟子讲话，他总是保持沉默寡言，这难道是因为他在伟大的神秘中比别人进入得更深吗？他所着手做的比佛陀想做的还要更难，因为，假如他能获成功，他就将流芳百世。”

还有：“所有的宗教创立者都很自信；然而却有一个：老子——谁知道他是否就是他们之中最最真诚的呢——返归到他自身运动的阴影中。伽尔塔无疑也是那样。”

伽尔塔被描写成某个写作的人。诺维“同意成为伽尔塔有关自己作品的遗嘱的执行人。伽尔塔曾经求过他，他求他在某种奇特的条件下把它们全都毁了”。诺维“猜到了这一最终意愿的理由。伽尔塔没能宣告一种新的宗教的建立，他想生活于他的信仰中。他苛求自己付出最大的努力，既然他没有达到目的，他的文稿（可怜的梯级，它本应该帮助他登上顶峰）对他来说也就没有任何价值了”。

但是，诺维-布洛德不想服从他朋友的意愿，因为在他看来，“即使是在实验状态下，伽尔塔的遗稿也使在黑暗中彷徨的人们，预感到他们争相趋之的崇高的、不可替代的善”。

是的，一切全在里头了。

三

假如没有布洛德，今天我们甚至连卡夫卡的名字都不可能知道。在他的朋友卡夫卡死后，布洛德立即就出版了他的三部小说。没有任何的反响。于是他懂得了，要想推出卡夫卡，他就得打一场真正的持久战。推出卡夫卡，就是指出版他，介绍他。从布洛德这方面来说，他发动了连珠炮式的进攻。他为之作序的作品有:《审判》(1925)、《城堡》(1926)、《美国》(1927)、《一场战斗的描述》(1936)、日记与信件（1937)、短篇小说集（1946)、与雅努赫的《谈话录》(1952)；经他改编成戏剧的有《城堡》(1953)、《美国》(1957)；尤其是他写了四本介绍卡夫卡的重要的书(请注意它们的题目):《弗兰兹·卡夫卡，传记》(1937)、《弗兰兹·卡夫卡的信仰与教育》(1946)、《弗兰兹·卡夫卡，指引道路的人》(1951)、《弗兰兹·卡夫卡作品中的绝望与拯救》(1959)。

由于所有这些作品,《爱的神奇国度》中粗粗描就的形象得到了证实与发展：卡夫卡首先是一个宗教思想家，der religiöse Denker。他确实“从来没有给他的哲学和他的宗教观做一个系统的解释。但是，人们还是可以根据他的作品，尤其根据他的格言、诗歌、信件、日记，还有他的生活方式(尤其是后者)推断出他的哲学思想来”。

还有:“假如不区分清楚卡夫卡作品中的两股潮流，人们就不可能懂得他的真正的重要性：1)他的警句格言，2)他的叙述作品(长篇小说，短篇小说)。

“在他的警句格言中，卡夫卡展示了‘das positive Wort’，正面之话，他的信仰，他那要求改变每一个人的个人生活的严肃召唤。”

在他的长篇和短篇小说中,“他描述了专门为那些不想听从话语(das Wort)的召唤、不沿着正确道路走的人而准备的可怖的惩罚”。

请记住层次：最上面是作为楷模的卡夫卡的生活；中间是格

言，也就是说，他的日记中的一切有“哲学味”的、警句式的段落；下面是叙述作品。

布洛德真可谓是一个具有非凡精力的优秀知识分子，一个准备为别人而拼搏的慷慨者；他对卡夫卡研究的投入是热情而无私的。不幸之处仅仅在于他的艺术定向：作为一个有思想的人，他不知道什么是对形式的酷爱；他的小说（他曾写了二十来部）是俗套中的俗套；而且他对现代艺术尤其一窍不通。

那么，为什么卡夫卡还那样喜爱他呢？兴许，当你们最好的朋友一门心思写一些糟糕的诗句时，你们会不再爱他吧？

然而，一旦那个写糟糕诗句的人开始出版他诗人朋友的作品时，他就会变得危险万分。让我们想象一下，如果毕加索最权威的阐释者是一个甚至连印象派艺术都不懂的画家，那么他对毕加索的画作会说些什么呢？也许他会说布洛德在谈到卡夫卡时说的相同的话：他们为我们描绘了“专门为那些不沿着正确道路走的人而准备的可怖的惩罚”。

四

马克斯·布洛德创造了卡夫卡的形象和他作品的形象；他同

时也创造了卡夫卡学。尽管卡夫卡学家们喜欢跟他们的这位鼻祖拉开距离，他们还是无法走出他为他们划定的界限。尽管他们的作品浩瀚无垠，卡夫卡学仍然以多如牛毛的异文没完没了地发挥同一篇讲话，同一个思辨，这思辨已越来越独立于卡夫卡的作品，仅仅靠自己来哺育自己。通过不计其数的前言、后记、注释、传记、专题论文、大学讲座、博士论文，它制造并维持卡夫卡的形象，以至于到后来公众所认识的名叫卡夫卡的作者已不再是原来的卡夫卡，而是已经卡夫卡学化了的卡夫卡。

并不是所有有关卡夫卡的文字都属于卡夫卡学。如何给卡夫卡学下定义？以逻辑上的同语反复：卡夫卡学是旨在将卡夫卡作卡夫卡学化的学说。以卡夫卡学化了的卡夫卡代替卡夫卡：

1）以布洛德为榜样，卡夫卡学没有把卡夫卡的书放在文学史（欧洲小说的历史）的大背景中来考察，而几乎仅仅是放在传记式的微观背景中。在布瓦德弗尔和阿尔贝雷思的专题论文中，他们强调了普鲁斯特拒绝对艺术作传记性解释的观点，但这只是为了说明，卡夫卡绝对是一种规则上的例外，他的书是不能“与他本人分开的。不管他书中的主人公叫什么，约瑟夫·K.，洛翰，萨姆沙，土地丈量员，本德曼，歌女约瑟芬，绝食者或空中杂技演员，都只是卡夫卡本人，而不是别的什么人”。传记就是理解作品意义的金钥匙。最糟的：作品的唯一意义在于它是理解传记的一把钥匙。

2）以布洛德为榜样，在卡夫卡学家笔下，卡夫卡的传记成了圣徒传记；在一九六三年于利布里斯[①]召开的学术讨论会上，罗曼·卡斯特以这样一句令人难忘的夸张话结束了他的报告："弗兰兹·卡夫卡为我们而生活，为我们而受苦！"各种各样五花八门的圣徒传记：有宗教的；世俗的：卡夫卡，他孤独的牺牲；有左派的：卡夫卡"经常参加无政府主义者的会议"并且"十分关注一九一七年的革命"（根据一个有谎言癖的证人，总被引用，未经证实）。在每一个教会，都有它的伪经，古斯塔夫·雅努赫的《谈话录》便是。每一个圣人都有他的牺牲行为：卡夫卡的原意是让人毁掉他的作品。

3）以布洛德为榜样，卡夫卡学把卡夫卡系统地逐出了美学范畴：或者作为"宗教思想家"，或者往左赶，作为艺术上的持不同政见者，其"理想藏书只包括工程师或机械师的书，以及法学家的书"（见德勒兹和伽塔里的卡夫卡评传）。它孜孜不倦地考察着卡夫卡与克尔恺郭尔、与尼采、与神学家们的关系，但是忽略了小说家与诗人。甚至加缪在他的随笔中也没把卡夫卡当作一个小说家，而是当作哲学家来谈论。人们以相同的方式来对待他的私人文字和他的小说，但明显地偏爱前者。我只是随便以当时仍是马克思主义者的加洛蒂关于卡夫卡的随笔为例：他谈到卡夫卡的书信有五十四次，谈到他的日记有四十五次，雅努赫的《谈话录》有三十五次，短篇小说有二十次，《审判》有五次，《城堡》有四次，而《美国》却没有一次。

4）以布洛德为榜样，*卡夫卡学忽略了现代艺术的存在*；仿佛卡夫卡并不属于那一代伟大的革新家。事实上，这个时代革新家辈出，斯特拉文斯基[②]、韦伯恩[③]、巴托克[④]、阿波利奈尔[⑤]、穆齐尔、乔伊斯[⑥]、毕加索、布拉克[⑦]都同卡夫卡一样出生于一八八〇至一八八三年间。在五十年代，当有人想寻找卡夫卡与贝克特的艺术血亲关系时，布洛德当即就怒声抗议：圣伽尔塔跟那个颓废作家没有共同之处！

5）卡夫卡学不是一种文学批评（它不分析作品的价值：作品揭示出的直至那时仍然不为人知的生存的种种面貌、给艺术的进展带来影响的作品的美学创新，等等）；*卡夫卡学是一种阐释*。作为那样的一种研究法，它在卡夫卡的小说中恐怕只能找到一些寓意。它们是宗教的（在布洛德看来：城堡 = 上帝的恩宠；土地丈量员 = 寻觅神的新的帕西法尔[⑧]；等等，等等）；它们是心理分析

① Liblice，布拉格的捷克科学院会议中心。

② Igor Feodorovich Stravinsky（1882—1971），俄罗斯作曲家。

③ Anton von Webern（1883—1945），奥地利作曲家。

④ Béla Bartók（1881—1945），匈牙利作曲家、钢琴家。

⑤ Guillaume Apollinaire（1880—1918），法国诗人。

⑥ James Joyce（1882—1941），爱尔兰小说家。

⑦ Georges Braque（1882—1963），与毕加索合作的法国画家。

⑧ Parsifal，瓦格纳同名歌剧主人公。

的，存在主义的，马克思主义的（土地丈量员＝革命的象征，因为他进行了土地的重新分配）；它们是政治的（奥逊·威尔斯[①]的《审判》）。在卡夫卡的小说中，卡夫卡学并不寻求被一种巨大的想象力改变了的真实世界；它破译宗教密码，它阐释哲学寓言。

五

“伽尔塔是我们时代的一个圣人，一个真正的圣人。”但是，一个圣人可以去逛妓院吗？布洛德在出版卡夫卡的日记时曾对它加以删节；他不仅删除了有关妓女的暗示，而且还去掉了一切涉及性的东西。卡夫卡学始终对作者的性功能表示怀疑，而且热衷于就他受性无能的折磨高谈阔论。因此，长期以来，卡夫卡成了神经官能症患者、体质虚弱者、厌食者的主保圣人，成了性格扭曲者、可笑的女才子、歇斯底里者的主保圣人（在奥逊·威尔斯的作品里，K.歇斯底里地叫喊着，而卡夫卡的小说则是整个文学史上最少歇斯底里的作品）。

传记作家对自己妻子性生活的秘密可能不甚了解，但他们以为对司汤达或福克纳的性生活了如指掌。关于卡夫卡的性生活，我只敢说这么一些话：他那个时期的色情生活（不太自由方便）与我们时代很不相同，那时的年轻姑娘在婚前一般是没有性行为的，对于一个独身男子，性生活只有两种可能：一是好人家的已婚女子，二是下等阶层的轻浮女子，什么卖货女郎啦，女仆啦，当然，还有妓女。

布洛德小说的想象汲取了第一种源泉，由此生出狂热的、浪漫的（戏剧性的通奸、自杀、病态的嫉妒）和无性的情欲心态："女人一心以为心目中的男人只赋予肉体占有以重要性，她们弄错了。肉体占有只是一个象征，它远不能与使它改观的感情生活相匹敌。男人的整个爱目的在于赢得女人的好感（就这个词的真正意义而言）和善心。"（《爱的神奇国度》）

而卡夫卡小说的情欲想象则相反，它几乎绝无例外地汲取了另一个源泉："我在妓院门口走过，就像在一个心爱女子的家门口走过。"（一九一〇年的日记，句子被布洛德所删。）

十九世纪的小说尽管善于精妙绝伦地分析爱情的一切韬略，但对性与性行为本身则遮遮掩掩。在二十世纪的最初几年，性从浪漫激情的迷雾中走了出来。卡夫卡是最早在小说中涉及性的作家之一（自然还包括乔伊斯）。他揭去了性的神秘面纱，不再把它作为放荡小圈子中的游戏场所（以十八世纪的方式），而是作为每

① Orson Welles（1915—1985），美国电影导演。

一个人生活中平凡而又基本的一个现实。卡夫卡揭示了性的种种生存面貌：与爱情相对的性；爱情作为性的条件与要求的奇特之处；性的模棱两可：它蠢蠢欲动，同时它厌倦腻烦；它那丝毫不能削弱其可怖威力的可悲的无关紧要，等等。

布洛德是一个浪漫的人。而在卡夫卡小说的基础上，我以为可以清楚地辨认出一种深刻的反浪漫主义，它处处表现出来：在卡夫卡对待社会的方式上，在他构造句子的方式上，但是，它的根源也许基于卡夫卡对于性的观点上。

六

年轻的卡尔·罗斯曼（小说《美国》的主人公）从家中被赶出，只身来到美国，因为他和家中的一个女仆睡了觉，这一不幸的性事故使他“成了一个当父亲的人”。在那次性交之前，女仆一个劲儿地嚷嚷：“卡尔！噢，我的卡尔！”“而他当时则什么都看不清楚了，在她特意为他铺的热乎乎、厚嘟嘟的被褥中，他只感到窒息般的憋闷……”然后，她“摇晃着他，听他的心跳，又把她的胸脯凑过来让他也听听她的心跳”。再后来，她“用手在他的两腿之间摸索着，她的动作是那么的叫人恶心，卡尔拼命地挣扎着，脑袋和脖子都从枕头中滚了出来”。最后，“她反复多次地将她的肚皮紧贴在他的肚皮上摩擦，他感到她成了他身上的一部分，也许正因如此，他受到一种可怕的难受的侵犯”。

这次不算过分的性交成了小说中以后发生的一切的原因。意识到我们的命运往往出于某些微不足道之事的捉弄是令人沮丧的。但是，出乎意料的无关紧要之事的整个揭示过程却又是喜剧的源泉。Post coïtum omne animal triste[①].卡夫卡是第一个描述这一忧愁的喜剧的作家。

性的喜剧：对清教徒和对新式放荡者而言不可接受的思想。我想起了 D·H·劳伦斯这个爱神厄洛斯的颂扬者，想起了这个传布性交之福音的圣徒，他在《查泰莱夫人的情人》中试图通过将性抒情化而为它恢复名誉。但是，抒情的性比起上一个世纪的抒情的情感世界还要更加可笑。

《美国》中的色情之宝是布露内尔妲。她竟迷住了费德里科·费里尼[②]。他一直梦想把《美国》拍成电影，在《采访》中，他让我们见到了为一部梦想之中的电影而拍摄的试镜场面：由费里尼怀着他那出了名的欢快心情选来的许多不可思议的应考者被带来，一一试扮布露内尔妲的角色。（不过我要坚持：这一欢快的

① 拉丁文，交配之后，一切动物都忧愁。

② Federico Fellini（1920—1993），意大利电影导演。

心情也是卡夫卡的心情。因为卡夫卡并没有为我们而受苦！他为我们而享乐！）

早先的歌女布露内尔妲，这个“十分脆弱”的女人，“两腿常患痛风”。布露内尔妲有胖嘟嘟的小手，双层的下巴，“胖得出了奇”。布露内尔妲坐着，两腿叉开，“使出吃奶的力气，非常卖力地挪动身子，挪一挪就歇息一下”地弯下腰来，想“把丝袜的上沿拽上来”。布露内尔妲撩起她那带褶边的裙子给正在哭的罗宾逊擦眼泪。布露内尔妲无法爬上两三级台阶，她不得不被人架着抬上去——这一场面给罗宾逊留下了那么深刻的影响，以至于他一辈子总是不断地抱怨道:“啊！这个女人，她可真是个美人，啊，上天啊！她可真叫漂亮！”布露内尔妲赤身裸体地站在浴缸里哼哼唧唧地呻吟个不停，由德拉马什给她洗澡。布露内尔妲躺在同一个浴缸里，愤怒地拍打着洗澡水。布露内尔妲由两个男人抬着，花了整整两个小时才从楼梯上折腾下来，放到一辆轮椅上，然后由卡尔推着穿越整个城市去一个神秘的地方，也许是妓院。布露内尔妲在这轮椅上被一条大披巾盖得那么严实，一个警察竟然把她当作了几袋土豆。

在对于这个肥胖丑女人的描绘中有着新的东西，那就是她的吸引人之处，她那么吸引人，那么不健康地吸引人，那么可笑地吸引人，但不管怎么说，她吸引人。布露内尔妲是处于令人厌恶与刺激人之交界的性魔怪，男人们惊叹的叫喊声并不仅仅是喜剧性的（当然，它们是喜剧性的，性是喜剧性的！），但同时也确实是出自内心的。而像布洛德这样一个浪漫的赞赏女人的人，这样一个认为性交并不属于现实生活而只是“感情的象征”的人，人们则毫不惊奇地发现，他在布露内尔妲身上见不到任何的真实，见不到一种真正经验的影子，而只见到“专门为那些不沿着正确道路走的人而准备的可怖的惩罚”。

七

卡夫卡所写的最漂亮的色情场面是在《城堡》的第三章中：K.与弗莉达的做爱。在第一次见到这个“无关紧要的小个子金发女人”一个小时以后，他就在“地面上满是一摊摊啤酒液和其他乱七八糟的脏东西”的柜台后面紧紧地搂住了她。肮脏：它与性，与它的本质不能分离。

但是在同一段落的后面不远处，卡夫卡让我们听到了性的诗歌：“在那里，几个小时过去了，几个小时的共同喘息，共同心跳，在这几个小时中，K.一直有一种迷途的感觉，或者，他感到比过去任何人都更远地处在一个陌生的世界中，那里的空气本身也没有任何故乡的空气的元素，在那里，人们会窒息在怪异之中，人们什么也做不了，在这没有了理智的诱惑中，他只有继续下去，继续行进在迷途中。”[①]

长时间的性交变成了一个隐喻：在新异的天地之间的行走。然而这一征途并不是丑，相反，它吸引我们，它邀请我们走得更远更远，它使我们陶醉，它是美。

以下几行：“他非常非常幸福地把弗莉达抱在怀里，非常令人焦虑的幸福，因为他似乎感到，假如弗莉达抛弃了他，他已拥有了的一切也就抛弃了他。”那么说来，这应该是爱情喽？不，不是爱情。假如一个人被剥夺了一切，被逐出了家园，那么，一个刚认识一点点的在啤酒渍滩中被拥抱着的女人身上的一点点东西就会成为整整一个世界——这不需要任何爱情的介入。

八

安德烈·布勒东在《超现实主义宣言》中对小说艺术表现得十分严厉。他指责它不可救药地堆积了庸俗、贫乏以及一切与诗意相反的东西。他嘲笑它的描写以及它那令人生厌的心理分析。紧接着这一对小说的批评便是对梦幻的赞扬。然后，他总结道：“我相信，对梦幻与现实这两种表面上如此矛盾的状态，有着一种未来的解决办法，一种绝对的现实，假如可能的话，我们不妨将它称为一种超现实。”

悖论：这一“对梦幻与现实的解决办法”，超现实主义艺术家们虽然宣告了它，却没有在一部伟大的文学作品中真正将它实现，然而，这一方法却早已存在了，而且恰恰存在于他们如此贬低的体裁中：在卡夫卡于此前十年中写成的小说里。

卡夫卡迷住我们的这种想象实在很难描绘出来、确定下来并冠以名称。梦幻与现实之融合，这一卡夫卡肯定不熟悉的提法在我看来是极其精彩的。同样，还有另一句对超现实主义者说来极其珍贵的话：洛特雷阿蒙[②]关于一把雨伞与一台缝纫机偶然相遇产生的美的那句话：事物彼此之间越是陌生，它们的接触所碰撞出的光芒就越是神奇。我更喜欢说一种由意想不到的事所产生的诗意，或者说作为连续不断之惊奇的美。或者运用浓度这一定义当作价值的标准：想象的浓度，意外相遇的浓度。我刚刚引用的 K. 与弗莉达做爱的那场戏是这一令人目眩的浓度的样板：短短一页左右的段落包含了三个完全不同的生存的发现（性的生存三角），它们以其紧密的连接让我们吃惊：肮脏；奇特之事的丑恶而

---

① 关于本句翻译问题，请参看本书第四部分具体分析。

② Comte de Lautréamont（1846—1870），法国诗人。他说的“一把雨伞和一台缝纫机的相遇”，已经成了法国文学史上最有名的象征之一，是说最不相干的两个形象放在一起，会创造出新的象征意义。

令人陶醉的美；令人激动而又焦虑的怀恋。

整个第三章成了意外刮来的旋风。在一个相对紧凑的空间里，它们接连不断地发生着：在小旅店中，K.与弗莉达的邂逅相识；异乎寻常地写实的诱惑性对话，其诱惑性因为第三者（奥尔伽）的在场而显得朦胧；门上一个洞的图案（这个图案已经超出了经验论上的真实性范畴），K.通过这个洞看到克拉姆在办公桌后面睡觉；一大群仆人与奥尔伽跳舞；弗莉达令人出奇的残酷，她举鞭怒赶这些仆人，而他们居然令人惊讶地害怕她，服从她；旅店主人恰巧赶到；K.躲到柜台底下；弗莉达来到柜台后发现K.躺在地上，她对旅店主谎称没看见K.这样一个人（同时用她的脚温情脉脉地抚摩着K.的胸脯）；做爱过程被醒来的克拉姆从门后传来的叫声突然打断；弗莉达的举动勇敢得令人惊奇，她竟对克拉姆喊道："我跟土地丈量员在一起！"然后，是顶峰（在这里，人们完全从经验论上的真实性里走了出来）：在他们之上，两个助手坐在柜台上，在这整段时间中，他俩一直在观察着他们。

九

城堡派来的两个助手兴许是卡夫卡诗学上的最重大发现，是他幻想之境的最神奇处。他们的存在不仅令人无比惊讶，而且满载丰富的涵义：他们是可怜的讹诈者，是令人讨厌的人；但他们也代表了城堡世界整个具威胁性的“现代性”：他们是警察、文字记者、摄影记者，是彻底毁坏私生活的打手；他们是穿越正剧场面的天真的小丑；但他们也是淫猥的窥视者，他们的出现给整部小说注入了性的芬芳气息，这种性的混乱虽然不洁，然而却具有卡夫卡所特有的喜剧性。

尤其重要的是：这两个助手的被发明就像一个杠杆，使整个故事上升到一个更高的领域，在那里，一切是那么惊人地真实而同时又不真实，一切都可能而同时又不可能。在第十二章：K、弗莉达和两个助手在一个小学校里扎营，把教室改成了卧室。女教师和小学生们进来时，正好赶上这不可思议的四口之家开始起床洗漱，他们在悬挂在双杠上的被单后匆匆穿衣，而好奇、惊讶的孩子们觉得很好玩，也偷偷地看了个够（他们也是窥视者）。这比一把雨伞和一台缝纫机的相遇还更甚之。这是两个空间奇妙至极地不合时宜的相遇：一个小学教室与一个可疑的卧室。

这个具有无比喜剧诗意的场面（它应该选入现代小说精选篇目，并放在最开头）在卡夫卡之前的时代是无法想象的。根本无法想象。我如此坚持，是为了强调整个卡夫卡美学革命的彻底性。我回想起二十年前与加夫列尔·加西亚·马尔克斯的一次谈话，他对我说：“是卡夫卡让我明白了，我们完全可以按另一种样子来写作。”另一种样子，这就是说，穿越真实性的界限。不是为了逃避真实世界（以浪漫主义者的方式），而是为了更好地把握它。

因为，把握真实世界属于小说定义本身的一部分。但是如何把握住它，同时又沉湎于令人销魂的幻想游戏呢？如何严肃认真地分析世界，同时又不负任何责任地在梦幻的游乐中自由驰骋呢？如何将这两个无法兼容的目的结合在一起呢？卡夫卡解决了这一大谜题。他在真实性的高墙上打开了缺口，许多别的作家紧跟着他各以各的方式通过了这一缺口，费里尼、加西亚·马尔克斯、富恩特斯、拉什迪。还有别的人，许多别的人。

让圣伽尔塔见鬼去吧！他的被阉之影遮掩住了所有时代中一个最伟大的小说诗人。

第三部分

纪念斯特拉文斯基即席之作

往日的召唤

在一九三一年的一次广播演讲中，勋伯格提到了他的老师："in erster Linie Bach und Mozart; in zweiter Beethoven, Wagner, Brahms"，"首先是巴赫和莫扎特，其次是贝多芬、瓦格纳、勃拉姆斯"。紧接着，在浓缩的、格言般精练的句子中，他明确地说出了他从这五位作曲家的每一位那里学到了什么。

然而，在巴赫和其他几位之间，有着一个很大的区别：比如说，从莫扎特那里，他学到了"长短不一的乐句艺术"，或者说"创造第二主题的艺术"，也就是说，一种完全个人的、仅仅属于莫扎特自己的本事。而在巴赫那里，他发现了曾经是巴赫之前好几个世纪中整个音乐的原则的一些原则：第一，"发明音型组合的艺术，使一组音符相互间有一种紧密的依托关系"；第二，"从唯一的一个核心出发创造一切的艺术"，"die Kunst, alles aus einem zu erzeugen"。

以勋伯格这两句概括了他从巴赫（以及他的前辈们）那里学来的知识的话出发，整个十二音体系的音乐革命就可以得以定义了：与古典音乐以及浪漫音乐正相反，巴赫的赋格曲已隐含了现代十二音体系的乐曲意义，由依次交替出现的音乐主题构成，从一开始起，到最后结束，它们都从一个唯一的既是旋律又是伴奏的核心展开。

二十三年以后，当罗兰-曼努埃尔[1]问斯特拉文斯基："今天最能吸引您的音乐是些什么作品？"斯特拉文斯基答道："纪尧姆·德·马肖[2]、海因利希·伊萨克[3]、迪费[4]、佩罗坦[5]和韦伯恩。"这是一个作曲家第一次如此清晰地表达了十二、十四、十五世纪的音乐的极端重要性，以及它们与现代音乐（如韦伯恩的音乐）的相似性。

几年以后，格伦·古尔德[6]在莫斯科为音乐学院的大学生举行了一次音乐会。在演奏了韦伯恩、勋伯格和克热内克[7]的作品后，他向听众作了一个说明："我能对这一音乐所作的最美的赞扬，就是向诸位说，我们在这一音乐中能找到的原理已经不是什么新鲜东西，它们至少已存在了五百年。"随后他继续表演了巴赫的三首赋格曲。此番言行是一次经过深思熟虑的挑衅：当时，俄罗斯的官方学说社会主义现实主义正以传统音乐的名义，与现代主义进行着斗争；格伦·古尔德想表明，现代音乐（在共产主义的俄罗斯被禁止）的根扎得要比社会主义现实主义的官方音乐的根（实际上，它只不过是浪漫主义音乐的人为保留）深得多得多。

两个半时

欧洲音乐的历史差不多有一千余年（这使我不禁回想起最初，原始复调音乐的试验创作是这一历史的开头）。而欧洲小说的历史约摸有四个世纪（如果我把拉伯雷的作品和塞万提斯的作品看成为它的开端）。每当我想起这两个历史，我就无法摆脱这样一种印象：它们都以相似的节奏发展着，我甚至可以说，它们分别经历了两个半时。上下两个半时之间的停顿——在音乐史和小说史中——不是同步的。在音乐史中，这一停顿延续了整个十八世纪（上半时的象征顶峰是巴赫的《赋格的艺术》，下半时的开始则以最初的古典音乐家的作品为标志）；小说史的停顿来得相对晚一些：在十八世纪与十九世纪之交，在前面的一边，是拉克洛[8]、斯特恩，在后面的另一边，是司各特、巴尔扎克。这一不同步性证

---

① Alexis Roland-Manuel（1891—1966），法国作曲家。

② Guillaume de Machaut（1300—1377），法国诗人、音乐家。

③ Heinrich Isaac（约1450—1517），佛兰德作曲家。

④ Guillaume Dufay（约1400—1474），法国作曲家。

⑤ Pérotin（约1170—1236），法国宗教音乐作曲家。

⑥ Glenn Gould（1932—1982），加拿大钢琴家。

⑦ Ernst Krenek（1900—1991），美籍奥地利作曲家，生于维也纳，一九三八年移居美国。

⑧ Choderlos de Laclos（1741—1803），法国小说家。

明，支配艺术史进程节奏的最最深刻的原因不是社会学上的、政治上的，而是美学上的。它们与这种或那种艺术的内在特征相联系，就仿佛——以小说为例吧——小说艺术包含着两种不同的可能性（两种不同的成其为小说的方式），它们不能够平行地同时得到发掘，而只能相继地、一个接着一个地得到发掘。

关于两个半时的隐喻想法，是在以前与一个朋友的交谈中产生的，并不奢望有什么科学性。这是一种平庸的、基本的、天真得显而易见的经验：说到音乐与小说，我们大家都是受下半时的美学的熏陶。对一个一般的音乐迷来说，欧克赫姆[1]的一首弥撒曲或巴赫的《赋格的艺术》，就跟韦伯恩的音乐同样难以理解。十八世纪的小说尽管故事情节十分吸引人，但它们的形式却让读者望而生畏，以至于它们后来的电影改编（这些改编致命地歪曲了它们的精神和它们的形式）倒要比小说作品本身更加出名。十八世纪最著名的小说家塞缪尔·理查逊[2]的书，今天在书店里已经找不到，在人们的记忆中也忘得差不多了。巴尔扎克的书则恰好相反，尽管它显得老气横秋，但读起来总是很容易，它们的形式对于读者是熟悉的、易于理解的，更有甚之，这种形式对他们来说是小说形式的范例。

两个半时之间的美学鸿沟，便是花样繁多的种种误会的原因。弗拉基米尔·纳博科夫在他谈论塞万提斯的书中，提出了一种激烈否定《堂吉诃德》的观点，他说这本获得人们过多赞誉的书实际上十分幼稚可笑，充满了唠唠叨叨的絮言，带有某种叫人无法忍受的不真实的残酷。这一“丑陋的残酷”使《堂吉诃德》成了一本“迄今为止最最野蛮最最粗俗的”书；可怜的桑丘挨了一阵又一阵的棍打，至少有五次被打掉了他满口的牙。是的，纳博科夫说得有理：桑丘掉了太多的牙。但是，我们并不是在左拉的作品中，那里确切而详尽地描写出的残酷才成为社会现实的真实资料；而在塞万提斯的笔下，我们是处在一个由法术齐天的善于发明的讲故事人创造的世界中，他处处夸张，任凭自己插上幻想的翅膀自由飞翔。桑丘被打碎的一百零三颗牙，人们是不能按字面的意思把它们当真的，小说中的其他一切也是如此。“夫人，不好了！一辆压路机从您女儿身上压了过去！”“知道了，知道了，我正在洗澡呢，来不了，请把她从门缝底下塞进来吧！”对我们儿时熟知的这一古老的捷克笑话，我们能够斥责其残酷性吗？塞万提斯的伟大的开山之作充满了非严肃精神的活力，这精神却被后世的下半时的小说美学、被所谓真实性的迫切需要变得不近人情，难以理解。

历史的下半时不仅将上半时遮挡得黯然失色，而且将它压抑住。上半时竟变成了小说的尤其是音乐的遗恨所在。巴赫的作品便是最著名的例子：巴赫生前闻名遐迩，巴赫死后默默无闻（长

① Johannes Ockeghem（约1410—1497），法国佛兰德圣乐与世俗乐作曲家。

② Samuel Richardson（1689—1761），英国作家。

达半个世纪的被遗忘）；直至十九世纪巴赫才慢慢地被人们重新发现。贝多芬是唯一一个在生命的末期（也就是说在巴赫死后的七十年）几乎成功地将巴赫的经验纳入到新的音乐美学中去的人（他反复试验将赋格曲式引入奏鸣曲中）。而在贝多芬之后，浪漫派音乐家越是赞颂巴赫，他们就越是由于自己的结构观念而离他更远。人们将他主观化，感情化（请看布索尼[①]著名的改编曲），以便更容易接近他。随后，作为对这一浪漫化的反动，人们又回过头来渴望找到巴赫的音乐在他生前演奏时的原样，这就导致了令人瞩目的平淡无奇的表演方法的诞生。一旦穿越了遗忘的荒漠，巴赫的音乐似乎就保持了它那永远半遮半掩的面貌。

作为突兀于浓雾之上的景色的历史

我不再谈论巴赫的被遗忘，现在我可以转变我的想法，我要说：巴赫是第一个以其作品的巨大分量迫使公众重视其音乐的伟大作曲家，尽管他的音乐已经属于往昔。这是史无前例的事件，因为，一直到十九世纪，与社会共同兴盛的几乎清一色的是同时代的音乐。一个社会与过去时代的音乐作品没有什么形式生动的接触：尽管音乐家们学习了（甚至连这也很少）以往时代的音乐，他们却没有习惯公开地演奏它们。只是到了十九世纪，过去的音乐才开始与当时的音乐共同活跃于世，而且逐渐获得越来越重要的地位；到了二十世纪，现在与过去的关系才终于又被颠倒过来：人们更多地听过去的音乐而不是当时的音乐，时至今日，当代音乐几乎已经从音乐厅堂里消失得无影无踪了。

巴赫堪称是第一个使后世记住自己的作曲家。通过巴赫，二十世纪的欧洲不仅发现了往昔音乐的一个重要的部分，而且还发现了音乐的历史。对音乐史而言，巴赫并非一段无足轻重的往昔，而是一段与今天有着根本区别的过去；由此，音乐的时代进程一下子（也是第一次）就被揭示得清清楚楚，它不像一系列作品的简单延续，而是像一系列改变、不同创作阶段、不同美学价值的组合。

我常常想象着巴赫在他去世的那一年，正巧是十八世纪的中央，他俯下身子，目光朦胧地盯着《赋格的艺术》，这是一种特殊的音乐，它的美学趋向在他的作品中（他的作品本身就包括了多种多样的艺术趋向）表现了他那个时代的最最古老、最最奇特的倾向，他的时代已完全彻底地从复调音乐转向了一种简单的、甚至可以说是过于简单化的风格，它常常几近于无聊与贫乏。

---

① Ferruccio Busoni（1866—1924），意大利作曲家、钢琴家。

巴赫作品的历史状况揭示了一条真理，而后来的一代又一代人却正逐渐将它遗忘。要知道，历史根本就不会是一条一直向上（通往更富有，通往更文明）的道路，艺术的需求有可能与生活的需求（这种或那种现代化的实现）相矛盾，新的东西（唯一的、无法模仿的、从未说起过的）可以在另一方向的道路上寻找到，而不是非要存在于所有人都称之为进步的通向前方的道路上。确实，巴赫将在他同时代人以及他的下一代人的艺术中读到的未来历史在他的眼中肯定像是一种堕落。在他生命的最后几年，当他集中全部精力于纯复调音乐的创作时，他已经完全背离了时代的趣味以及他自己的创作路线。这是对历史的一个不信任的举动，是对未来的一种默默的拒绝。

巴赫：音乐历史上各种倾向与各种问题的神奇的交叉之点。在他之前的差不多一百年，蒙特威尔第①的作品中也存在着一个相同的交叉点：它是两种相对立美学的遭遇之处（蒙特威尔第将它们称为第一实践和第二实践，前者建立在精巧的复调音乐的基础上，后者则建立在标题性主调音乐的基础上，它强调音乐的表现力）并由此预示了由上半时到下半时的过渡。

种种历史倾向的另一个交叉点就是斯特拉文斯基的作品。音乐的千年往昔在整个十九世纪中缓慢地从遗忘的迷雾中显现出来，到本世纪的中期（巴赫死后的二百年），突然一下子出现在人们眼前，就像沐浴在明媚的阳光之下的美景，一下子展开了它的全貌；

在这唯一的时刻里，整个音乐的历史完全展现出来，它是伸手可及的，随手可利用的（靠着对历史文献的研究，靠着技术手法，广播、唱片等等），它是完全向着探索其意义的问题开放的。正是在斯特拉文斯基的音乐中，这一总结性的时刻似乎寻找到了它的纪念碑。

感情的法庭

音乐“无力于表现任何东西：一种感情，一种行为方式，一种心理状态”，斯特拉文斯基在《我的生活纪事》（1935）中这样写道。这一断言（自然有些夸大其事，因为怎么可能否定音乐可以激发起感情呢？）随即得到明确的和更加细腻的解释：音乐的生存理由，斯特拉文斯基说，并不寓于它表达感情的能力。了解一下这种态度引起了什么样的恼怒是很有意思的。

与斯特拉文斯基的话相反，认为音乐的生存理由就在于表现感情的坚定信念也许自古以来就一直存在，然而，它是在十八世

① Claudio Monteverdi（1567—1643），意大利作曲家。

纪才被认为是居支配地位的说法，才被人们普遍接受，自然而然成为不言而喻之理。让-雅克·卢梭用一句极简单的话把它概括如下：音乐如同一切艺术那样模仿真实世界，但它是以一种特殊的方法来模仿，它“不直接地再现事物，而在人们的心灵中激起当人们亲眼看到这些事物时所经历的同样的感情波澜”。这就要求音乐作品有一定的结构。卢梭说：“全部音乐只能由以下三要素构成：旋律或曰歌；和声或曰伴奏；速度或曰节拍。”我要强调：和声或伴奏。这就是说，一切都从属于旋律，旋律是首要的，而和声只是简单的伴奏，它“对于人的心灵只有很小的一点点力量”。

两个世纪以后，现实主义的学说把俄罗斯音乐扼杀了半个多世纪；这一学说对任何别的东西一概否定。他们指责所谓的形式主义作曲家忽略了旋律（意识形态的首长日丹诺夫很是生气，因为形式主义的音乐不能在音乐会散场后由口哨吹出来）；他们劝勉这些人要表达“人类感情的一切类别”（而从德彪西开始的现代音乐则被斥责为不能表现这些类别）；在表达现实世界所激起的人们内心感情的能力中，他们看到了（与卢梭完全一样）音乐的“现实主义”。（音乐上的社会主义现实主义：第二个半时的原则被改造成教条以阻挠现代主义。）

对斯特拉文斯基的最严厉最深刻的批评，当数特奥多尔·阿多诺[①]在他著名的《新音乐的哲学》（1949）中的批评。阿多诺描绘了音乐的状况，仿佛它就是一个政治斗争的战场：勋伯格是正面英雄，代表进步（即便这里涉及的只是一种悲剧性的进步，是一个人们已无法再进步的时代），而斯特拉文斯基是一个反面人物，代表复辟。斯特拉文斯基拒绝在主观忏悔中发现音乐生存的理由，这个观点成了阿多诺批评的靶子之一；在他看来，这一“反心理学的狂热”是“无动于衷地对待世界”的一种形式；斯特拉文斯基将音乐客观化的意愿是与粉碎了人们主观能动性的资本主义社会的一种默契；因为，“斯特拉文斯基的音乐庆贺的是人的个性的消灭”，仅此而已。

卓越的音乐家、乐队指挥，同时也是斯特拉文斯基作品最初演奏者之一的恩斯特·安塞美[2]（斯特拉文斯基在他的《我的生活纪事》中说：他是我最忠实最虔诚的朋友之一），后来却成了斯特拉文斯基无情的批判者；他的异议是根本性的，它涉及“音乐的生存理由”。在安塞美看来，“人心之中潜在的情感活动［……］一直是音乐的源泉”；在这“情感活动”的表达中，寓居着音乐的“伦理精华”；在斯特拉文斯基这样一个“拒绝让自身介入到音乐表现行为中去”的人身上，音乐“不再是人类伦理学的一种美学表现”；比如，“他的《弥撒曲》不是弥撒的表现，而是弥撒的画像，［它］完全可以由一个非宗教音乐家写出来，”由此而言，它仅仅带

① Theodor W. Adorno（1903—1969），德国哲学家、音乐家，法兰克福学派代表人物之一。
② Ernest Ansermet（1883—1969），瑞士音乐家。

来了“一种现成的宗教感情”；通过如此的偷梁换柱法（以画像代替忏悔），斯特拉文斯基模糊地隐去了音乐的真正的生存理由，他所缺乏的仅仅是自己的道德义务。

为什么这般猛烈地攻击？难道上一世纪的遗产浪漫主义仍还在我们心中反抗着它更完美更具后继能力的否定面吗？难道斯特拉文斯基竟要违背每一个人心中暗藏的生存需要吗？人们需要认为，湿漉漉的泪眼比干枯木然的眼睛要好，放在胸口上的手比插在衣兜里的手要好，宗教信仰比怀疑论要好，激情比泰然要好，忏悔比知识要好，不是吗？

安塞美从批评音乐转到了批评作者：如果说斯特拉文斯基“没有把或者干脆就不想把音乐当作他自身的一种表现行为，那也不是出于自由的选择，而是出于一种他本性上的局限，出于他情感活动的缺乏自主（这里且不说是出于他心灵的干枯，唯有当他需要爱上什么东西时，这心灵的干枯才会暂告结束）”。

真见鬼！安塞美这个斯特拉文斯基的最忠诚的朋友，他对斯特拉文斯基的心灵干枯又知道些什么？他这个最虔诚的朋友对斯特拉文斯基的爱的能力又知道些什么？他从哪里得出的这样一种信念，非认定心灵比头脑在伦理学上要高贵得多？卑鄙无耻的作为，在心灵的参与下和在没有心灵活动的干预下，不是同样都做得出来吗？双手沾染了鲜血的狂人，不也能夸夸其谈地吹嘘自己崇高的“情感生活”吗？是不是有一天，人们能够最终摆脱这愚蠢的感情审判，摆脱这心灵的恐怖？

何为肤浅？何为深刻？

心灵的卫士们攻击斯特拉文斯基，或者说，为了拯救他的音乐，试图将它与它的作者的“谬误”观念分离开来。这一将良心不太健全的怀疑论作曲家的音乐“抢救”下来的良好愿望，在历史上经常可见，它尤其表现在对上半时的作曲家的态度上。出于纯偶然的原因，我发现了另一个音乐学家的一段小小的注释文字；它所涉及的是拉伯雷的一个伟大的同代人克莱芒·雅内坎[1]以及他的所谓“描述性”作品，比如《群鸟之歌》或《贫嘴的女人》(我自己把关键词换成了另一种字体):“这些作品都还是相当肤浅的。然而，雅内坎是一个比人们想象的更为全面的艺术家，除了他毋庸置疑的描绘性才能之外，人们在他的作品中还能看到表达感情时的一种温柔的诗意，一种感人肺腑的热诚……这是一个趣味细腻、对大自然的美十分敏感的诗人，同时也是一个无

① Clément Janequin（1485—1558），法国作曲家。

与伦比的赞美女性的歌手，他在内中找到了温柔、敬佩、尊重的语调……”

请好好地记住这些个词汇，好与坏的两极由形容词肤浅的以及它不言自明的反义词深刻的所指明。但是，雅内坎的“描述性”作品真是肤浅的吗？在这些乐曲中，雅内坎以音乐的手法（以合唱）改编了一些非音乐性声音（鸟儿的鸣啭、女人的饶舌、街头的嘈杂、一次狩猎或一次战斗的嘶喊，等等，等等）；这一“描述”以复调音乐的形式完成。“自然主义”的模仿（它给雅内坎带来了新鲜的、悦耳的音色）与博学的复调曲式的结合，两个几乎无法兼容的极端的结合产生了迷人的魅力：一种精细的、娱人的、欢快的、充满幽默的艺术由此诞生了。

然而，恰恰是“精细的”、“娱人的”、“欢快的”、“幽默的”这些词被那篇评论放在了“深刻”的对立面。但是，到底什么是深刻？什么是肤浅？在对雅内坎的批评中，肤浅的是“描绘性才能”，是“描述”；深刻的是“表达感情时的感人肺腑的热诚”，是对女性的“温柔、敬佩、尊重的语调”。在这里，凡触及感情的皆为深刻。但是，我们可以以另外的方式来定义“深刻”：凡触及本质的皆为深刻。雅内坎在这些乐曲中触及的问题是音乐的根本的本体论问题：自然之声与音乐之声的关系问题。

音乐与声响

当人创造一种音乐之声（通过歌唱或是演奏一种乐器）时，他也就把声响世界分成了两个有严格区别的部分：人为之声的部分和自然之声的部分。雅内坎在他的音乐中试图让它们彼此接触。就这样，他早在十六世纪中期就预示了在雅纳切克[1]（他对说话言语的研究）、巴托克或者梅西昂[2]（梅西昂以极其系统化的方式行事，他受鸟儿歌唱的启发创作乐曲）等人在二十世纪将要做的事。

雅内坎的艺术提醒人们，在人的心灵之外存在着一个听觉世界，它不仅由大自然的声响构成，而且也由说着话、唱着歌、叫喊着、赋予日常生活与节庆假日以悦耳的美妙之声的人类的嗓音构成。它提醒人们，作曲家完全可能赋予这一"客观"世界以一种伟大的音乐形式。

雅纳切克的一首最特殊的曲子《七万》（1909）是男声合唱曲，它叙述了西利西亚矿工的命运。这一乐曲的下半部分（它应该人选任何一本现代音乐作品选）是人群叫喊声的一次大爆发，尖厉

① Leoš Janáček（1854—1928），捷克作曲家。

② Olivier Messiaen（1908—1992），法国作曲家。

的高叫声掺杂在纷乱的嘈杂声中。这一段乐曲（尽管它具有令人难以置信的戏剧激情）与当年的牧歌是那么惊人地接近，我们知道，在雅内坎的时代，牧歌常常把诸如巴黎的嘈杂声、伦敦的嘈杂声引入音乐中。

我想到了斯特拉文斯基的《婚礼曲》（作于1914至1923年间）：一幅乡村婚礼的画像（这一被安塞美用作贬义的词实际上应是很贴切的）；人们听到歌唱、谈话、叫喊、招呼、杂音、独白、玩笑（已由雅纳切克先行尝试的各种声音的嘈杂）由配器法表现出来（四架钢琴以及打击乐器），形成一阵刺激人的喧闹（这预示了巴托克的手法）。

我还想到了巴托克的钢琴组曲《露天》（1926）。在其第四部分中，自然之声（好像是池塘边青蛙的鸣叫声）启发巴托克写出了一些奇特非凡的旋律性乐思；然后，在这动物的鸣叫声中混入了一首民间歌曲，尽管它是人类的创造，这首歌还是与青蛙的声响处在同一层次上；它不是一首利德曲①，即被认为能揭示作曲家心灵"情感活动"的浪漫主义歌曲，而是一段来自外部世界的、作为天籁之声的旋律。

我想起巴托克的第三部《钢琴与乐队协奏曲》（他创作生涯中最后的、忧郁的美国时期的一部作品）中的柔板。一种不可言喻之忧郁的极端主观的主题，与另一种极端客观的主题（它使人想起《露天》组曲的第四部分）交替出现，仿佛一个心灵的哭泣只能由大自然的非敏感性得以慰藉。

我已然说得很明白:“由大自然的非敏感性得以慰藉。”因为非敏感性是有安慰能力的;非敏感性的世界是人类生活之外的世界;是永恒;“是与日月同辉的大海”。我回想起俄罗斯占领初期我在波希米亚度过的愁苦岁月。那时候,我爱上了瓦雷兹[②]和泽纳基斯[③]:这些客观然而却尚未存在的音响世界的形象告诉了我人类咄咄逼人的、讨厌的主观性的自由存在,它们告诉了我在人类参与之前之后的世界的温柔的野性之美。

旋 律

我听着一首十二世纪巴黎圣母院学派的二声部的复调声乐曲:在低音部时值增长的节奏中,是一首古老的格列高利单旋律圣咏(一种可以追溯到远古时代的、很可能非欧洲的圣歌),作为cantus firmus[④];在高音部时值稍短的节奏中,进行着复调化的对比性旋

---

① Lied,通常指专用于舒伯特、舒曼、勃拉姆斯和施特劳斯等人的德国浪漫歌曲。

② Edgard Varèse(1883—1965),法国作曲家,后加入美国籍。

③ Iannis Xenakis(1922—2001),希腊作曲家、建筑师,后加入法国籍。

④ 拉丁文,定旋律。

律。两种旋律——各自属于一个不同的时代，彼此相隔好几个世纪——的这一交融拥抱产生了神奇的效果：就像现实与寓言的结合，这就是作为艺术的欧洲音乐的诞生。一种旋律创造出来，被用来作为另一种十分古老、几乎难以溯源的旋律的对位；它在那里仿佛是一种次要的、从属性的东西，它在那里是为了衬托；尽管"次要"，中世纪音乐家的整个发明、整个工作全集中在它身上，被伴奏的旋律就像是从一个古老的保留曲目表里原封不动地重新找出来似的。

这种古老的复调曲式使我心花怒放：旋律是长段的，没完没了，难以熟记；它不是一个突如其来的灵感的结果，它不像一种情绪的直接表达那样爆发出来；它具有一种精心制作、一种"手工技术"活、一种装饰的性质，这样一种工作不是为了让艺术家打开心灵之窗（如同安塞美所说，展现出他的"情感活动"），而是让他谦卑地美化修饰宗教礼仪。

我似乎感到，一直到巴赫，旋律艺术始终保持了最初的复调音乐家赋予它的这一特性。我听巴赫的《E大调小提琴协奏曲》的柔板：就像一种cantus firmus，乐队（大提琴）奏出一个非常简单的、很容易记住的主旋律，并多次重复它；这时，小提琴的旋律（作曲家的旋律对抗都集中在这里）在其上飘荡，比乐队的cantus firmus时值更长，更富变化，更丰满，两者简直无法相比（然而小提琴的旋律却是从属于乐队的），这小提琴的旋律美丽、迷人，然却难以捉摸，难以熟记，对我们这些音乐史下半时的孩子们而言，它是那么奇妙地古老悠久。

在古典主义的初期，情况发生了变化。乐曲创作失去其复调特征，在伴奏的和声的音色中，各具特色的不同乐部的自治丧失了；尤其到了历史下半时，随着新的伟大发明交响乐队获得日益重要的地位，这种自治也就几乎丧失殆尽。曾经是“次要”的、“从属”的旋律一跃而成为音乐创作的第一乐思，支配了已变得面目一新的音乐结构。

于是，旋律的特征也改变了：它再也不是那一条穿越整个乐段的长线；它可以缩短为一种几小节长的曲式，成为非常具有表达力、非常浓缩的、因而也很容易熟记的曲式，它能够捕捉（或者刺激起）一种直接的激情（一种语义学的伟大使命也就史无前例地落到了音乐的肩上：截取并“确定”一切激情以及它们的细微区别）。正因为如此，公众喜欢把“旋律大师”的美名献给历史下半时的一些作曲家，献给莫扎特，献给肖邦，但很少有人献给巴赫或维瓦尔第，更不用说给若斯坎·德·普雷[1]或帕莱斯特里纳[2]。我们今天所流行的关于什么是旋律（什么是美的旋律）的观念，就是由古典主义时代诞生的美学所构成的。

---

① Josquin des Prés（约1445—1521），佛兰德作曲家。

② Giovanni Pierluigi da Palestrina（约1525—1594），意大利作曲家。

然而，若是说巴赫的旋律不如莫扎特的旋律，那就不对了；巴赫的旋律只不过与莫扎特的不同罢了。在《赋格的艺术》中，著名的主旋律

便是核心，从这一核心出发（如同勋伯格所说），一切被创造出来；但是《赋格的艺术》的旋律之宝并不在此；它是在从这主题产生并且成为主题的对位的所有旋律之中。我十分喜爱赫尔曼·谢尔欣[1]的乐队和表演，例如《第四号简易赋格曲》；他把它演奏得比通常速度慢一倍（巴赫本人没有标明作品的速度）；在这缓慢的流程中，整个意想不到的旋律之美一下子就显了出来。巴赫作品的这一*重新旋律化*跟所谓的*浪漫化*（在谢尔欣的演奏中没有散板，没有追加和弦）毫无共同之处；我所听到的是历史上半时的真正本色的旋律，难以捉摸，难以熟记，难以缩减为一个短短的套式；这是一种以其不可动摇的泰然使我神魂颠倒的旋律（旋律的错综复杂）。一个人听到它不可能不大大地受感动。但这种激动与肖邦的夜曲所唤醒的激动是根本不同的。

这就好像，在旋律艺术的后面，隐藏着两种彼此对立的可能的意向性：好像巴赫的一段赋格曲在使我们对生存的超主观的美

进行沉思的同时，又想让我们忘却我们的情绪、我们的激情、我们的忧愁，甚至我们自己；相反，好像浪漫主义的旋律想让我们沉湎在我们自身之中，让我们极其强烈地感到我们的自我，让我们忘却一切身外之物。

为上半时恢复名誉的现代主义的伟大作品

后普鲁斯特阶段的最伟大的小说家——我尤其想到卡夫卡、穆齐尔、布洛赫、贡布罗维奇或与我同代的富恩特斯——对于十九世纪之前的、差不多已被忘得一干二净的小说的美学极其敏感：他们将随笔式的思考引入到小说艺术中；他们使小说构造变得更自由；为离题的神聊重新赢得权利；为小说注入非严肃的与游戏的精神；通过创造无意与社会身份相竞争（以巴尔扎克的方式）的人物来拒绝心理现实主义的教条；尤其是他们不想硬塞给读者一个真实的幻觉，而这硬塞曾是整个小说史下半时的万能统治者。

所谓为上半时小说原则恢复名誉，其意义并不是回归到这种

---

① Hermann Scherchen（1891—1966），德国作曲家、乐队指挥。

或那种仿古笔法，更不是对十九世纪小说的幼稚否定，这一恢复名誉的意义更为普遍：它要重新确定并扩大小说的定义；它要与十九世纪小说美学所做的缩小小说的定义唱一个反调；它要将小说的全部历史经验作为小说定义的基础。

我并不打算对音乐与小说做一个简单的对照，这两种艺术的结构问题是无法比较的；然而它们的历史状况是相似的：同伟大的小说家一样，伟大的现代作曲家（问题同样涉及斯特拉文斯基跟勋伯格）想拥抱所有世纪的音乐，重新思考、重新构建它整个历史的价值尺度；为达此目的，他们就必须把音乐历史的车轮从下半时的轨道中拉出来（趁这一机会，让我们一起注意：通常被贴在斯特拉文斯基身上的新古典主义的标签，是使人误入歧途的错标，因为，斯特拉文斯基最具决定意义的返古游历是向着古典主义之前的时代的）。由此产生了他们的迟疑：对随奏鸣曲而诞生的作曲技巧；对旋律的优越地位；对交响乐队的蛊惑人心的音色；然而，他们尤其拒绝看到，音乐的生存理由唯独只在情感生活的忏悔之中这一看法，在十九世纪成了一种权威观点，与同时代小说艺术中强求的真实性具有同样的权威性。

假如说，这种对音乐的整个历史进行再阅读、再估价的倾向，对一切现代主义伟大音乐家来说都是共同的话（假如它真的如我想象的，是区别现代主义的伟大艺术与现代主义的哗众取宠的一把钥匙），那么，斯特拉文斯基要比任何人都更清晰地（而且，我要说，是以夸张的方式）表达了它。而且，他的诽谤者的攻击也大都集中在这里：他致力于扎根在整个音乐历史中的努力，被他们看成是折衷主义，缺乏独特性，丧失改革性。安塞美说，他的“不可思议的多样化的风格手法［……］像是没有了风格”。阿多诺说得更带挖苦味：斯特拉文斯基的音乐只受音乐的启迪，它是“依据音乐产生的音乐”。

这是不公正的评判。因为，假如说，斯特拉文斯基前无古人后无来者地俯身在整条音乐历史的长河中汲取灵感，那么这也不会损及他艺术独特性的一根毫毛。我不仅想指出，在他风格的种种变化后面，人们总可以发现一些始终相同的个性特征。我还要说，恰恰是他在音乐史的旷野中的游荡，因而也可说是他有意识的、有目的的、规模巨大的、独一无二的“折衷主义”，构成了他整个的、无与伦比的独特性。

第三时

在斯特拉文斯基的作品中，这拥抱音乐史全部时代的意愿意味着什么？它的意义是什么？

我在年轻时会毫不犹豫地说：对我来说，斯特拉文斯基是一个打开了通向远方、通向我以为无边无际远方之门的人。我想，为了这一现代艺术之无休止的游历，他一定会调动和召集起音乐史所能支配的一切力量和一切方法。

现代艺术之无休止的游历？在此后至今的很长一段时期中，我失去了这一感觉。游历是短暂的。因此，在我关于音乐历史所经历的两个半时的隐喻中，我把现代音乐想象成一段简单的结束曲，一首音乐史的收场诗，一场历险之末的欢庆，一片日暮时分天际的红霞。

现在，我犹豫了：尽管现代音乐的历史确是那么的短，尽管它只属于一两代人，因而它确实只配称之为一曲收场诗，然而就它无比的美而言，就它艺术上的重要性、它全新的美学观念、它综合的智慧而言，它难道不值得被称作一个完全独立的时代，称作历史的一个第三时吗？难道我还不应该修正一下我关于音乐史与小说史的隐喻吗？我还不该说它们的发展经历了三个阶段吗？

当然，我要修改我的隐喻，我心甘情愿地做出订正，尤其是因为我偏爱这具有“日暮时分天际红霞”的形式的第三时，偏爱这我以为置身于其中的时代，即使实际上我只属于某种早已不复存在的东西。

但是，让我们再回到我的问题上来：斯特拉文斯基拥抱音乐史全部时代的意愿意味着什么？它的意义是什么？

一个形象追随着我：根据一种民间说法，在生命的最后一刻，垂死的人会看到他度过的一生一幕幕地从眼前浮现。在斯特拉文斯基的作品中，欧洲音乐回忆起了它千年的生命；这是它走向一场永恒的无梦的长眠之前的最后一梦。

戏谑性改编

我们得区别两种东西：一方面，是恢复一些被遗忘的往昔音乐之原则的普遍倾向，这倾向在斯特拉文斯基的全部作品以及他同时代的伟大作曲家的作品中随处可见；另一方面，是斯特拉文斯基某一次与柴可夫斯基，另一次与佩戈莱西①，然后又与杰苏阿尔多②等的直接对话；这些“直接对话”，即对这部或那部原作、对这种或那种具体风格的改编，只属于斯特拉文斯基一人，我们在他同时代的作曲家那里实际上找不到这种手法（在毕加索那里却可以找到）。

阿多诺是这样解释斯特拉文斯基的改编的（关键词由笔者用异体字来强调）：“这些音符［指斯特拉文斯基使用了，比如在《普

① Giovanni Battista Pergolesi（1710—1736），意大利作曲家。

② Carlo Gesualdo（约1560—1613），意大利作曲家。

尔钦奈拉》中，不协和的、对和声来说十分陌生的音符。——米兰·昆德拉注］成了作曲家对习惯表达实施的暴力的痕迹，在这些音符中人们品味到的正是这一暴力，这一虐待音乐、几乎置它于死地的方式。假如说，不和谐音在过去是作为主观痛苦的表达，那么现在，它的刺耳就改变了价值，而成为社会约束的标志，其施动者正是抛出这些调式的作曲家。他的作品没有任何别的材料，只有这种约束的标志，其必要性在主题之外，跟主题没有任何相同的尺度标准，只是从外部强加于它。斯特拉文斯基新古典主义作品引起的巨大轰动，很大程度上可能是由于这样一种情况：作品无意识地、在唯美主义色彩之下，以它们自己的方式培养了人们，某种政治上的东西很快就被有条不紊地强加到他们头上。”

再概括地重述一遍：一种不和谐音如果作为“主观痛苦”的表达，那它是可以被接受的，但在斯特拉文斯基的作品（众所周知，不讲他的痛苦，这在道义上是有罪的）中，这同一种不和谐音却是暴虐的标志；这种暴虐被拿来与政治暴虐进行对照（通过阿多诺式思想的短路碰发出的火花）：由此，给佩戈莱西的音乐作品加上的不和谐音预示了（由此可以说，准备了）不久后的政治压迫（这在具体的历史背景中只可能意味着唯一的一件事：法西斯主义）。

我自己也有过对过去某一作品进行自由改编的经验。那是在七十年代初期，我仍在布拉格时，我动笔根据狄德罗的《宿命论者雅克》写了一出新编戏剧。狄德罗对于我是自由精神、理性精神、批判精神的化身，那时我正经历着的对狄德罗的苦恋，是一种对西方的怀念（俄罗斯军队对我国的占领在我眼里代表了一种强行实施的反西方化）。但是，事情总是在不停地改变着它们的意义：今天我会说，狄德罗对于我是小说艺术第一时的化身，我的剧本是对早先小说家所熟悉的某些原则的赞扬；同时，这些原则于我是十分宝贵的：1）令人惬意的结构上的自由；2）放荡故事与哲学思考恒常的相邻关系；3）这些哲学思考非严肃的、讽刺的、滑稽的、震撼人的特性。游戏规则是明明白白的：我所写的并不是对狄德罗作品的一种*改编*，而是一出我自己的戏，是我对狄德罗作品的一种*变奏*，是我对狄德罗的致意：我对他的小说进行彻底的重写；尽管那些爱情故事仍重复了他的故事，但对话中的思考却更属于我；每一个读者都能立即发现，那里有一些在狄德罗笔下不可设想的句子；十八世纪是乐观主义的世纪，我的世纪已不再是了，我本人更不是乐观主义者，在我的笔下，主人与雅克忘乎所以地大讲特讲在启蒙时代难以想象的阴郁的荒唐话。

我在有了自己的小小经验之后，便只能把那些有关斯特拉文斯基如何粗暴、如何肆虐的话当作痴人说梦。斯特拉文斯基热爱他的大师如同我热爱我的大师。当他给十八世纪的旋律加上了二十世纪的不和谐音时，他也许正在想象，他使已在另一世界的大师感到惊奇，他把我们时代的某种重要事情吐露给大师，甚至他还逗乐了大师。他需要对他讲话，跟他谈谈。一部古老作品的戏谑性改编对于他，就好像是一种在世纪之间建立交流的方式。

卡夫卡式的戏谑性改编

卡夫卡的《美国》是一本令人惊奇的小说：确实，为什么这个二十九岁的年轻散文作家要把自己第一部小说的背景放在一个他从未踏于足下的大陆上呢？这种选择显示了一个明确的意图：他不写现实主义的东西；更有甚者：他不写严肃的东西。他甚至并不努力以学习研究来掩饰自己的无知；他是根据二流读物的描述，根据埃皮纳勒[①]的图像来创造自己有关美国的想法，确实，他小说中的美国形象是由一些陈词滥调（有意识地）凑成的；至于人物与情节安排，基本的灵感来自（如同他自己在日记中所承认的）狄更斯，尤其是后者的《大卫·科波菲尔》(卡夫卡把《美国》的第一章形容为对狄更斯的“纯模仿”)：他借用了其中的具体情节（他一一列举:“雨伞的故事，强迫劳动的故事，肮脏的房子，乡村别墅里的心爱的女人”)，他受启发创造出人物（卡尔是对大卫·科波菲尔的温柔的戏仿)，他尤其沉浸在狄更斯所有小说弥漫着的氛围中：温情主义，善与恶的天真区别。如果说，阿多诺把斯特拉文斯基的音乐说成是一种“依据音乐的音乐”，卡夫卡的《美国》就是一种“依据文学的文学”，它甚至是这一题材中的一部经典之作，即便它还算不上是扛鼎之作。

小说的第一页：在纽约港，卡尔正从轮船上下来，突然发现把雨伞忘在船舱里了。为了去寻这把伞，他出于一种令人难以置信的轻率，把行李箱（沉重的箱子里有着他全部的家当）托付给一个素不相识的人看管。当然，他也就这样丢掉了他的行李和雨伞。从作品的一开头，戏谑模仿的精神就催生了一个想象的世界，在这世界中，一切都不那么可靠，一切都有那么一点点喜剧味。

比起这个靠着陈词滥调构思出来的患巨人症的、由机器组成的新文明的美国来，在任何一张世界地图中都找不到影子的卡夫卡的城堡恐怕也不会显得更不真实。在他的参议员舅舅的家中，卡尔发现了一张奇特的写字台，它是一台复杂无比的机器，差不多有一百来个抽屉，由一百来个按钮控制着，这可以说是一个既很实用又完全无用、既算得上工艺上的奇迹又毫无意义的物件。我在这部小说中数出了十个类似的神奇的机械装置，有趣而不真实：从舅舅的写字台到代达罗斯迷宫般的乡村别墅，从西方大饭

---

① Épinal，法国城市，以出品描绘各地人物风情的彩色通俗画而闻名；所谓的埃皮纳勒图像，指以各地风俗为主题制作的粗陋通俗画。

店（地狱般复杂的建筑，魔鬼般可怕的官僚机构）到俄克拉何马剧院，这剧院本身也是一个巨大的无法捉摸的行政机构。由此，通过戏谑模仿（陈词滥调的拼凑游戏）的道路，卡夫卡到达了他最伟大的主题：迷宫般复杂的社会机器，人在其中只会迷失方向，走向自身的失落。（从遗传学的观点来看，正是在舅舅写字台的喜剧性机械装置中包含了城堡的令人恐怖的行政机构的萌芽。）这一如此重大的主题，卡夫卡得以靠自己的方式将它抓住。他并不是通过建立在左拉式对社会的研究基础上的现实主义小说方法，而恰恰是通过表面轻浮无聊的"依据文学的文学"的方法，通过赋予想象力以一切必要的自由的方法（夸张的自由、荒谬的自由、不确实性的自由、戏谑式发明的自由）。

隐藏于充满感情的文笔后面的心灵干枯

在《美国》中，人们发现许多无法解释的极为过分的感情动作。第一章的末尾：卡尔已准备和他的舅舅离船出发了，司炉一个人留在了船长的舱室里。正是在这时候（我特别强调了关键词），卡尔"回去找到司炉，把那人一直深深插在腰带里的右手拉出来，用自己的双手握着它，抚摩着它。[……]卡尔将自己的手指头在司炉的手指头间来回移动着，司炉炯炯有神的目光扫视着四周，仿佛他体验到了一种谁也不能嫉恨的无比的幸福”。

“‘你必须为自己辩护，说清是非曲直，要不然，别人就无法了解事情的真相。你必须起誓你会听从我这句话的，要知道，我自己已经不可能再来帮你的忙了，我这担心不是没有理由的。’卡尔吻着司炉的手不禁哭了起来；他捧着这只粗糙而僵硬的手，把它紧紧地贴在自己的脸颊上，像是抱着一块宝贝，然而，他不得不把它丢开。参议员已经来到他的身边，尽管他只用了一种最最温和的方式，但还是不无强制地把卡尔拖走……”

另一个例子：在波隆德乡村别墅中那个晚会的最后时分，卡尔长时间地解释他为什么要回到舅舅的家里去。“在卡尔说着这段长长的话时，波隆德先生一直认真地听着，尤其当卡尔提到舅舅时，他就紧紧地搂一下卡尔……”

表达人物感情的动作不仅仅被夸张了，而且很不得体。卡尔认识司炉才不过刚刚一小时，他完全没有理由如此动情地和他亲近。假如人们最终真的以为，这个年轻人是天真地被成年人友谊的承诺感动了，那么，当人们看到，一秒钟以后卡尔竟那么容易地毫无反抗地被舅舅从他的新朋友身旁领走时，人们就会更加惊奇不已了。

波隆德在整个晚会的那场戏里早已明明白白地知道，舅舅已把卡尔从家中赶出，所以他才含情脉脉地把他紧紧搂在怀中。然而，等到卡尔当着他的面读起舅舅托带的信，得知了自己艰难的命运时，波隆德再也不对他表示任何的亲昵，也不为他提供任何的帮助。

在卡夫卡的《美国》中，人们处在一个感情不合时宜、被错置、被夸大、无法被理解的世界中，或者相反地说，处在一个古怪地不存在感情的世界中。在他的日记里，卡夫卡曾用以下的词形容狄更斯的小说："隐藏在一种充满感情的文笔后面的心灵干枯。"这就是卡夫卡自己的这部小说、这一出感情被露骨地表现出来而随之又被立即遗忘的戏的意义。这一"对感伤温情的批评"（暗含的、滑稽的、戏仿的、然而决非攻击性的批评）针对的不仅仅是狄更斯，而且还是普遍意义上的浪漫主义。它针对的是浪漫主义的继承者，卡夫卡的同代人，尤其是表现主义者，是他们对歇斯底里和疯狂的崇拜。它针对的是心灵的整个神圣教会。它也再一次把卡夫卡和斯特拉文斯基这两个表面看来如此不同的艺术家彼此紧靠在一起。

一个心醉神迷的小男孩

当然，我们不能说音乐（全部的音乐）无法表达感情；浪漫主义时代的音乐是真正地、合理地具有表现力的；但是，即便对这一音乐，我们还是可以说：它的价值与它所激起的感情的强烈程度并无共同之处。因为音乐可以不需要任何的音乐艺术就能有力地唤醒感情。我还记得，儿童时代的我坐在钢琴前，醉心于即兴乱弹，一个用最强音无休止地奏出的c音上的小三和弦与下属音f音上的小三和弦的叠置，就足以使我欣喜若狂。不断重复的两种和弦以及富有旋律性的原始乐思使我体验到了一股强烈的冲动，任何一段肖邦、任何一段贝多芬都从来没有激起我如此的冲动。（有一次，我的音乐家父亲怒气冲冲地跑进我的房间——在此前此后，我从未见他发过火——把我从琴凳上抱走，强忍着怒火把我带到饭厅，塞在饭桌底下。）

那时候我在即兴弹奏中所体验的，就是一种出神。什么是出神？敲击着琴键的男孩子感到一种热情（一种忧伤或是一种快乐），而激情上升到一定的强烈程度时，就会一发而不可收：男孩入了迷，对周围的一切视而不见，听而不闻，在这种状态下，他忘记了一切，他甚至也忘记了他自己。在心醉神迷的状态中，激情达到了顶点，与此同时，它也就达到了它的否定（它的遗忘）。

心醉神迷的意思是处于“自我之外”，如同这个词的希腊语词源所说的，是从其原位（stasis）中出来的行为。处于“自我之外”，并不意味着以一个梦想者的方式走出现在时，而逃逸在过去或未来之中。恰恰相反，出神是与现时瞬间绝对地视为同一，是对过去与未来的彻底遗忘。假如人们抹去未来与过去，现在的那一瞬间就处于空无的空间中，超然于生命及年代之外，超然于时间之外而独立于它（所以，人们可以把它与永恒相比，而这永恒也是时间的否定）。

在一首利德曲的浪漫旋律中，人们可以见到激情的听觉形象：它的长度似乎维持住了激情，发展了激情，使人慢慢地品尝它的滋味。相反，出神却不能在一段旋律中反映出来，因为被出神所扼杀的记忆不可能抓住一个稍稍有点儿长度的旋律短句的全部音符；出神的听觉形象是叫喊（或者说，一个模仿叫喊的十分简短的旋律性的乐思）。

出神的经典例子是性欲高潮的时刻。让我们回到女人们尚未体验避孕药好处的时代。一个偷情的男子在云雨之欢的快感将临时，常常忘了及时地将身子从情妇的身体中抽出，以致使她怀上孩子，尽管在高潮之前，他具有坚定的决心要绝对谨慎地行事。心醉神迷的那一秒钟使他忘记一切，忘记他的决心（他最即刻的过去）和他的利益（他的未来）。

衡量起来，心醉神迷的那一刻比起人们不愿怀上的那孩儿来要重得多；既然不愿怀上的婴儿可能会以其不合时宜的生存代替情人的整个生活，那么我们可以说，心醉神迷的一刻要比整个生命重得多。情人的生活相对于心醉神迷的那一刻，差不多就好比暂时性相对于永恒性，它处在下风。人期望永恒，却只能得到它的ersatz[①]：心醉神迷的那一刻。

我还记得我青年时代的一天：我和一个伙伴开着他的汽车兜风，正赶上前面有人过马路。我认出了一个我很不喜欢的人，就把他指给我的同伴看，说:“压死他！”这当然是一句说说而已的纯玩笑话，但是我的朋友正处于一种极其欢快的心态中，当即加速冲了出去。那人吓坏了，滑了一下，倒在地上。我的朋友在最后一秒钟里刹住了车。那人没有受伤，人们围住我们的车，想私刑处置我们（我理解他们）。然而，我的朋友根本就没有杀人之心。我的话刺激他进入短短的出神状态（再者说，这是一种最奇怪的出神，一句玩笑话的出神）。

人们习惯于把出神的定义与重大的神秘时刻联系在一起。但是，生活中有的是日常的、平凡的、庸俗的出神：愤怒中的出神，高速行车中的出神，震耳欲聋的噪音中的出神，足球场上的出神。生活，就是一种永恒的沉重努力，努力使自己不至于迷失方向，努力使自己在自我中，在原位中永远坚定地存在。只消从自我中脱离出来一小会儿时间，人们就触到死亡的范畴。

① 德语，代用品。

幸福与出神

我常常自问，在听斯特拉文斯基的音乐时，阿多诺是否从来就没有感到过一丝丝的快乐。快乐？在他看来，斯特拉文斯基的音乐只知道有一种快乐："邪恶的剥夺之快乐"；因为它被"剥夺"了一切：表达感情的能力，乐队的音响，展开的技术；它歪曲了原先的形式，对它们"白眼相加"；它无法创造发明，只能"装装鬼脸"，"讽刺"，"挖苦"，"滑稽地模仿"；它仅仅是对十九世纪音乐的一种"否定"，甚至可以说它是对整个音乐的一种"否定"（阿多诺说："斯特拉文斯基的音乐是一种音乐已被从中逐出的音乐。"）。

奇怪啊，奇怪。这一音乐闪烁着的幸福之光到哪儿去了呢？

我回忆起六十年代中期在布拉格举行的毕加索作品展览。一幅画始终留在我的记忆中。一个女人和一个男人在吃西瓜；女人坐着，男人躺在地上，两腿冲天高伸，这一动作表现了人的难以形容的幸福。而这一切以一种令人惬意的无拘无束的方式画出，它使我不禁想到，画家在画这幅画时，一定感受到了跟两腿朝天的男人一样的快乐。

画出两腿冲天的男人时，画家的幸福是一种具有两重性的幸福；那是观察（含着微笑地观察）着一种幸福的幸福。正是这微笑让我感兴趣。画家从两腿冲天的男人的幸福中，隐隐约约地窥见了一滴美妙无比的喜剧性的水珠，也跟着一起欣喜若狂。他的微笑在自己心中唤醒了一种愉快的不负责任的想象力，与两腿冲天的男子所做的动作同样地不负责任。我所谈到的幸福因而也带上了幽默的标记；正是它，使得这一幸福跟其他艺术的时代的幸福有所区别，比如说，与瓦格纳笔下的特里斯丹[①]的浪漫的幸福，或者与菲利门和巴乌希斯[②]的田园牧歌式的幸福区别开来。（难道是因为致命地缺乏幽默，阿多诺才对斯特拉文斯基的音乐如此不敏感吗？）

贝多芬创作了《欢乐颂》，但这贝多芬式的欢乐是一种迫使人保持毕恭毕敬的姿态的礼仪。古典交响乐的回旋曲和小步舞曲是一种邀请入舞的方式，但我所讲到的、我所坚持的幸福，并不想以一场舞蹈的集体动作来宣告自己的幸福。因此，除了斯特拉文斯基的《马戏波尔卡》，任何别的波尔卡都不能为我带来幸福，斯特拉文斯基写的这一波尔卡不是为了让人跳的，而是为了让人两腿冲天地听的。

---

① Tristan，瓦格纳根据中世纪传说改编的歌剧《特里斯丹和绮瑟》中的男主人公，一个英勇的骑士，他和绮瑟的爱情悲剧在西方家喻户晓。

② Philemon 和 Baucis 是希腊神话中一对虔诚的夫妇，因殷勤款待微服私访的宙斯和赫尔墨斯被神赐予种种幸福，免遭洪水之灾，房屋变成宫殿，两人当了祭司，最后同时寿终。

在现代艺术中，有不少作品发现了存在的一种无法模仿的幸福，由想象力的舒适的不负责任性表现出的幸福，由新的发明、由出其不意、由始料不及的欢乐所表现出的幸福。人们可以开出一张长长的单子，列举充溢着这种幸福的艺术品：在斯特拉文斯基(《彼得卢什卡》、《婚礼曲》、《狐狸》、《钢琴及乐队随想曲》、《小提琴协奏曲》，等等)的旁边，有米罗[①]的全部作品；有克利[②]、杜飞[③]、迪比费[④]的绘画；阿波利奈尔的某些散文作品；雅纳切克的晚年作品(《谚语》、《管乐六重奏》、歌剧《狡猾母狐狸》)；米约[⑤]的音乐作品；还有普朗克[⑥]，他根据阿波利奈尔的同名作品改编的喜歌剧《蒂瑞西亚斯的乳房》是在大战的最后日子里写成的，但是它遭到一些人的攻击，因为他们觉得作品以一种玩笑的口吻庆贺解放是很不道德的。确实，幸福(以幽默之光照亮的这一罕见幸福)的时代已经结束了；第二次世界大战以后，只有马蒂斯、毕加索等几个年迈的大师还善于反抗着时代精神，在他们的艺术中保持着这一幸福。

在列举幸福的伟大作品时，我不能忘记爵士音乐。爵士乐的整个保留曲目是由一些数量相当有限的旋律的不同变奏构成的。由此，在整个爵士乐中，我们可以看到有一种微笑，潜行于原始旋律与它的转化形式之间。与斯特拉文斯基一样，爵士乐的大师都喜爱戏谑性改编的艺术，他们不仅把一些源远流长的黑人歌曲，而且把巴赫、莫扎特和肖邦的乐曲都作了改编。埃林顿[⑦]

改编了柴可夫斯基和格里格的乐曲，他为他的《Uwis组曲》创造了一段乡村波尔卡的变奏曲，它从精神上使人想起《彼得卢什卡》。微笑不仅以看不见的方式存在于将埃林顿与他的格里格的“画像”相分隔的空间里，而且在老迪克西兰爵士乐[8]乐手的面貌上明显可见：每当轮到一个乐师独奏时（它几乎总是有一部分需要即兴演奏，也就是说，每次演奏总要带来一些出人意料的东西），他就稍稍往前站站，完了以后他再把位子留给另一个乐师，自己则怀着欢快的心情认真聆听（欢快地听别的出人意料的东西）。

在爵士乐音乐会上人们鼓掌。鼓掌是表示：我认认真真地听了，现在我要表示敬意。而所谓的摇滚乐则改变了情景。重要的事实是，在摇滚乐音乐会中人们不鼓掌。要是鼓掌，要是由此给表演的人和听的人之间加上一段要命的距离，那简直就成了一种极为不恭的冒犯。在摇滚乐音乐会中，人们不是来评判的，不是

---

① Joan Miró（1893—1983），西班牙画家。

② Paul Klee（1879—1940），德国籍瑞士裔画家。

③ Raoul Dufy（1877—1953），法国画家。

④ Jean Dubuffet（1901—1985），法国画家。

⑤ Darius Milhaud（1892—1974），法国作曲家。

⑥ Francis Poulenc（1899—1963），法国作曲家。

⑦ Duke Ellington（1899—1974），美国爵士乐作曲家、钢琴家、指挥家。

⑧ Dixieland，在美国南部诞生的早期白人爵士乐。

来欣赏的，而是来投入于音乐的，是来和乐手们一起叫喊的，是来和乐手们融为一体的；在这儿，人们寻找认同，而不是快乐；人们寻求感情的宣泄，而不是幸福。在这儿，人们心醉神迷：节奏十分强烈、十分规则，旋律性的乐思极短，而且无休止地反复，没有声响力度上的对比，一切都是最强的乐段，歌唱喜用最尖利的音区，像是叫喊声一样。这儿，人们不再是在小舞厅里，由音乐把一对对舞伴包围在他们间的亲密关系中；这儿，人们是在宽敞的大厅里，在运动场上，彼此紧紧挤靠在一起；就算他们是在夜总会里伴着摇滚乐跳舞，那也没有一对对舞伴：每个人做着既属于他自己一个人也属于大家全体的动作。音乐将一个个的个体变成了一个唯一的集体：这里所谓的个人主义或享乐主义，只不过是我们这个想看到自己另一副面貌的时代（所有的时代想要的其实都一样）的一种自我蒙骗罢了。

令人发指的恶之美

阿多诺的文章中令我气愤的，是他使用的思维短路的方法，以一种令人生疑的轻率将艺术作品与原因、与后果，或者与政治（社会学）意义联系起来；差别十分微妙的一些思考（阿多诺的音乐知识是令人敬佩的）往往就这样导致干巴巴的结论；鉴于一个时代的政治倾向总可以简化为两种仅有的相反倾向，人们也就不可避免地把艺术作品或者归类到进步的一边，或者归类到反动的一边，而因为反动就是恶，政治审判所也就可以堂而皇之地开庭了。

《春之祭》：一出芭蕾舞剧。它的结尾是一位少女的祭献，她为了春的复苏而走向牺牲。阿多诺的批判：斯特拉文斯基站到了野蛮的一边，他的"音乐没有跟牺牲者认同，却与毁灭性的意志认同了"。（我自问：为什么他要用动词"认同"？阿多诺怎么知道斯特拉文斯基是"认同了"还是没有？为什么不说"描绘了"，"刻画了一幅肖像"，"塑造了"，"再现了"？回答是：因为唯有与恶的认同才是有罪的，才配得上作一次合法审判。）

我向来深深地、强烈地憎恨那些人，他们试图在一部艺术作品中找出一种姿态（政治的、哲学的、宗教的，等等），而不是从中寻找一种认识的意愿，去理解，去抓住现实的这种或那种面貌。在斯特拉文斯基之前，音乐从来没有也不知道如何赋予野蛮人的礼仪以一种伟大的形式。人们不知道如何从音乐上来想象这些礼仪。也就是说，人们不知道怎样想象野蛮行为的美。而没有了美，这一野蛮行为就将是不可理解的。（我强调：要深刻地认识这种或那种现象，就得理解它的真实的或潜在的美。）说一种血腥的礼仪拥有一种美，这就是无法忍受、无法接受的丑闻。然而，不了解这一丑闻，不对这一丑闻刨根问底地探究一番，人们也就对人的本性所知甚少。斯特拉文斯基赋予了野蛮礼仪一种强有力的、颇具说服力的、却无半点谎言的音乐形式：请听《春之祭》的最后一段，这是祭献之舞：恐怖没有消失。它在那儿。它只是仅仅被显示出来吗？它不是被揭露出来的吗？但是，假如它是被揭露了出来，也就是说被剥夺了美，以赤裸裸的丑的形式显示出来，那就是一次作弊，一种简化，一项“宣传”。正因为少女的被杀害是美的，所以它才如此的可怖。

就如同他曾给弥撒作过的一幅画像，给热闹的集市作过的一幅画像(《彼得卢什卡》)，在这里，斯特拉文斯基给野蛮的心醉神迷也作了一幅画像。尤其因为他在作品中一贯地、明确无疑地站在艺术神阿波罗的法则一边，而与酒神狄俄尼索斯的法则对抗，作品才显得更为有趣:《春之祭》(尤其是它的礼仪舞蹈)是狄俄尼索斯式心醉神迷的阿波罗式画像。在这一幅画像中，心荡神驰的因素(咄咄逼人的急促节奏，某些极为简单的像叫喊声一样的旋律性乐思，这些乐思多次反复，但从未展开)化为了精细的伟大的艺术(比如，节奏尽管急促逼人，但它在不同节拍的快速交替中变得那么复杂，竟至于创造了一种人为的、不真实的然而却完全具有一定风格的时间)；然而，这一野蛮行为画像的阿波罗式的美并没有掩盖恐怖；它使我们看到，在心醉神迷的细腻背景中存在的只有节奏的强劲，打击乐的严厉敲击，极端的冷漠，死亡。

移民生活的算术

一个移民的生活，这是一个算术问题：约瑟夫·康拉德·科尔泽尼奥夫斯基（以约瑟夫·康拉德这个名字享誉世界）在波兰度过了十七年（自然包括与他被驱逐的家庭一起在俄罗斯度过的日子），他生命中余下的五十年在英国度过（或是在英国轮船上度过）。因此他可以熟练地使用英语作为写作语言，同时对英国主题运用得得心应手。只是他的反俄罗斯的变态反应（啊！可怜的纪德无论如何也理解不了康拉德对陀思妥耶夫斯基的谜一般的憎恶）还保持了波兰人本质的痕迹。

博胡斯拉夫·马蒂努[1]到他三十二岁时一直生活在波希米亚，此后，他先后在法国、瑞士、美国，然后仍在瑞士生活，一共三十六年。在他的作品中，始终体现出一种对祖国乡土的怀恋，他一直自称是捷克作曲家。然而在战后，他谢绝了来自祖国的一切邀请，最终客死他乡。按照他执拗的要求，他被埋葬在瑞士。作为对他最终意愿的嘲弄，他的祖国派来间谍，于一九七九年，也即是他逝世后的第二十个年头，成功地劫持了他的遗体，并隆

① Bohuslav Martinu（1890—1959），捷克作曲家。

重地将它埋在故乡的土地里。

贡布罗维奇在波兰生活了三十五个年头，在阿根廷二十三年，在法国六年。然而，他只能用波兰语写作，他的小说人物也都是波兰人。一九六四年当他居住在柏林时，有人邀请他回波兰。他犹豫了，最后还是谢绝了。他的遗体火化于法国的旺斯。

弗拉基米尔·纳博科夫在俄国生活了二十年，在欧洲二十一年（在英国、德国和法国），在美国二十年，在瑞士十六年。他改用英语作为写作语言，但对美国主题的把握仍稍稍欠缺。在他的小说中，有许多俄国人物。然而，他明白无疑地再三声称自己是一个美国公民，美国作家。他的遗体安息在瑞士的蒙特勒。

卡齐米日·布兰迪斯[①]在波兰生活了六十五年，一九八一年雅鲁泽尔斯基政变后他移居巴黎。他只用波兰语写作波兰主题的作品，尽管在一九八九年之后，已不再存在任何政治理由非要留在外国不可，他还是不想回波兰生活（这给了我时不时见到他的乐趣）。

从这偷偷的一瞥，首先揭示了一个移民作家的艺术问题：生命中数量相等的一大段时光，在青年时代与在成年时代所具有的分量是不同的。如果说，成人时代对于生活以及对于创作都是最丰富最重要的话，那么，潜意识、记忆力、语言等一切创造的基础则在很早时就形成了。对一个医生来说，这可能不会有什么问题，但是对一个小说家，对一个作曲家来说，离开了他的想象力、他萦绕在脑际的念头、他的基本主题所赖以存在的地点，就可能导致某种割裂。他不得不调动起一切力量、一切艺术才华，把这生存环境的不利因素改造成他手中的一张王牌。

从纯粹个人的观点来看，移民生活也是困难的：他们总是在受着思乡痛苦的煎熬；然而最糟的还是陌生化的痛苦。德文词die Entfremdung[2]更好地表达了我想说的意思：这是一个过程，在这一过程中，曾经于我们十分亲近的东西变得日渐陌生。对接受移民的国家而言，人们并不经受Entfremdung，在那里，过程是相反的：曾是陌生的东西渐渐地变得熟悉，变得可爱。一种处在它令人惊讶的、使人目瞪口呆的形式中的奇异，并不会在我们正追逐的一个陌生女人身上显现出来，而会在一个曾经属于我们的女人身上显现出来。只有在长期的游子生涯之后的回归故乡才能揭示出世界与存在的实实在在的奇异。

我常常想起在柏林时的贡布罗维奇。我想起他拒绝再看到波兰故土。这是对那时仍占统治地位的共产主义制度的怀疑吗？我不这么认为：波兰的共产主义当时已经开始式微了。文化界人士几乎全体一致地加入了反对派的行列，他们将把贡布罗维奇的回国变成一次辉煌的凯旋。拒绝的真正理由只能是生存上的。而且是无法言说的。无法言说，是因为它太隐私了。无法言说，同时

---

① Kazimierz Brandys（1916—2000），波兰作家。

② 异化。

还因为它对他人而言实在太具伤害性了。有些东西人们只能埋在肚子里不说。

斯特拉文斯基的安身之地

斯特拉文斯基的生命可以分成长度几乎相等的三部分：俄罗斯，二十七年；法国和瑞士法语区，二十九年；美国，三十二年。

向俄罗斯的告别经历了几个阶段：斯特拉文斯基先在法国（一九一〇年起）做了一次长期的考察旅行。那些岁月也是他的创作最俄罗斯化的岁月：《彼得卢什卡》、《群星之王》（根据俄罗斯诗人巴尔蒙特的一首诗）、《春之祭》、《俏皮话》，并开始写《婚礼曲》；随着战争的爆发，他与俄罗斯的接触越来越困难；然而他始终是一个俄罗斯作曲家，他的《狐狸》和《士兵的故事》都是受祖国民间诗歌的启迪而写成的；只是在革命后，他才意识到，对他来说，祖国可能已一去不复返地失去了：真正的移民生涯开始了。

移民生涯：对一个把自己的故乡看成他唯一祖国的人来说，是一段被迫在外国度过的岁月。但移民生涯延续着，一种新的对居住国的忠诚正在诞生；于是，决裂的时刻来临了。渐渐地，斯特拉文斯基抛弃了俄罗斯主题。一九二二年他还写了《玛芙拉》

（根据普希金作品写的喜歌剧），然后，在一九二八年写了《仙女的吻》这一对柴可夫斯基的纪念，再后来，除了一些零星的例外，他就再也没有回到俄罗斯主题上来。当他于一九七一年逝世时，他的夫人薇拉遵照他的遗言，拒绝了苏联政府提出的将他的遗体运回俄罗斯安葬的建议，把他移葬在威尼斯的墓地。

毫无疑问，斯特拉文斯基和所有别的人一样，带着移民生活的创伤；毫无疑问，假如他能一直留在自己的故乡，他的艺术嬗变过程就会沿循一条不同的路。事实上，他在音乐历史中的漫游的开端，正好与他的祖国于他不复存在的时刻差不多吻合；他明白任何其他国家都无法代替他的祖国，于是也就在音乐中找到了自身存在的国度。依我看来，他唯一的祖国，他唯一的安身之处，就是音乐，就是一切音乐家的全部音乐，就是音乐的历史。这不是我自己生造的一种漂亮的抒情表达方式，我只是再具体不过地提到了它而已。正是在那里他决定安置自身，扎下根子，居住下去；正是在那里，他最终找到了他仅有的同胞，他仅有的亲人，他仅有的邻人，从佩罗坦到韦伯恩；正是和他们，他开始了至死方休的漫漫无期的长谈。

为了感到是在自己家中，他做出了一切尝试：他在这栋房子的每一个房间里停下来，触摸所有的角落，抚摸所有的家具；他徜徉于一切音乐之中，从古老的民间音乐到佩戈莱西，而后者给他带来了《普尔钦奈拉》（1919）；他拜访其他的巴洛克大师，没有他们，《众神领袖阿波罗》（1928）便是不可想象的；他从柴可夫斯基那里改编了旋律，用于他的《仙女的吻》(1928)；巴赫成了他的《钢琴及管乐协奏曲》(1924)和《小提琴协奏曲》(1931)的教父，他还重写了这位教父的《基督升天圣诗变奏曲》(1956)；在《雷格泰姆十一重奏》(1918)、《钢琴雷格泰姆音乐》(1919)、《爵士乐团前奏曲》(1937)、《乌木协奏曲》(1945)中，他对爵士乐作了发扬光大；佩罗坦和别的复调音乐家启迪了他的《圣诗交响曲》(1930)，尤其还有他令人惊叹的《弥撒曲》(1948)；他在一九五七年专门研究了蒙特威尔第；在一九五九年，他改编了杰苏阿尔多的牧歌；对胡戈·沃尔夫[①]，他有两首改编歌曲(1968)；对十二音体系音乐，他先是有所保留，后来，在一九五一年勋伯格逝世后，他也终于把它当作了自己家中的一个房间。

他的诽谤者，那些捍卫音乐作为感情表现的人们，那些对他“情感活动”的审慎难以容忍、以至于感到气愤的人，那些指责他“心灵干枯”的人，他们自己恐怕没有足够丰富的内心世界，他们无法理解，在斯特拉文斯基于音乐历史中天马行空般的飞翔后面，有着一道何等深的感情伤痕。

但是，这里没有任何令人惊讶之处：没有人比多愁善感的人更无动于衷。请你们记住：“隐藏于充满感情的文笔后面的心灵干枯。”

---

① Hugo Wolf(1860—1903)，奥地利作曲家。

第四部分

一个句子

在“圣伽尔塔的被阉之影”中，我引用了卡夫卡的一个句子，一个在我看来他的小说诗学的全部特征浓缩于其中的句子:《城堡》第三章中卡夫卡描述 K.与弗莉达性交的句子。为了精确地显示卡夫卡艺术专有的美，我故意没有采用现有版本的译文，而是自己即兴做了一个尽可能忠实的翻译。卡夫卡的一个句子与它在译文之镜中反映的差别，引导我作了以下的一些思考：

翻　译

让我们将各种译文一一排列比较。第一段是维亚拉特一九三八年的译文：

“在那里，几个小时过去了，几个小时的混杂的喘息，共同的心跳，在这几个小时中，K.不停地感受到一种自己迷了途的印象，感受到他比以往任何一个人都走得更远地深入在一个异国，在一个甚至连空气都没有故乡空气的元素的国度中，在那里，人们会被流亡所窒息，在那里，人们对什么都无能为力，在这丧失了理智的诱惑之中，他只有继续地走，继续行进在迷途中。”

我们早就知道，维亚拉特对卡夫卡作品的处理有点过于自由；所以伽里玛出版社在一九七六年为卡夫卡的小说集出七星文库版时，想对他的译文进行修改。但是维亚拉特的继承人对此提出异议；人们最终只得采取一种新的解决办法：卡夫卡的小说以维亚拉特错误颇多的译文刊出，而出版者克洛德·达维德将他自己做的译文订正以注释的形式连篇累牍地发表于书末，以至于当读者想看一看一种“好的”翻译时，竟不得不来来回回地翻动书页查注脚。维亚拉特的译文与书尾的订正相配合，实际上构成了第二种法文译本。为方便起见，我这里姑且将它称之为达维德的译本：

“在那里，几个小时过去了，几个小时的混杂的喘息，合在一起的心跳，在这几个小时中，K.不停地感到一种自己迷了途的印象，感到他比任何前人都更远地深入了进去；他是在一个陌生的国度中，那里连空气本身也同故乡的空气没有共同之处；这一国度的怪异让人透不过气来，然而，在疯狂的诱惑中，他只有始终走向更远，始终在迷途中向前。”

贝尔纳·罗尔多拉里自然有理由对现有译文感到根本上的不满，并重译了卡夫卡的小说。他的《城堡》的译文发表于一九八四年：

“在那里，几个小时过去了，几个小时混在一起的呼吸，一起跳动的心，在这几个小时中，K.一直有一种迷途的感觉，或者说，他比任何一个人都走得更远地推进在那些陌生的区域，在那里，连空气本身也找不到一个故乡空气的元素，在那里，人们只会窒息在怪异的力量中，做不得任何别的事，在这没有理智的诱惑中，他只有继续下去，更深地陷于迷途。”

现在来看看德文的原句：

“Dort vergingen Stunden, Stunden gemeinsamen Atems, gemeinsamen Herzschlags, Stunden, in denen K. immerfort das Gefühl hatte, er verirre sich oder er sei so weit in der Fremde, wie vor ihm noch kein Mensch, einer Fremde, in der selbst die Luft keinen Bestandteil der Heimatluft habe, in der man vor Fremdheit ersticken müsse und in deren unsinnigen Verlockungen man doch nichts tun könne als weiter gehen, weiter sich verirren.”

这一段的忠实翻译应是以下这个样子：

“在那里，几个小时过去了，几个小时的共同喘息，共同心跳，在这几个小时中，K.一直有一种迷途的感觉，或者，他感到比任何人都更远地处在一个陌生的世界中，那里的空气本身也没有任何故乡空气的元素，在那里，人们会窒息在怪异之中，人们什么也做不了，在这没有了理智的诱惑中，他只有继续下去，继续行进在迷途中。”

隐　喻

整个句子只是一个长长的隐喻。对一个译者来说，没什么比一个隐喻的转达要求更高的精确性了。正是在这一点上，人们触及了一个作者的诗学特征的本质。维亚拉特犯错误的第一个词是动词“深入”:“他更远地深入在”。在卡夫卡的笔下，K.没有深入，他“是”。“深入”一词破坏了隐喻：它将隐喻过于明显地维系在了现实动作上（谁做爱谁就深入），由此剥夺了隐喻的抽象度（卡夫卡隐喻的生存性特点并不企求对性爱动作做物质上、视觉上的展现）。对维亚拉特进行修改的达维德保留了同一个动词:“深入”。甚至罗尔多拉里（最忠实的译者）也避免了“是”这一词，而代之以“推进在……”。

在卡夫卡笔下，正在做爱的K.处在“in der Fremde”，“在异国”；卡夫卡两次重复了该词，第三次时，他用了它的派生词“die Fremdheit”（怪异）：在异国的空气中人们被怪异压得喘不过气来。所有的译者都对这三重的重复感到别扭：所以维亚拉特只用了一次“异国”，他故意回避了“怪异”，而选了另一个词:“在那里，人们会被流亡所窒息”。但是卡夫卡的原文根本就没谈到流亡。流亡与怪异是不同的概念。正在做爱的K.并没有从某个安身之处被赶出来，他并没有被驱逐（他无需别人的怜悯）；他处在他自己愿意待的地方，他在那里是因为他敢于在那里。“流亡”一词给了隐喻一种牺牲、痛苦的气氛，它将隐喻情感化了，情节化了。

“die Fremde”一词是唯一一个不能容忍字面上简单直译的词。事实上，在德语中，“die Fremde”不仅表示“一个异国”，而且还能更广泛更抽象地表示一切“外异的东西”，“一个外异的现实，一个外异的世界”。假如人们把“in der Fremde”译成“在外国”，那就好像在卡夫卡的原文里有“Ausland”(=一个本国之外的国家)这个词。为了追求语义上的准确，把“die Fremde”一词在法文中用两个词构成的迂回说法来译出，似乎是通情达理的；但是在所有的具体解决办法中(维亚拉特:“在异国，在一个……的国度中”；达维德:“在一个陌生的国度中”；罗尔多拉里:“在那些陌生的区域中”)，隐喻再一次失去了它在卡夫卡笔下拥有的抽象度，而它的“游历性”非但未被取消，反而得到了强调。

作为现象学定义的隐喻

应该纠正认为卡夫卡不喜欢隐喻的想法；他不喜欢某一类隐喻，但他是我称之为存在意义上的或现象学上的隐喻的一大创造者。当魏尔伦说:“希望像厩栏中的一根干草那样闪光”，那是一种优美的抒情想象。它在卡夫卡的散文作品中是不可想象的。因为卡夫卡所不喜欢的，正是叙事散文的抒情化。

卡夫卡的隐喻想象并不比魏尔伦或里尔克逊色，但它不是抒情的，要知道，它仅仅是由这样一种意愿所激励：要去破译、去理解、去抓住人物行动的意义以及他们所处环境的意义。

让我们回忆一下另一个性交场景，那是布洛赫的《梦游者》中汉特金夫人和埃施之间的一场戏："她把她的嘴压在他的嘴上，好似一个动物的吻管贴在玻璃上，埃施见她为避开他而把她的心灵死死地囚禁在紧咬的牙关后面，不禁气得发抖。"

"动物的吻管"、"玻璃"等词在此并不是以比喻来展现场景的视觉形象，而是用来抓住埃施的*存在境况*的。尽管是在情爱的拥吻中，埃施还是莫名其妙地与他的情妇（如同被一层玻璃）分隔着，无法夺得她的心灵（被囚禁在紧咬的牙关后面）。这是很难攫取的情境，或者说，只能被一种隐喻所攫取的情境。

在《城堡》第四章的开头，有K.与弗莉达第二次性交的描述；它也是仅仅由一个句子（隐喻句子）所表现。在此，我不妨对它作一个即兴的尽可能忠实的翻译："她寻找某种东西，他也寻找某种东西，他们发着狂，做着鬼脸，脑袋深扎在对方的胸脯中，寻找着，他们的拥抱和他们激动的肉体没有使他们忘记，反而使他们想起寻找的义务，就像绝望的狗在土堆中搜索，他们搜索着他们的肉体，不可挽回地失望了，为了再获得最后一次幸福，他们时不时将舌头在对方脸上来回来回地舔。”

如同在第一次性交的隐喻中关键的词是“异国”、“怪异”那样，这里的关键词是“寻找”、“搜索”。它们并不表现正在进行之事的视觉形象，而表现一种不可言喻的生存环境。当达维德翻译为“就像一群狗绝望地把它们的爪子扎进土中，他们把他们的指甲扎入他们的体内”时，他不但不忠实于原文（卡夫卡既没提到爪子，也没提到扎进肉里的指甲），而且还把隐喻从生存的范畴转移到了视觉描绘的范畴；他就这样站到了与卡夫卡相反的另一种美学观点上。

（这一美学差距在句子的最后一部分体现得更为明显。卡夫卡写道：“[sie] fuhren manchmal ihre Zungen breit über des anderen Gesicht”——“他们时不时地将舌头在对方脸上来回来回地舔”；这一精确而中性的验察在达维德的译文中却变成了一个表现主义的隐喻：“他们彼此用舌头一下下地抽打着对方的脸。”）

词汇的丰富

让我们好好地察看一下这一句中的动词：vergehen（过去——其词根：gehen——去）；haben（有）；sich verirren（迷途）；sein

（是）；haben（有）；ersticken müssen（会窒息）；tun können（能做）；gehen（去）；sich verirren（迷途）。卡夫卡选择了最最简单、最最基本的动词：去（两次），有（两次），迷途（两次），是，做，窒息，会，能。

译者则倾向于丰富词汇："不停地感受到"（而不是"有"）；"深入"，"推进"，"走路"（而不是"是"）；"使气喘"（而不是"会窒息"）；"重新找到"（而不是"有"）。

（请注意全世界的翻译家在"是"与"有"面前的畏惧吧！他们总是想尽一切办法找一个他们认为不那么平凡的词来代替它们。）

这一倾向是可以理解的：译者是靠什么才受到欣赏的呢？靠他对作者风格的忠诚吗？这恰恰是他那个国家的读者们无法评判的东西，相反，词汇的丰富会自动地受到公众的注意，他们会把它当作一种价值，一种成就，当作翻译家才能与本事的证明。

然而，词汇的丰富本身并不能表现任何价值。词汇量的广度取决于构建作品的美学意图。卡洛斯·富恩特斯词汇量的丰富达到了令人目眩的程度。而海明威的词汇量却相当有限。富恩特斯散文的美是与词汇的丰富相联系的，而海明威散文的美则和词汇的有限联系在一起。

卡夫卡的词汇相对而言是有限的。这一局限常常被解释成为卡夫卡的苦行。成为他的反美学主义。成为他对美的冷漠。或者成为向布拉格德语的纳贡，这一种德语由于脱离民众，已经变得源枯流竭。没有人愿意承认，这一词汇的剥夺表明了卡夫卡的美学意图，是他散文的美的区别特征之一。

对权威问题的总体看法

对一个译者来说，最高的权威应是作者的个人风格。但是，绝大多数译者服从于另一种权威："美的法语"（美的德语、美的英语，等等）共同风格的权威，对人们在中学里学的那种法语（德语，等等）的精通。面对外国的原作者，译者俨然以这一权威的使节自居。这是个错误：任何一个有一定价值的作者都违背"优美文笔"，而他的艺术独特性（因而也是他存在的理由）正是寓于这一违背中。译者第一位的努力，应是理解这种违背。当这种违背十分明显时，比如在拉伯雷、乔伊斯、塞利纳[①]的作品中，事情还不太难。然而有些作者对"优美文笔"的违背却是很微妙的、隐藏的、秘密的、几乎看不到的；在这种情况下，就不容易抓住它了。而越是这样，把握它也就越是要紧。

① Louis-Ferdinand Céline（1894—1961），法国作家。

重 复

die Stunden（几个小时）三次 —— 在所有译文中都保留的重复；

gemeinsamen（共同的）两次 —— 在所有译文中都被取消的重复；

sich verirren（迷途）两次 —— 在所有译文中都保留的重复；

die Fremde（异国）两次，然后die Fremdheit（怪异）一次 —— 在维亚拉特的译文中："异国"只有一次，"怪异"被"流亡"代替；在达维德和罗尔多拉里的译文中："陌生"（形容词）一次，"怪异"一次；

die Luft（空气）两次 —— 在所有的译文中都保留的重复；

haben（有）两次 —— 在任何译文中都不存在这一重复；

weiter（更远）两次 —— 这一重复在维亚拉特那里被"继续"一词的重复所代替；在达维德那里被"始终"一词的重复（弱的共鸣）所替代；在罗尔多拉里那里，重复消失了；

gehen，vergehen（去，过去）—— 这一重复（确实很难保留）在所有的译文中都消失了。

总而言之，我们发现，译者们都倾向于（乖乖地听从中学老师的话）减少重复。

重复的语义学意义

两次die Fremde，一次die Fremdheit：靠这种种的重复，作者在他的作品中引入一个具有关键定义、具有观念特征的词。假如作者从这个词出发，展开一番长久的思索，那么从语义学和逻辑学的观点来看，这同一个词的重复就是必要的。请想象一下海德格尔的译者为避免“das Sein”这一词的重复，一会儿使用“存在”，一会儿使用“生存”，然后又用“生活”，然后再用“人类生活”，最后用“此在”。这样，人们会始终弄不清海德格尔说的到底是不同说法的同一事物，还是不同事物，就会在一篇十分严谨有序的文章中陷入一片混乱。小说的散文（我当然是说配得上这一称呼的小说）苛求同一种严谨（尤其在那些具有自省或隐喻特征的段落中）。

关于保留重复的必要性的另一点看法

在《城堡》原文同一页的稍后处：“. . . Stimme nach Frieda gerufen wurde. ‘Frieda’, sagte K. in Friedas Ohr und gab so den Ruf weiter."

这一段可以逐字逐句地转译如下："…… 一个声音在叫弗莉达。'弗莉达'，K.凑在弗莉达的耳边说，就这样传达了叫唤。"

译者们想避免弗莉达这一名字的三次重复：

维亚拉特："'弗莉达！'他在*女仆*的耳边说，由此传达……"

而达维德："'弗莉达'，K.在*他的女伴*的耳边说，给她传达……"

代替弗莉达这一名字的词听起来是多么的虚假！请注意：在《城堡》原文中，K.从来只是K.。在对话中，别的人可以把他叫做"土地丈量员"或者还有别的什么，而卡夫卡本人，叙述者，从来不用另外的词来称呼K.：什么外来者，新来的，年轻人，或者别的我不知道的名称。K.只是K.。而且不仅仅他，卡夫卡笔下的所有人物总是只有一个名字，一种称呼。

弗莉达也就是弗莉达；不是心上人，不是情妇，不是女伴，不是女仆，不是女招待，不是妓女，不是年轻女人，不是年轻姑娘，不是女朋友，不是对象。弗莉达。

一种重复在旋律上的重要性

有些时候，卡夫卡的散文飞扬起来成为歌。这就是我刚才停留在它们面前的两个句子的情况。(请注意：这两个具有奇特的美的句子都是描写性爱行为的；它们比传记作家的一切研究更强百倍地说明，对卡夫卡来说，色情主义有何等的重要性。但这里且不谈它。)卡夫卡的散文插上双翅飞了起来：带隐喻的强烈想象和魅力无穷的旋律。

旋律美在这里与词的重复联系在一起；句子是这样开始的："Dort vergingen *Stunden*, *Stunden gemeinsamen* Atems, *gemeinsamen* Herzschlags, *Stunden*. . ." 在九个词中，有五个是重复的。句子的中央有 *die Fremde* 和 *die Fremdheit* 的重复。在句子的结尾还有一处重复："... *weiter* gehen, *weiter* sich verirren." 多次的重复减慢了旋律的速度，赋予句子以一种忧伤的韵律。

在另一个句子，写 K. 的第二次性交的句子中，我们也找到同样的重复的原则：动词"寻找"重复了四次，"某种东西"重复了两次，"肉体"两次，动词"搜索"两次，别忘了还有连接词"和"，与句法之优美的一切原则背道而驰，它重复了四次。

在德文中，这一句子是这样开始的："Sie suchte etwas und er suchte etwas. . ." 维亚拉特译成截然不同的东西："她寻找复又寻找某种东西……"达维德改为："她寻找某种东西，他也是，从他那方面。"好奇怪！人们更喜欢说"他也是，从他那方面"，而不喜欢老老实实地按字面翻译卡夫卡那优美而简单的重复："她寻找某种东西，他也寻找某种东西……"

重复的学问

重复的学问是存在的。因为有些重复是笨拙的、糟糕的（例如当描述一顿晚餐时，人们在两个句子里读到三处“椅子”或“叉子”，等等）。其中的规则：如果人们重复一个词，那是因为这个词重要，因为人们想在一段、一页的空间中让它的音响和意义再三地回荡。

离题话：一个重复之美的例子

海明威的一篇极短（仅两页）的短篇小说《一个女读者写信》可以分为三部分：1）很短的一段，描写一个女人正在“不停顿地、连一个字都不划不改地”写一封信；2）那封信本身，女人在信中谈到她丈夫的性病；3）追随而来的内心独白。我现在就把这段独白转录于下：

“也许他可以告诉我应该做什么，”她想道，“也许他将会告诉我吧？从报纸上的相片来看，他像是很有学问，很聪明。每天他都告诉人们应该做什么。他肯定知道。我将去做必须做的一切。然而它拖了那么长时间……那么长时间。真的那么长时间。我的上帝，多么长的时间啊。我清楚地知道他终归要去人们打发他去的地方，但我不知道他为什么会染上了这个。噢，我的上帝，我实在是那么地希望他不要染上它。我不想知道他是怎样染上它的。但是，天上的上帝啊，我是那么地希望他不要染上它。他实在不应该哟。我不知道怎么办才好。要是他没有染上病就好了。我真的不知道为什么非得叫他得病。”

这一段的迷人旋律整个地建立于重复之上。这重复不是人为的技巧（像诗歌中的押韵那样），而是来自日常生活的口语，来自最天然的言语。

我还要补充一句：我认为，这篇小小的短篇在散文史上代表了一种独一无二的个例，在这里，音乐性的意图是首位的：若是没有这旋律，作品就失去了它整个的生存理由。

气　息

据卡夫卡自己说，他只用了一个夜晚，就写成了他长长的短篇小说《判决》[1]，仅仅一个夜晚，不停顿地写出来的，也就是

① 《判决》（*Le Verdict*）和《审判》（*Le Procès*）是卡夫卡的两部作品，《判决》是短篇小说，《审判》是长篇小说。

说，以一种异乎寻常的速度，被一种几乎无控制的想象所驱使着。写作速度后来成了超现实主义者手中的程式化手法（“自动写作”），它允许潜意识从理性的监视下解放出来，允许想象力爆发。在卡夫卡的写作中，速度扮演了一种类似的角色。

卡夫卡式的想象被这一“有条不紊的速度”唤醒，像一条河流那样奔腾起来，这是梦幻的河流，它只有到一章的末尾才会放慢流速。想象的这一长长气息反映在句法的特征上：在卡夫卡的小说中，差不多找不到冒号（除了那些引导直接引语的惯例），也很少见到分号。假如我们阅读手稿（参见一九八二年菲舍尔[①]评注版），我们就会发现，即使是从句法规则来看必不可少的逗号他也时常不用。作品文本分成很少的几个段落。这种弱化连接的倾向——很少分段，很少停顿（在重读手稿时，卡夫卡甚至常常将句号改为逗号），很少有强调文章逻辑结构的符号（分号，冒号）——与卡夫卡的风格是共存的；同时它的锋芒永远指向着德文的“优美文笔”（由此也指向着卡夫卡作品被译成的一切语言的“优美文笔”）。

卡夫卡并没有为《城堡》的付印作一次最终的修订，我们完全可以猜想，如果需要，他可能会对小说作包括标点符号在内的这样那样的订正。因此，当马克斯·布洛德作为卡夫卡的第一个出版者，为使作品更容易阅读，时不时地另起一段或增加一个分号时，我并没有感到过分的吃惊（当然，我也没有太兴奋）。事实上，即使在布洛德的版本中，卡夫卡的句法的一般特征也始终是清晰可辨的，小说保留了它的气息流通的余地。

再回到作品第三章中我们的那个句子：它是相对比较长的，有逗号，但无分号（在手稿以及所有的德文版中）。维亚拉特的译文最让我别扭的是句中加了一个分号。它标志着一个逻辑段的结束，一个请人降低嗓音、稍作停顿的符号。这一停顿（尽管从句法规则上看是正确的）扼杀了卡夫卡的气息。达维德甚至用两个分号将句子分成三部分。这两个分号是那么的不恰当，尤其因为卡夫卡在整个第三章中（假如能对照一下手稿）只用了唯一的一个分号。在马克斯·布洛德整理的版本中有十三个分号。维亚拉特的译文达到了三十一个。罗尔多拉里的有二十八个，外加三个冒号。

版面形象

卡夫卡散文的飞翔是长久而令人陶醉的，你们会在他的文本的版面形象中见到它。他的文本常常整页整页地不分段，在“没

① Fischer，德国出版社。

完没了”的一段之中，连长长的对话也封闭在内。在卡夫卡的手稿中,《城堡》的第三章只分了两个长段。在布洛德的版本中，这一章分成五段。在维亚拉特的版本中，分了九十段。在罗尔多拉里的译文中，有九十五段。在法国，人们给卡夫卡的小说强加上一种面目全非的连接形式：段落大大增多，因而每个段落大大缩短，显出一种更具逻辑更合文理的结构模样，它使作品更加情节化，把对话中的一切问答分离得清清楚楚。

在我所知的卡夫卡作品一切其他语种的译文中，没有一种译文改变了卡夫卡原有的连接形式。为什么法国的译者（全体一致地）要这样做呢？自然，他们有这样做的一定道理。七星文库版的卡夫卡小说集有五百多页的注，然而，我没有找到一句话解释了这一理由。

最后，有关小字体与大字体的一点看法

卡夫卡坚持他的书要以很大的字体印刷。今天人们回忆起这点来，还总是表现出对待大人物的任性的一种微笑的宽容。然而这里并没有什么值得一笑；卡夫卡的愿望是有道理的、合逻辑的、严肃的、与他的美学相联的，或者更具体地说，是他自己连接行

文的方式。

一个把作品分为众多小段的作者并不执意要求大字体的排版：一页版面错落有致的文字是很容易辨读的。

相反，以没完没了的长段落形式安排的作品是很不容易读的。眼睛找不到暂停的地方，休息的地方，字行很容易“混串”。一篇这样的文字要叫人痛痛快快（也就是说，不带视觉上的疲劳）地去读，就得排成相当大的字体，只有大字体才能使阅读变得容易并允许读者随时随地地停下来，以琢磨行文的美。

我看着德文袖珍版的《城堡》。小小的一页上满满当当地排着三十九行“没完没了的长段”：实在难以卒读；或者说，只有把它当作信息，当作资料才能读得下去；实在不能当作一篇你想从中发现美的作品来读。在差不多四十页的附录中，是卡夫卡在手稿中删去的全部段落。人们取笑卡夫卡期待自己的作品印刷成大字体（为了完全合理的美学上的理由）的愿望；人们把他决定删除掉（为了完全合理的美学上的理由）的所有句子重又捞回来。在这种对作者美学意愿的无动于衷中，反映出了卡夫卡作品在他死后命运的全部悲哀。

第五部分

寻找失去的现在*

* À LA RECHERCHE DU PRÉSENT PERDU，戏仿法国作家马塞尔·普鲁斯特的小说《追忆逝水年华》。这部小说题目的直译应该是《追寻逝去的时光》。

一

在西班牙中部，位于巴塞罗那与马德里之间的某地，两个人坐在一个小火车站的酒吧柜台前：一个美国男人和一个姑娘。我们对他们所知甚少，只知道他们在等开往马德里的火车，姑娘要去该城做个手术，肯定是堕胎手术（但这词从未从他们口中说出）。我们不知道他们究竟是谁，有多大年纪，他们是相爱还是不爱，我们也不知道是什么理由促使他们做出决定。他们的对话即使得到极其精确的再现，也不会给我们提供什么以了解他们的动机和他们的过去。

姑娘很紧张，男人试图劝慰她："这只是个会给人留下小小印象的手术，吉葛。甚至谈不上是一次真正的手术。"然后，"我将和你一起去，我将始终和你在一起……"然后，"以后，将会很好。跟以前完全一样。"

当他觉察到姑娘有一丝的不快时，他说："好吧。假如你不愿意，你可以不做。假如你不愿意，我是不想让你去做的。"到最后，他仍然说："你该明白，假如你不愿意，我是不会让你去做的，假如这对你来说意味着什么的话，我完全可以不提它嘛。"

在姑娘的答话中，人们猜到了她道德上的顾忌。她眺望着远景说道:“说什么这一切都会有的。一切都会有的，而每天都变得越发不可靠。”

男人想抚慰她:“一切都会有的。[……]”

“不。你一旦被剥夺了它，它就一去不复返了。”

当男人再次向她保证说手术一丁点危险都没有时，她说:“你能为我做些什么事吗?”

“我可以为你做任何事情。”

“我可不可以请你请你请你请你请你请你请你闭嘴?”

而男人:“可我并不愿意你去做呀。我本来就是无所谓的。”

“我要喊了,”姑娘说。

此时，紧张状态达到了顶峰。男人起身到车站的另一端去托运行李，当他回来时，他问道:“你现在感到好些了吗?”

“我感到很好。没有问题了。我感到很好。”以上就是海明威的著名短篇小说*Hills Like White Elephants*——《白象似的群山》中的最后几句。①

二

在这五页长的短篇小说中，令人惊奇的是，读者可以根据这番对话想象出无穷无尽的故事来：男人或许是个有妇之夫，逼着他的情妇堕胎以迁就自己的妻子；他或许是个单身男人，希望她堕胎是因为担心生活变得过于复杂；但也有可能他是出于一种无私的考虑，怕孩子的降生会给姑娘招来麻烦；或者——人们什么都可以想象——他已患了绝症，怕丢下姑娘独自一人带孩子度日；人们还可以想象孩子是另一个男人的，姑娘离开那男的正是为了和这个现在正建议她堕胎的美国人一起生活，他甚至都准备好了，一旦建议被拒，便自己承担起父亲的角色。姑娘呢？她可能因屈从她的情人而同意堕胎；但也可能是自己做出了决定，只是随着手术日子的一天天逼近，她失去了勇气，自感有罪，表现出最后的话语上的反抗，其实这反抗针对的，更多的是她自己的意识而不是她的男友。确实，隐藏在对话后的种种可能的情况是无以计数的。

至于人物性格，选择起来也并非不那么令人为难：男人可能很敏感、多情、温柔；但他也可能很自私、狡猾、虚伪。姑娘可能极度敏感、细腻、深受道德的束缚；她也可能任性、矫揉造作、喜欢歇斯底里的发作。

他们举止行为的动机隐而不显，尤其因为他们的对话不带任何关于问答方式的描述：很快，还是很慢？带着讽意，还是温情

① 文中所引《白象似的群山》的对话均采用菲利普·索莱尔斯（Philippe Sollers）的法语译文，载《无限》（*L'infini*）杂志（1992年春）。——原注

脉脉？恶狠狠地，还是懒洋洋地？男人说："你知道我爱你。"姑娘回答："我知道。"但是，这个"我知道"说明了什么呢？她真的相信男子的爱吗？或者，她是带着讽意说的？那么这讽意又说明了什么呢？是姑娘不相信男子的爱呢？还是男子的爱对她再也无足轻重了呢？

对话之外，短篇只包含了一点点最最必需的描绘，甚至戏剧的舞台提示都不会更简单了。只有唯一一个主题脱离了这一极端化的省略原则：蜿蜒在地平线上的白色山岭；它伴随着一个隐喻反复地闪回，小说中唯一一个隐喻。海明威不是一个爱好隐喻的人。而且，这一隐喻并不是属于叙述者的，而是属于姑娘的；是她一边眺望山岭，一边说："人们会说一群白象。"

男子匆匆咽下一口啤酒，说："我不这么看。"

"对，你是不会这么看的。"

"我会的，"男人说，"你说的我是不会这么看的证明不了什么。"

在这四句对话中，人物性格显示出了它们的差别，甚至它们的对立：男子对姑娘的诗意发明表示了一种保留（"我从来没见过"），她则针锋相对地毫不让步，回答中仿佛在指责他没有诗意的感受（"你是不会见过的"），而男人（似乎已经知道了这一指责，并做出反应）则为自己辩护（"我会的"）。

过了一会儿，当男子向姑娘保证他的爱时，她说："但是，假如我去做［就是说：假如我去堕胎］，那将也会很好，而假如我说事物是一群白象，你会喜欢吗？”

“我会喜欢的。我现在就喜欢，但是我无法想到它。”

对待隐喻的不同态度是不是也体现出了他们性格上的差异？姑娘细腻而有诗意，而男人，踏踏实实。

为什么不呢？我们可以想象姑娘比男子要更有诗意。但我们同样也能在她的隐喻发现中见到一种矫揉造作，一种故作风雅，一种装模作样：想被人誉为别具风格和富有想象力，她炫示她小小的诗意姿态。如若情况确实如此，那么她所说的关于在堕胎之后世界将不再属于他们的话就有不同的涵义了，这些词儿的伦理意义与悲怆动人就可能被赋予她抒情展示的意趣，而不是被赋予一个拒绝妊娠的女子的真切绝望。

不，隐藏在简单而平凡的对话后面的，没有什么是清楚的。任何男人都可能说出那个美国人所说的话，任何女人也都会说出那个姑娘所说的话。不管一个男人爱一个女人或是不爱她，也不管他在撒谎还是诚信不欺，他都会说相同的话。仿佛从创世之日起，这番对话就一直等在那里由不计其数的男女伴侣说出来，而它与他们的个体心理没有丝毫关系。

从道德上来判断这些人物是不可能的，因为他们不再需要解决什么了；到了他们在火车站的那一刻，一切都早已最终决定了；他们早就彼此解释了一千遍；他们早就彼此争论了一千遍；而现在，原先的争吵（原先的争辩，原先的戏）只是在谈话后面隐隐约约地透露出来，而在这对话中，已不再涉及什么，词儿只是词儿而已。

三

尽管这个短篇极为抽象，描写了一个几乎是原型神话般的情景，它同时也可以说极为具体，试图截取一种情境的、尤其是对话的视听形象。

请你们试着重新构建一段你们生活中的对话，一段争吵或是一段情话。最宝贵的、最重要的情境会永远地失去。所留下的是它们的抽象意义（我捍卫着这一观点，他则捍卫着另一观点，我咄咄逼人，他且战且退，等等），也可能会有一两个细节，但是，情境在整个延续意义上的视觉与听觉的具体内容则丢失了。

不仅仅它们丢失了，而且人们对丢失本身也不以为然。人们忍受了具体的现在时间的失去。人们立即把现在时间改变成它的抽象概念。只需讲述一下人们在几小时前经历的一段小故事就行：对话缩短成了一段简述，背景成了某种一般化的材料。甚至对于那些最深刻的如精神创伤一般萦绕脑际的回忆，情况也是这样：人们被它们的力量弄得眼花缭乱，到后来竟然意识不到它们的内容是多么贫乏，多么简单。

假如我们研究、讨论、分析一个现实，我们是按它在我们的脑子里、在我们的记忆里显现的那个样子去分析的。我们认识现实只是认识它在过去时间里的样子。我们并不认识它在现在时刻中的样子，不认识它正处在的那一时刻中的样子，不认识它现在是什么样子。然而，现在时刻与人的记忆是不相像的。记忆并不是对遗忘的否定。记忆是遗忘的一种形式。

我们可以拿着一本日记，持之以恒地记下一切事情。将来有一天，当我们再读所记之事时，我们会明白，它们无法唤回任何一个具体的形象。甚至更糟：连想象力都无法帮助我们的记忆力来重建被遗忘之事。因为，现在——作为需要研究的现象、作为结构的具体的现在——对我们而言是一个陌生的行星；我们既不知道如何把它存于我们的记忆中，也不知道如何以想象力来重建它。人们死去时将不知道自己经历了什么。

四

需要与稍纵即逝的现实现在之失去这一现象作对，依我看，小说认识到这一点只是在它发展史上某一时刻之后的事。薄伽丘的小说就是这种抽象的范例，人们一旦讲述了过去的事，过去的事也就变成了这一抽象：这是一种没有任何具体场景，也几乎没有对话，像是某种简述的叙述，它向我们传递了一个事件的基本情况，一个故事的因果关系。薄伽丘之后的一些小说家都是优秀的讲故事的人，但是说到截取具体的现在时间，那既不是他们的课题，也不是他们的抱负。他们讲述一个故事，而不必想象它在具体的场景中。

在十九世纪初期，场景成了小说构成的基本因素（小说家精湛技艺的体现之处）。在司各特、巴尔扎克和陀思妥耶夫斯基那里，小说被结构成一系列场景，与它们的布景、它们的对话、它们的动作一起被细致描写的场景；一切与这一系列的场景不相联系的东西，一切非场景的东西均被认为是次要的，甚至是多余的。小说就像是一个十分充实十分丰富的剧本。

场景一旦成为小说的基本因素，如实地反映现在时间中现实之原样的问题也就有可能提了出来。我说“有可能”是因为，在巴尔扎克和陀思妥耶夫斯基的作品中，启迪场景艺术的更多的是对戏剧情节的酷爱而非对具体之物的酷爱，是戏剧而非现实。确实，那时才诞生的新的小说美学（小说历史第二时的美学）表现出作品构成的戏剧性特征，也即是说，作品的构成集中：a）在一个唯一的故事情节上（与有一连串不同故事情节的“流浪汉小说”的创作实践相反）；b）在一些始终相同的人物上（让人物在中途告别小说，对塞万提斯来说是很正常的，而在这里可就是一种错误）；c）在一段相对狭窄的时间上（尽管小说从开始到结束经历了许多许多时间，故事情节却只在选择好的短短几天内展开；举例说，

《群魔》的时间跨度是几个月，但小说中整个极其复杂的情节则分配在两天，然后三天，然后又是两天，最后又是五天之中）。

在这种巴尔扎克式或陀思妥耶夫斯基式的小说创作法中，独独只有靠这些场景，小说情节的整个复杂性、思想的整个丰富性（陀思妥耶夫斯基笔下伟大的思维对话）以及人物的整个心理学才能得到清清楚楚的表达；所以，一个场景，就像在一出戏剧中的情况那样，变得人为地浓缩、集中（在一个场景中有众多的邂逅相遇），并且以一种极不可信的严密的逻辑发展（以便使利益与激情的冲突明朗化）；为了表达一切基本的东西（就情节及其意义的明白易懂而言为基本的东西），它就必须放弃一切“非基本”的东西，也就是说，放弃一切平凡、日常、普通的东西，放弃偶然的或简单氛围之类的东西。

是福楼拜（海明威曾在一封致福克纳的信中称福楼拜是“我们最受尊敬的大师”）使小说从戏剧性的轨道中走了出来。在他的小说中，人物相遇在一种日常的环境气氛中，这环境气氛（以其无动于衷，以其不知趣，但同时还以其使情境变得美丽动人、令人难以忘怀的氛围和魔法）不停地介入人物的隐秘故事中。爱玛和莱昂在教堂里约会，但是有一个向导掺和进来，以喋喋不休的废话打断他们的甜言蜜语。蒙泰朗[1]在他为《包法利夫人》所作的序言中讽刺了这一将反衬主题引入场景的方式的方法论特征，但是

① Henry de Montherlant（1896—1972），法国小说家、剧作家。

他的讽刺是不合时宜的；因为它并不涉及艺术上的矫饰主义，而是涉及一种可说是本体论上的发现：发现现在时刻的结构，发现我们的生活建立于其上的平凡性与戏剧性的永恒的共存。

抓住具体的现在时间，是标志着福楼拜之后小说发展史的持续的倾向之一：它在詹姆斯·乔伊斯的《尤利西斯》中达到了顶峰，竖起了它真正的里程碑。这部作品在它将近九百页的篇幅中，描述了十八个小时的生活；布卢姆在街上停了下来，和麦科伊在一起：在一秒钟的时间里，在两句随之而来的对话中，无穷无尽的事情过去了：布卢姆的内心独白；他的动作（他的手伸进兜里，触到一封情书的信皮）；他所看到的一切（一位女士爬上了一辆四轮马车，露出了她的腿，等等）；他所听到的一切；他所感到的一切。一秒钟的现在时间在乔伊斯笔下成了一个小小的无限。

五

在史诗艺术和戏剧艺术中，对具体之物的酷爱是以不同的力量表现出来的；它们与散文的不平等关系可资证明。史诗艺术在十六和十七世纪抛弃了韵文，从而成为一门新的艺术：小说。戏剧文学从韵文走向散文则要晚得多而且缓慢得多。而歌剧则更晚，在十九至二十世纪之交，其代表有夏庞蒂埃[①]（《鲁易丝》，1900）、德彪西（《佩利亚斯与梅丽桑德》，1902，该剧由一种十分具有仿效风格的诗意散文写成），还有雅纳切克（《耶奴发》，作于1896至1902年间）。在我看来，雅纳切克是现代艺术时期中最重要的歌剧美学的创始人。我说“在我看来”，因为我不想隐瞒我个人对他的酷爱。然而，我不认为我错了，雅纳切克的功绩是巨大的：他为歌剧发现了一个新世界，散文的世界。我并不是说只有他一人这样做（贝尔格[②]有《沃伊采克》，1925，该作得到了雅纳切克的由衷支持，还有普朗克，他写有《人之音》，他俩都和雅纳切克相似），但是他以一种特别的恒常之心在三十年中坚持不懈地向着他的目标挺进，为后世留下了五部重要的作品：《耶奴发》、《卡嘉·卡班诺娃》（1921）、《狡猾母狐狸》（1924）、《马克罗普洛斯案件》（1926）、《死屋手记》（1928）。

我说他发现了散文世界，因为散文不仅仅是一种区别于韵文的叙事形式，而且还是现实的一个面貌，是它日常的、具体的、一时的、与神话相对立的一面。这里，人们触及到了任何一个小说家的最深刻的信念：没有什么比生活的散文更为隐蔽的了：任何一个试图不懈地把他的生活变成神话的人，都试图把它用韵文

① Gustave Charpentier（1860—1956），法国作曲家。

② Alban Berg（1885—1935），奥地利作曲家。

写出来，都会用韵文（用糟糕的韵文）把它遮掩起来。如果说小说是一门艺术而不仅仅是一种“文学体裁”，那是因为散文的发现是它本体论上的使命，任何一门别的艺术都不能彻底承担起这一使命。

在小说通向散文之神秘、通向散文之美（因为作为艺术的小说发现了作为美的散文）的道路上，福楼拜迈出了巨大的一步。半个世纪之后，雅纳切克在歌剧历史上完成了福楼拜式的革命。但是，如果说在一部小说中这革命十分自然地就完成了（就好像爱玛与罗多尔夫在农业展评会背景里的那场戏是作为几乎不可避免的可能性刻录在小说的基因中的），那么在歌剧中，它就变得更为惊人、大胆、出人意料：它与非现实主义以及极端化的风格仿效的原则是背道而驰的，而在前人看来，这些原则是与歌剧的本质特点本身不可分割的。

在现代主义大师的歌剧尝试中，他们经常走着一条比十九世纪的先驱们更为彻底的风格仿效之路。奥涅格[①]转向了民间传说和《圣经》故事的主题，并赋予这些主题以一种介乎于歌剧与清唱剧的不稳定的形式；巴托克的唯一一出歌剧以一个象征主义的寓言为主题；勋伯格写了两出歌剧：其中一出是讽喻剧，另一出把某个几近疯狂的环境搬上了舞台。斯特拉文斯基的歌剧都是在韵文歌词之上写成，属于极端的风格仿效。雅纳切克不仅仅反歌剧的传统，而且也反现代歌剧的主导方向。

六

著名的素描：一个小个子男人，浓密的白发，八字胡，手持一本打开的本子在散步，把他在大街小巷听到的话语用音符记录下来。这是他的爱好：把生动的话语化为乐谱；他留下了百余种“言语之调”。这一好奇之举使他在同时代人的眼中成了一个孤僻的怪人，这么说还算是客气的，若是一点情面都不讲的话，他只能被当作一个幼稚的人，不懂得音乐是一种创造，而不是对生活的自然主义模仿。

但是，问题并不在于该不该模仿生活？问题在于：一个音乐家应不应该承认声响世界的存在是独立于音乐之外的并去研究它？对言语的研究可以帮我们分清楚雅纳切克整个音乐的两个基本方面：

1）它的旋律特点：到了浪漫主义末期，欧洲音乐的旋律宝藏似乎被挖掘一空（确实，七个音或十二个音组合的变化量在数学上本是有限的）；对并非来自音乐而来自话语客观世界的声调的熟悉使雅纳切克扑向了另一种创作灵感，扑向了另一个旋律想象的

---

① Arthur Honegger（1892—1955），法国作曲家。

源泉；他的旋律（也许，他是音乐史上最后一个伟大的工于旋律的作曲家）因此而具有很特殊的性质，一听就能被认出来：

a）与斯特拉文斯基的格言（“省着您的音程吧，把它们当作美元来对待吧”）正相反，他的旋律包含着许多长度上极不寻常的、直至那时在一段“漂亮”的旋律中还无法想到的音程；

b）他的旋律十分简明，十分精练，几乎无法展开，无法以迄今为止的通常技术来延续、来转化，否则它会立即变得虚假、人为、“谎言连篇”，换句话说：它以它自己的方式展开，或者重复（固执地重复），或者以一种话语的方式那样作处理：比如说，逐渐加强（按照一个正坚持某事或恳求某事的人说话的样子），等等。

2）它的心理导向：在雅纳切克对言语的研究中，最使人感兴趣的并不是语言（捷克语言）的专有节奏，不是韵律学（人们在雅纳切克的歌剧中找不到任何宣叙调），而是正在讲话的那个人的瞬间的心理状态对说话语调的影响；他寻求理解旋律的语义学（由此他显得像是斯特拉文斯基的对极，因为后者并不给予音乐以任何的表达能力：对于雅纳切克，只有作为表现、作为激情的音符，才有生存的权利）；通过探测某种语调与某种激情的关系，作为音乐家的雅纳切克获得了一种独一无二的心理学的清醒；他真正的心理学上的狂热（请回忆一下，阿多诺谈到过斯特拉文斯基作品中的“反心理学的狂热”）给他的所有作品打上了烙印；正是由于它，他才特地转向了歌剧，因为只有在歌剧中，“以音乐方式表达激情”的能力才能得以实现，才能比在别的地方更好地得到确认。

七

在现实中，在具体的现在时间中，一场会话又是什么？我们不知道。我们只知道戏剧中、小说中或者广播中的会话跟真实的会话很不相像。“抓住真正会话的结构”，这肯定是萦绕在海明威脑际的一个念头。让我们把它与戏剧对话的结构作一比较，以求赋予它一个定义吧：

a）*在戏剧中*：戏剧故事是在对话中并由对话实现的；对话完完全全地集中在情节上，集中在它的意义和内容上；*在现实中*：对话的周围是琐碎的日常生活，它打断对话，推迟对话，使它弯曲，妨碍它发展，使它变得没有系统性，没有逻辑性；

b）*在戏剧中*：对话应该提供给观众以戏剧冲突以及人物的最清楚、最易懂的概念；*在现实中*：参与会话的人彼此熟悉，同时了解他们会话的主题；因此对一个第三者来说，他们的对话从来不会是能完全弄懂的；它总是一个谜，就像是在“未言”的汪洋大海上的薄薄一层“已言”的水面；

c）在戏剧中：表演的时间限制要求对话尽可能地省词；在现实中：人物常常返回已经谈过的主题上来，他们重复，他们改口，他们往往把刚说出来的话又收回去，等等；这些重复与笨拙泄露了人物的固定想法，赋予对话以一种特殊的旋律。

海明威不仅善于抓住真实对话的结构，而且还从此出发创造了一种形式，一种简单的、透明的、清澈的、漂亮的形式，就像在《白象似的群山》中显现出来的那样的形式：美国人和姑娘的对话由一些无意义的话微弱地开始；相同词语、相同表达法的重复持续在整段叙述中，并且给叙述以一种旋律上的整体性（在海明威的笔下，那么刺激人、那么诱惑人的正是对话的这一旋律化）；端来饮料的酒吧老板娘的插入缓和了紧张气氛，而在这一刻之前，紧张正逐渐升级，到最后几乎达到了顶点（“请你请你”），然后，在最后的几句中，对话极弱地复归平静。

八

“二月十五日傍晚。黄昏十八点，车站附近。

“人行道上，高个子女人在颤栗，她身穿一件冬天的红色大衣，脸颊桃红。

“她突然生硬地说道：

“‘我们将在这儿等着，我知道他是不会来的。’

“她的同伴脸色苍白，穿一条很旧的裙子，她以出于心灵的黯淡的、忧愁的回答打断了刚才的最后一个音符：

“‘我无所谓。’

“她纹丝不动，半是反抗，半是等待。”

这就是雅纳切克定期在一份捷克文报纸上发表的一篇附有乐谱的作品的开头。

让我们想象一下，“我们将在这儿等着，我知道他是不会来的”这个句子是故事中的一句对话，正由一个演员当着听众高声地朗诵出来。我们兴许会在他的语调中感到某种虚假。他会像人们所想象的那样凭回忆将句子念出；或者，他会念得感动听众。但是，在真实的环境中，人们会怎么说这句话呢？这句话的真实旋律是什么样的呢？一个失去的时刻的真实旋律是什么样的呢？

寻找失去的现在；寻找一刻间的真实旋律；渴望撞见并截获这一稍纵即逝的真理；渴望由此揭穿不断抛弃着我们生活的即刻现实的神秘（我们的生活由此而变成世上最陌生的东西）。对口语的研究的本体论意义似乎正是在此，而且，雅纳切克整个音乐的本体论意义或许也正是在此。

《耶奴发》的第二幕：在患产褥热的日子之后，耶奴发下了床，得知新生儿已经死去。她的反应出人意料："那么，他死了。那么，他成了一个小天使。"她在奇特的惊愕中平静地唱着这几句，没有叫喊，没有动作，像是瘫痪了似的。旋律的曲线多次升起而后又立即降落，仿佛它也被击瘫了；它是美的，它是激动人心的，而同时，它又始终是恰如其分的。

当时最有影响的捷克作曲家诺瓦克[①]曾取笑这一场戏："耶奴发好像在叹息她的鹦鹉死了。"一切皆在这里，在这句愚蠢的挖苦话中了。当然喽，人们不是这样想象一个正得知自己亲生儿子死讯的女子的！但是，一件事在人们的想象中，与这同一件事在事实上发生的样子，是截然不同的两码事。

雅纳切克是在所谓现实主义戏剧的基础上写他最初的歌剧

的；在他那个时代，此举已然扰乱了常规；但是，鉴于他对具体之物的渴求，就连散文戏剧的形式也很快让他感到过于人为化：于是他亲自写了两出最最大胆的歌剧脚本，其一是《狡猾母狐狸》，根据发表于一家日报上的连载故事写成；另一部根据陀思妥耶夫斯基的作品改编，不是根据陀思妥耶夫斯基的哪一部小说（再没有比陀思妥耶夫斯基的小说拥有更多的不自然与戏剧的圈套了！），而是根据他在西伯利亚流放地的“报道”：《死屋手记》。

如同福楼拜那样，雅纳切克也被一个唯一场景中不同情感内容的共存所迷住（他了解“反衬主题”的福楼拜式的魅力）；因此，在他的作品中，乐队并不强调唱腔，反而经常与唱腔唱反调。《狡猾母狐狸》的一场戏总是令我格外激动：在一个森林小旅店中，一个看林人、一个乡村小学教师和旅店老板娘正在聊天：他们回忆他们的朋友们，有那天正好进城去的旅店老板，有搬家走了的本堂神甫，有小学教师曾经爱过的新近结了婚的一个女子。会话是极为平凡的（在雅纳切克之前，人们从未在歌剧舞台上见到过一个如此缺乏戏剧性的、如此平庸的情景），但是乐队奏出了充满忧郁思恋的调子，好像整场戏都成了一曲人们从未写过的叹息时

① Vítězslav Novák（1870—1949），捷克音乐家，德沃夏克的学生。

光转瞬即逝的哀歌。

九

在整整十四年中，布拉格国家剧院歌剧指挥，一个叫科瓦洛维茨[1]的平庸作曲家始终拒绝上演《耶奴发》。如果说最后他终于让了步（一九一六年，是他亲自主持了《耶奴发》在布拉格的首演），他也没有停止过说雅纳切克的实验纯粹是闹着玩的业余爱好，并且对乐谱作了多处变动、修改，甚至还有为数不少的删节。

雅纳切克不反抗吗？当然反抗了，但是，诚如众所周知的，一切取决于力量的对比。那时他是弱者。他已经六十二岁了，依然默默无闻。倘若他反抗得过于激烈，他可能还会让歌剧的首演再等上十个年头。再说，甚至连他的支持者——他们为大师意外的成就而欣喜万分——也都同意了：科瓦洛维茨干了一件辉煌的事！比如说，最后那一场！

最后一场：在人们找到耶奴发被淹死的私生子后，在后娘承认自己的罪行并被警察带走之后，耶奴发和拉科留了下来。拉科一直深深地爱着耶奴发，而耶奴发曾选择了另一个男人把拉科甩了，现在，拉科决定留下来和耶奴发在一起。等待着这一对男女的没有别的，只有穷困、羞耻和流亡。无法模仿的气氛：无可奈何，忧愁，却又被一种深切的同情映照得光明灿烂。竖琴、弦乐，乐队的柔和音色；在一曲宁静、感人的歌声中，全剧以出人意料的方式告终。

但是，人们可以给歌剧这样的一个结尾吗？科瓦洛维茨把结尾变成了一次真正的爱的神化。谁还敢与一次神化作对？再说，一次神化是那么的简单：加上铜管乐，以对位法的模仿支撑旋律。有效的手段，千百次得以确证。科瓦洛维茨不愧是个行家。

受到捷克同胞刁难与欺辱的雅纳切克，在马克斯·布洛德那里得到了坚决而忠诚的支持。但是，当布洛德研究了《狡猾母狐狸》的乐谱之后，他对结尾并不满意。歌剧的最后几个词是由一只小青蛙结结巴巴地向看林人说出的一句玩笑话："您您您您以为看到的东西，不不不不是我，而是我我我的爷爷。" Mit dem Frosch zu schliessen，ist unmöglich. 以青蛙来结尾，这是不可能的，布洛德在一封信里这样表示异议，他建议将剧本中最后一句话改为看林人高声唱出的庄严的宣言：关于大自然的新生；关于青春的永

① Karel Kovařovic（1862—1920），捷克指挥家和作曲家，一九〇〇年起任布拉格国家剧院歌剧指挥。

恒力量。仍然是一个神化。

然而这一次，雅纳切克没有服从。在国外的知名度使他不再是一个弱者。但在《死屋手记》的首演之前，他又变成弱者，因为他死了。歌剧的结尾是声势雄壮的：主人公从苦役营中被释放。劳役犯们高呼："自由！自由！"然后，看守官叫了起来："干活去！"这是剧中最后的一句，全剧在铁锁链带切分节拍的哗啦哗啦声中、在强迫劳动的粗野节奏中结束。首演是在雅纳切克死后由他的一个学生指挥的（这个学生同时整理了未完成的乐谱手稿，准备付印出版）。他稍稍修改了最后几页："自由！自由！"的叫喊声被移到了最后，扩充成了长长的结束句，欢快的结束句，一次神化（又是一次）。这不是一个旨在延续作者意图的追加；而是这一意图的否定；在这最终的谎言中，歌剧的真实被取消了。

一〇

我打开了由美国某大学文学教授杰弗里·梅耶斯写于一九八五年的海明威评传，读了有关《白象似的群山》的那一段。我所得知的第一件事是：小说"或许描绘了海明威对哈德莉第二次怀孕的反应”（哈德莉是海明威的第一个妻子）。以下便是这段评注，我在其中用括号插入我的个人看法：

“把山岭比作白象，白象作为不真实的动物代表了无用的因素，就如同不打算怀上的婴儿，这一比喻对理解故事的意义是至关紧要的（白象与不打算怀上的婴儿的比较稍稍有些牵强，这一比较不是海明威的，而是那位美国教授的；它想必预备了小说的情感阐释）。它成了一个争论的主题，激起了富有想象力的、触景生情的女人与那位实实在在、趣味索然的男子的对立［……］小说的主题在一系列的对极上展开：自然对人为，直觉对理性，思索对唠叨，活生生对死沉沉（教授的意图变得很清楚：使女人成为道德的正极，男人成为负极）。男人，自我中心主义者（没有什么能允许我们把男人形容为自我中心主义者），完全无法渗入到女子的感情中去（没有什么能允许我们这么说），试图迫使她去堕胎以便他们依旧可以像以前那样生活。［……］女人认为堕胎是违反自然的，她害怕杀死孩子（她不可能杀死孩子，因为孩子尚未出生），害怕自己遭罪。男人所说的一切都是虚假的（不：男人所说的一切是一些平平庸庸的安慰话，在这样一个情境中，他只能这么说了）；女人所说的一切都是讽刺（对姑娘说的话，还可能有许多别的解释）。他逼迫她同意做这次手术（‘假如你不愿意，我是不想让你去做的’，他曾两次这么说，没有什么能证明这并非由衷之言），以便她能重获他的爱（没有什么能证明她曾得到过这男子的爱，也没有什么能证明她失去了它），但他可以向她要求这样做的事实本身意味着她再也不会爱他了（没有什么能允许我们说在车站这一场戏之后会发生什么）。她接受了这一自毁形式（毁掉一个胎儿与毁掉一个女人不是一回事），她像陀思妥耶夫斯基笔下的地下室的人或者卡夫卡笔下的约瑟夫·K.一样，达到了她人格的两重性，她只是她丈夫的举止行为的反映而已：'那么我去做好了。因为对于我，这是无所谓的。'（反映出别人的举止行为并不是一种人格的两重性，不然，所有听从父母话的孩子就都两重化了，都像约瑟夫·K.了；另外，小说中没有任何地方标明这男人是女人的丈夫；他不可能作为丈夫，因为海明威的女性人物被称为girl，姑娘；如果说美国教授有系统地把她称为'woman'，那是一种有意识的误认：他使人们错以为这两个人物就是海明威和他的妻子。）然后，她离开了他，[……]在大自然中找到安慰；在麦田，在树林，在河流和在远处的山岭中。当她抬起眼睛望着远处的山岭祈求帮助时，她平静的沉思（至于大自然的风光在姑娘心中唤醒的感情，我们一无所知；然而，在任何情况下它都不可能是平静的，她后来马上说出的话十分苦涩）使人想起《圣经·诗篇》的第一百二十一首[①]（海明威的文笔越是简明，他的注释者的文笔就越是浮夸）。但这种情绪被固执地想要继续争执的男人赶得荡然无存（让我们认认真真地读一下小说：不是那美国人，而是姑娘在简短的离开之后第一个说起话来，继续了争吵；男人并不寻求争吵，他只想平息姑娘的激动)，他把她带到了神经发作的边缘。这时她向他抛去疯癫的一声叫喊：‘你能为我做一些事情吗？[……]那么，闭嘴。我请你闭嘴！’这使人想起李尔王的‘决不！决不！决不！’(对莎士比亚的回顾是毫无意义的，就如同提及陀思妥耶夫斯基和卡夫卡那样无济于事)。”

让我们简述一下这段简述：

1）在美国教授的阐释中，小说变成了一堂道德课：对人物的判断均依据他们与堕胎的关系，而堕胎则事先已被认定是一种恶。由此，女人(“想象力丰富”，“触景生情”)代表了自然、生动、直觉、思索；男人(“自我中心主义”，“实实在在”)代表了人为、理性、唠叨、死气沉沉(顺便提一下，在伦理学的现代讲义中，理性代表了恶，而直觉代表了善)；

2）向作者传记的靠拢(从girl到woman的隐伏性转变)使人以为反面的、不道德的主人公就是海明威，他通过小说作品在作某种忏悔；在这种情况下，对话失去了它一切的谜语特征，人物也没有了神秘感，对任何一个读过海明威传记的人来说，人物的面目全都变得确定而又明白；

① “我举目观望群山；我的帮助从哪里来呢？我的帮助从上主来；他是创造天地的主。”

3）小说特有的美学特点（它的反心理主义，人物过去情况的有意遮光，非戏剧化性质，等等）没有得到重视；更有甚者，这些美学特点被取消了；

4）从小说的基本材料出发（一个男人和一个女人出发去做堕胎手术），教授创造了他自己的小说：一个自我中心主义的男人正在强迫他的妻子进行堕胎；妻子看不起丈夫，她再也不能爱他了；

5）这另一部小说平庸到了极端，满篇陈词滥调；然而，通过连续与陀思妥耶夫斯基、卡夫卡、《圣经》、莎士比亚进行比较（教授成功地在一小段文章中聚集了所有时代最伟大的权威），它保住了它伟大作品的身份并由此解释了教授本人对它——尽管它原作者的道德十分贫乏——的兴趣。

一一

就这样，媚俗化[1]的阐释判了艺术作品的死刑。就在美国教授给海明威小说加上这一具有教训意义的解释之前四十年，有人在法国翻译了《白象似的群山》并易名为《失去的天堂》，一个不属于海明威的篇名（在世界各国的译文中，没有用这译名的），而这名字与四十年后的阐释有着同样的意义（失去的天堂：堕胎前的天真无辜，怀孕的幸福，等等，等等)。

媚俗化的阐释并不是一个美国教授或者一个世纪初的布拉格乐队指挥的个人毛病(在这个指挥之后，许许多多别的指挥认可了他对《耶奴发》的修改)；这是来自集体无意识的一种诱惑；是形而上的提台词人的一种命令；是一种永恒的社会需求；一种力量。这力量不仅针对着艺术，它首先针对的是现实本身。它所做的与福楼拜、雅纳切克、乔伊斯、海明威做的恰恰相反。它向现在时刻扔去老生常谈的面纱，使得真实的面貌消失得无影无踪。

好让你永远不知道你所经历之事。

① kischifiante，昆德拉自造的一个词。

第六部分

作品与蜘蛛

一

“我想。”尼采对这样一个由语法习惯所苛求的每个动词都得有一个主语的肯定句产生了疑问。他说，事实上，“一个想法当‘它’想来的时候就会自己来到，所以，当我们说主语‘我’是动词‘想’的决定者时，我们是在篡改。”一个思想是“从外面”来到哲学家头脑中的，它“来自外面、来自上面或下面，就像注定要发生在他身上的事件或意外打击”。它大步流星地赶到。因为尼采喜爱“一种大胆而热情洋溢的、迅速跑来的智力”，他就取笑那些博学者，他们认为思想像“某种犹犹豫豫、迟迟疑疑的活动，某种繁重劳作一般的东西，常需英雄的博学者付出辛勤的汗水，而不是那个轻快的、神圣的、与舞蹈以及令人开怀的欢乐有着惊人相似之处的东西”。

在尼采看来，哲学家“不应以演绎法和辩证法的某种假惺惺的归纳来篡改事物与思想，因为他原本是通过另一途径达及这事物与思想的[……]我们既不应隐瞒也不可歪曲思想来到我们头脑中的实际方式。最最深刻、最最丰富的书籍总是拥有一些类似帕斯卡尔《思想集》中具有格言特点的突如其来的思想”。

“不歪曲思想来到我们头脑中的实际方式”：我觉得这一命令不同凡响；我还注意到，从《曙光》起，在尼采所有的书中，所有的章节都只有一个段落：那是为了让一个思想由一口气息说出；那是为了照着它当初迅速地连蹦带跳地来到哲学家脑中的那个样子把它固定于白纸黑字。

二

尼采欲保存思想来到他脑中的“实际方式”的意愿与他的另一迫切需要是密切不可分的，后者对我的诱惑与前者同样强烈：那便是抵制将他的思想体系化的企图。种种哲学体系“在今天显出一副可怜巴巴、狼狈不堪的样子，如果我们还可以说它们尚且有一副样子的话”。他的攻击针对着系统化思想的不可避免的教条主义及其形式：“一出系统化的喜剧：为了充实他们的体系，并填满包围着该体系的视野，他们千方百计地把他们的弱点也饰以他们的优点的风格搬上舞台。”

是我把最后几个字换用了字体：一篇论述一个体系的哲学论文注定要含有相对薄弱的段落；并非因为哲学家缺少才华，而是论文的形式要求他如此；因为，在他提出创新的结论之前，哲学家必须解释别人对此问题已有的看法，必须逐一驳斥它们，同时提出一些别的结果，再从中选择最好的，为它援引各种论据，不言而喻的论据，令人吃惊的论据，等等，所以读者在阅读时往往跳过好几页，企图一下子就进入问题的核心，进入哲学家的独特思想。

黑格尔在《美学》中为我们提供了艺术的一个精彩的综合形象；人们为这鹰一般深远的目光倾倒；但文本本身远非那么令人倾慕，它并未让我们看到这诱惑人的思想当初迅疾地来到哲学家头脑中时的原样。黑格尔“想充实他的体系”，一格一格地、一厘米一厘米地描绘每一细节，以至于他的《美学》给人一种印象，好像此作是由一只鹰和几百只英勇的蜘蛛合作完成的，蜘蛛编起了一张密网，覆盖了所有的角落。

三

对于安德烈·布勒东（《超现实主义宣言》），小说是一种“下等体裁”；它的风格是“纯粹信息”的；信息资料的特征是“无谓的个别化”（“人们没有给我们留下人物的任何疑点：他的头发是金黄色的吗？他叫什么名字呢？……”）；至于描绘，“没有什么能与描绘的虚无相比；它只是目录般形象的重叠”；接下来作为例子的是《罪与罚》的一段引文，有关主人公拉斯科尔尼科夫房间的描述，并伴有以下评注：“人们将会支持用这一小学生式的图画来代替它，在书中的这一处，作者自有他压倒我的理由。”但这些理由，布勒东觉得都微不足道，因为“我可不会提及我生命中毫无价值的时刻”。此外还有心理学：冗长的陈述使得一切都事先告知于人：“这个主人公的行为与反行为都已得到了精彩的预示，想必不会受挫，瞧他一副能挫败种种算计的样子，无论如何，他逃不脱算计。”

尽管这一批评颇有偏见色彩，人们对它却不能置之不理；它忠实表达了现代艺术对小说的保留态度。我再扼要地复述一下：信息；描绘；对生存中无价值时刻的无谓关注；使人物的一切反应事先便明示无遗的心理学；集所有这些指责于一句话，在布勒东眼里，小说因致命地缺乏诗意而成了一个低下的体裁。我说的诗是超现实主义者以及整个现代艺术全力赞扬的那种诗，不是作为文学体裁、作为按韵律写的文字，而是作为美的某种观念，作为神妙的爆发，生命中的辉煌时刻，聚集的激情，独特的目光，惊人的刺激。在布勒东眼里，小说尤其是非诗歌。

四

赋格：唯一一个主题以对位法掀起一连串旋律，一股波浪在它长长的流程中保持着同样的特征、同样的节奏冲动、它的整一性。在巴赫之后，随着音乐的古典主义时期到来，一切都变了：主旋律变得封闭而短促；它的简短使得单一主题成为几乎不可能；为能构筑起伟大的作品（其意义为：建筑般地构架起一个大部头作品的整体），作曲家必须让一个主题跟着另一个主题；一种新的作曲艺术由此诞生了，它以样板的方式在奏鸣曲这个古典与浪漫时代的主导形式中得以实现。

为了让一个主题跟着另一个主题，就必须有一些中介乐段，或者，如塞扎尔·弗朗克[①]所说的，要有一些桥。“桥”这个词使人们明白，在作品结构中有些乐段本身具有意义（主题），而另一些乐段则是为这一类乐段服务的，本身并无自己的强度或重要性。听贝多芬音乐，人们会有一种印象，觉得强度总在变化：有时，某种东西在酝酿之中，然后来临，然后又不在了，而另一些东西又在准备来临。

① César Franck（1822—1890），法籍比利时作曲家。

下半时（古典主义和浪漫主义）音乐的内在矛盾：它在表达激情的能力上看到了自身的生存理由，但同时，它精心制作它的桥、它的结尾、它的展开，这些东西纯粹是形式上的苛求，是作曲家技巧本事的结果，而这技巧本事并无个性可言，它是可以学到的，它很难脱离常规、脱离音乐的共同套式（有时，人们甚至在最伟大的作曲家，如莫扎特或贝多芬那里也能找到这些套式，而在他们同时代不出名的作曲家那里，这类套式更是不胜枚举）。灵感与技巧就这样不断地面临着分家的可能；于是，在自发的东西与精心制作的东西之间就生出一种二分法；第一类想直接表现某种激情，第二类则是这同一种激情所化作的音乐技术上的展开；第一类是主题，第二类是填料（这一词带有贬义，然而又十分客观：因为人们真的需要在横向上“填满”主题与主题之间的时间，在纵向上“填满”乐队的各声部）。

有人说起过，穆索尔斯基[①]有一次用钢琴弹奏舒曼的一段交响乐，弹到展开部之前突然停住，大声喊道：“现在，音乐的数学开始了！”正是这算术的、学究的、书卷气的、教学的、非灵启的一面促使德彪西说：在贝多芬之后，交响乐已成了“勤奋而固定的训练”，勃拉姆斯和柴可夫斯基的音乐“争夺着厌烦的垄断”。

五

这一内在的二分法并没有使古典主义和浪漫主义的音乐变得低于其他时代的音乐；任何时代的艺术都带有它结构上的难题；正是这些难题激励一代代的作者去寻求新的解决办法，并由此带动形式的发展。下半时的音乐已经意识到了这一困难。贝多芬：他给音乐注入前所未有的表达强度，同时也是他前无古人地创造了奏鸣曲的创作技巧：二分法应该特别地重压在他的头上；为了克服它（不能说他总能成功），他发明了各种各样的谋略：

比如，赋予主题之外的音乐材料，如一个音阶、一个琶音、一个过渡乐段、一个结尾等，以一种意想不到的表现力；

或者（比如）给予变奏曲形式另一种意义；在贝多芬之前，变奏曲形式仅仅只是技术上的窍门，而且还是最无聊的技巧：就好比人们让一个模特儿穿着不同的衣裙单独在台上来回地走。贝多芬推翻了这一形式的意义，他自问：在一个主题中隐藏的旋律、节奏、和声的可能性究竟有多少？从一个主题的音素变化中人们

① Modeste Mussorgsky（1839—1881），俄国作曲家。

到底一直可以走到多远而不违背它的本质？这本质又是什么？在音乐上提出这些问题时，贝多芬不需要任何由奏鸣曲形式带来的东西，既不需要桥，也不需要展开部，也不需要任何的填料；他没有一秒钟处在对他而言的本质之外，没有一秒钟处在神秘的主题之外。

把整个十九世纪的音乐当作一种旨在克服它结构上的二分法的持恒试图来考察，是很有意思的。由此，我想起了我愿称之为*肖邦的战略*的东西。就像契诃夫从未写过长篇小说一样，肖邦执意不追求*大作品*，而几乎毫无例外地创作一些收于集子里的小段（玛祖卡舞曲、波罗乃兹舞曲、夜曲，等等）。（某些例外也证实了这一规律：他的钢琴及管弦乐协奏曲均非力作。）他违背时尚行事，时尚认为交响曲、协奏曲、四重奏曲的创作才是一个作曲家重要地位的必然标准。但是，肖邦恰恰回避这一标准而创造出他的——也许是他那个时代唯一的——永不衰老、永远完全生气勃勃的作品，毫无例外。*肖邦的战略*为我解释了为什么在舒曼、舒伯特、德沃夏克、勃拉姆斯那里，最小型的作品、音质最简单的作品倒要比交响曲和协奏曲显得更为生动、更为美（它们经常十分的美）。因为（重要的事实），下半时音乐的内在二分法是*大作品*独有的问题。

六

在批评小说艺术时，布勒东攻击的是它的弱点还是它的本质？首先应该说，他攻击的是十九世纪初期随着巴尔扎克而诞生的小说美学。那时，小说经历了它的一个伟大时期，它首次肯定自己是一种巨大的社会力量；具有几乎催眠术般的诱惑能力，它预示了电影艺术：读者在他的想象银幕上看到小说如此真实的一幕幕场景，他都准备把它们当成自己生活中的场景了；为吸引读者，小说家运用整套制造对真实的幻觉的机器；但是，也正是这套机器同时给小说艺术制造出了一种可与古典主义及浪漫主义音乐所具有的二分法相比的结构上的二分法：

既然是细致入微的因果逻辑关系使事件变得真实可信，那么这整条长链中的任何一个环节便都不可省略（无论它本身是多么没有趣味）；

既然人物应该显得“栩栩如生”，他们就必须给主题带来尽可能多的信息（哪怕它们完全出人意料）；

还有历史：过去，它缓慢的步子使得它几乎看不见，后来它加快了速度，突然（巴尔扎克的伟大经验正在这里），围绕着生活中的人们的一切都正在改变，人们漫步的街道，他们房子里的家具，他们所属的社会机构；人类生活的背景不再是一个固定的、事先已知的布景，它变幻无常，它今天的面貌到明天就会被忘得干干净净，必须抓住它，把它描绘出来（无论这些消逝的时间的图画会是多么令人生厌）。

背景：文艺复兴时代的绘画发现了背景，它以透视法将一幅画分为前景部分和背景部分。这就是由形式的特殊问题导致的后果：举例说，肖像画：脸部比身躯、尤其比背景的帏幔集中了更多的注意和趣味。这是完全正常的。我们正是这样看周围世界的，但生活中正常的东西并不因此就适用于艺术形式的要求：在一幅绘画中，享有优先照顾的地方与别的预先定为次一等的地方之间的不平衡需要得到暂时缓和、得到照顾、得到重新平衡。或许，要有一种取消这种二分法的新的美学来从根本上排除这种不平衡。

七

一九四八年之后，在我的祖国实现共产主义革命的年月，我明白了盲目的抒情在恐怖时期所扮演的至关紧要的角色，对我来说，这恐怖时期是一个“诗人与刽子手共同统治”（《生活在别处》的时代）。那时我想起了马雅可夫斯基；对于俄国革命，他的才能与捷尔任斯基的安全警察同样不可或缺。抒情性、抒情化、抒情的演讲、抒情的热情均属于人们称之为专制世界的一个有机构成；这世界不是一个简单的古拉格，这是一个四周围墙上涂满了诗篇、人们在它面前载歌载舞的古拉格。

比起恐怖来，恐怖的抒情化于我是个更难以摆脱的噩梦。我好像种了疫苗，永生永世警惕地抵御着一切抒情的诱惑。那时候，我深深渴望的唯一东西就是清醒的、觉悟的目光。终于，我在小说艺术中寻到了它。所以，对我来说，成为小说家不仅仅是在实践某一种"文学体裁"；这也是一种态度，一种睿智，一种立场；一种排除了任何同化于某种政治、某种宗教、某种意识形态、某种伦理道德、某个集体的立场；一种有意识的、固执的、狂怒的不同化，不是作为逃逸或被动，而是作为抵抗、反叛、挑战。到最后我竟有了这样的对话："昆德拉先生，您是共产主义者吗？""不，我是小说家。""您是持不同政见者吗？""不，我是小说家。""您是左翼还是右翼？""不是左翼也不是右翼，我是小说家。"

从很年轻的时候起，我就爱上现代艺术，爱上它的绘画、它的音乐、它的诗歌。但是，现代艺术打上了它"抒情精神"的标志，打上了它对进步的幻觉、它美学上与政治上双重革命的意识形态的标志，而对这一切，我渐渐地厌恶起来。对先锋精神的怀疑并未丝毫改变我对现代艺术作品的喜爱。我热爱它们，我热爱它们尤其因为它们是斯大林主义迫害首当其冲的牺牲品。在《玩笑》中，切内克就被送到一个惩戒营，因为他喜爱立体主义绘画。那时就是这样：革命认定现代艺术是它意识形态的头号敌人，尽管那些可怜的现代主义者的愿望只是想歌颂革命，庆贺革命。我永远也忘不了康斯坦丁·比布尔[①]：一个卓越的诗人（啊！我能背诵他多少首诗啊！），他作为一个热情的共产主义者，一九四八年后开始写了一些使人沮丧同样也撕人心肺的平庸的宣传诗，一段时间以后，他跳楼摔死在布拉格街头。在他难以捉摸的个性中，我看到了被欺瞒的、被蒙骗的、被谋害的、自杀身亡的、成为牺牲的现代艺术。

我对现代艺术的忠诚与对小说的反抒情性的眷恋是同样的强烈。对布勒东而言，对一切现代艺术而言无比珍贵的诗学价值（强度、力度、自由的想象力、对"生活中无价值时刻"的蔑视），我只在幻想破灭了的小说领域中寻找。但是，它们于我也因此而更为珍贵。这或许可以解释，对那种当德彪西听到勃拉姆斯或柴可夫斯基的交响乐时曾那么惹他厌烦的东西，我为什么也感到特别反感；对勤劳的蜘蛛的轻微响动的反感。这或许还可以解释为什么长期以来我一直对巴尔扎克的艺术装聋作哑，为什么我特别崇拜的小说家是拉伯雷。

八

对于拉伯雷，主题与桥、前景与背景的二分法是陌生之物。

他可以轻松自如地从一个严肃的主题一下子转到列举小小的高康大发明的种种擦屁股法，然而，从美学上说，所有这些段落，不管无关紧要还是举足轻重，都对他有同样的重要性，都给我以同样的欢乐。这就是他和其他一些早先的小说家让我着迷的地方：他们讲着他们觉得诱人的东西，当诱惑停止了，他们也停下了。他们创作上的自由令我梦寐以求：写作而不制造一个悬念，不构建一个故事，不伪造其真实性，写作而不描绘一个时代、一种环境、一座城市；抛弃这所有的一切而只与本质接触；也就是说：创造一个结构，使桥与填料没有任何存在的理由，使小说家可以不必为满足形式及其强制而离开——哪怕仅仅离开一行字之远——牢牢揪住他的心的东西，离开使他着迷的东西。

九

现代艺术：以艺术的自治法则的名义反抗对现实的模仿。这一自治的最初实际要求之一：一部作品中的所有时间、所有片断

① Konstantin Biebl（1898—1951），捷克诗人。

都有一种同等的美学价值。

印象派：景物被设想成简单的光学现象，以至于画中的人也并不比一丛灌木有更大的价值。立体派画家和抽象派画家走得更远，他们取消了将一幅画分割为具有不同重要性的几个层面的第三维空间。

在音乐方面，也有同样的倾向，要求一部作品中的所有时间在美学价值上的平等：萨蒂[①]的简单朴实只是对传统音乐韵律的一种断然拒绝。德彪西是博学的蜘蛛的巫师和迫害者。雅纳切克取消了所有不是必不可少的音符。斯特拉文斯基背离了对浪漫主义和古典主义的继承而在音乐史上半时的大师中寻找自己的导师。韦伯恩回到了一种sui generis[②]（也就是说，十二音体系的）单一主题，并且达到了在他之前从未有人敢于想象的精练。

而在小说方面，人们对巴尔扎克的著名格言“小说应该与人的社会身份相匹敌”提出怀疑；这一怀疑与先锋派艺术家炫示自己的现代性毫无共识，他们虚张声势的自我炫耀是为了说明他们的现代性连傻瓜都能懂；现代小说对巴尔扎克的怀疑只会（悄悄地）使制造对现实的幻觉的机器变得无用（或几乎无用，可有可无，无足轻重）。说到这小说艺术，我有个小小的发现。

假如人物必须与社会身份相匹敌，他就得先有一个真名实姓。从巴尔扎克到普鲁斯特，一个无名无姓的人物是不可设想的。但狄德罗的雅克却没有姓，他的主人则不但没姓而且没名。巴奴日到底是姓还是名？有名无姓或有姓无名都不再是姓名，而只是一个符号。《审判》的主人公不是某个约瑟夫·考夫曼或克拉莫尔或科尔，而是约瑟夫·K.。《城堡》主人公的姓名只剩下了一个字母。布洛赫的《无罪的人们》：一个主要人物只用字母A标明。在《梦游者》中，埃施和胡哥瑙没有名。《没有个性的人》的主人公乌尔利希没有姓。从我最初的几部短篇小说开始，我就有意识地避免给人物加上姓名。《生活在别处》的男主人公只有一个名，他的母亲只用“妈妈”这个词指明，他的女朋友被称作“红头发姑娘”，她的情人称作“四十来岁的男人”。这是矫揉造作吗？我那时这么做完全是出于自发，只是在很久之后我才明白了这么做的意义：我服从了小说历史第三时的美学：我不想使人认为我的人物是真实的，带着一本户口簿。

一〇

托马斯·曼：《魔山》。有不少很长很长的段落是有关人物的

---

① Erik Satie（1866—1925），法国作曲家。

② 拉丁语，独特的。

信息的，他们的过去、他们的穿戴方式、他们的说话方式（包括一切话语的怪癖），等等；疗养院生活极具细节的描述；历史时刻的描述（一九一四年战争前夕的岁月），比方说，那时的风俗习惯：酷爱刚发明不久的摄影、嗜食巧克力、闭着眼画画、世界语、纸牌通关、听留声机、招魂术表演（作为真正的小说家，托马斯·曼以一些注定要遭遗忘的而且不被平庸的历史编年学者注意的风俗习惯来形容描绘一个时代）。冗长的对话一旦离开了某些基本主题，就显出它的信息功能来；在托马斯·曼笔下，甚至连梦境也是描述：在疗养院里度过第一天后，年轻的主人公汉斯·卡斯托普睡着了；白天发生的一切在梦中都以一种腼腆的变形重复了一遍，没有比这更俗气的了。对布勒东而言，梦是自由想象的源泉，而在这部作品中，我们与布勒东相距万里。《魔山》中的梦只有一种功能：让读者熟悉环境，证实他对现实的幻觉。

这样，一个广阔的背景得到了精细的描绘，在它前面，展开了汉斯·卡斯托普的命运，以及两个肺结核患者纳夫塔和塞腾勃里尼的思想意识决斗，他们一个是信仰民主的共济会人士，另一个是拥护专制君主的耶稣会成员，两人都已病入膏肓。托马斯·曼平和的讽刺使这两位博学者胸中的真理都相对化了；他们之间的争论始终没有胜利者。但是小说的讽刺却走得更远，在某个场景中达到了顶峰，两人在一小群如痴如醉的听众包围中唇枪舌剑，振振有词，每人都把自己的观点推至极端，到后来竟然谁也弄不清到底谁在鼓吹进步，谁在宣扬传统，谁向着理性，谁在反理性，谁强调精神，谁强调肉体。在好几页的描述中，人们经历了一场迷人的混乱，字词失去了它们的意义，争论因举止行为可以互相调换而变得尤为激烈。再往后约二百页，已接近小说的结尾了（战争将很快爆发），疗养院的所有人都屈服于一种非理性的狂怒和无法解释的仇恨；正是在那时，塞腾勃里尼攻击了纳夫塔，两个重病的人以决斗相拼——决斗以其中一人的自杀而告终。人们一下子明白到，推动一些人反对另一些人的实际上并非不可调和的意识形态的对抗，而是一种超理性的好斗性，一种未被解释清楚的模模糊糊的力量，对这好斗的力量而言，思想意识只是一道屏风，一具面罩，一种借口。由此，这本精彩的“思想的小说”[①]同时也是（尤其对这一世纪末的读者来说）对所谓原样的思想的一种强烈怀疑，是对相信思想、相信思想能够领导世界的时代的一次彻底告别。

曼和穆齐尔。尽管他们诞生的年月十分相近，他们的美学却属于小说历史的两个不同时期。他俩都是具有惊人智力的小说家。在托马斯·曼的小说中，智力首先体现在位于一部描绘性小说布

① 法语原文为roman d'idées。

景之前的人物的思想对话中。在《没有个性的人》中，智力时时刻刻以一种完全的方式表现出来；面对托马斯·曼的描绘性小说，穆齐尔的小说是*思维小说*[1]。在这里，事件也是发生在具体的环境里（维也纳），在具体的时间中（一九一四年战争的前夕，与《魔山》相同），当托马斯·曼的达沃斯被描绘得细致入微时，穆齐尔的维也纳只是刚被提了一下名字，作者甚至不屑于从视觉上回顾它的街道、它的广场、它的公园（制造对现实的幻觉的机器被好心好意地推开了）。人们处在奥匈帝国中，但这个奥匈帝国被一个具有嘲讽意味的绰号给系统地点了名：卡卡尼国。卡卡尼国：反具体化了的、普遍化了的帝国，浓缩为几个基本环境的帝国，被改造为帝国的可笑样板的帝国。这个卡卡尼国不像托马斯·曼的达沃斯是小说的一个*背景*，它是小说的*主题*之一；它不是被描绘，而是被分析，被思考。

曼解释说，《魔山》的结构是音乐性的，它建立在一些主题之上，像在一部交响乐中那样，这些主题得到展开，它们反复闪回，它们互相交叉，它们伴随小说于它的全部进程。这是真的，不过必须明确一下，在曼和穆齐尔的作品中，主题并不意味着同一种东西。首先，在曼的作品里，种种主题（时间、肉体、疾病、死亡，等等）是在一个广阔的*反主题的背景*（地点、时间、风俗、人物的描绘）前展开的，差不多像是一部奏鸣曲的主题，它们被包围在主题之外的一种音乐中，在桥和过渡乐段中。其次，曼笔下的主题有一种强烈的多元历史学性质，这就是说：曼使用了一切手段，借助于这些手段，科学——社会学、政治学、医学、植物学、物理学、化学——能够阐明这种或那种主题；好像通过知识的推广，他想为主题的分析创造出一个坚实的教学基座；这一切在我看来过于频繁地（尤其在一些过于冗长的段落中）把他的小说扯离基本的东西，因为对小说来说，基本的东西就是只有一本小说才能说的东西。

而在穆齐尔笔下，主题的分析则不同：首先，它没有任何多元历史学的性质；小说家并不化装成博学者、医生、社会学家或历史学家，他分析并不属于任何一个科学分支的而只属于人类生活的人类生存环境。正是在此意义上，布洛赫和穆齐尔认识到心理现实主义世纪之后小说的历史使命：如果说欧洲哲学还不知道思考人的生活，思考它"具体的形而上学"，那么，小说则早就注定要发掘这一空白领域，开垦这一片处女地，对此小说是责无旁贷的（这是存在哲学以一种对立推理所证明的事；因为对存在的分析不可能成为体系：存在是不能系统化的，作为诗歌爱好者的海德格尔对小说史的冷漠是错的，因为在小说史中有着存在哲学智慧的最大宝库）。

① 法语原文为roman pensé。

其次，与托马斯·曼相反，在穆齐尔笔下，一切都成为主题(存在的命题)。假如一切成为主题，那么背景就消失了，就像在一幅立体派绘画上，只有近景了。正是在这背景的取消中，我看到了穆齐尔所进行的结构上的革命。巨大的变化在表面上常常是不动声色的。确实，思考的长度、句子的缓慢节奏都给了《没有个性的人》一副“传统”散文的面貌。没有推翻时间顺序。没有乔伊斯式的内心独白。没有标点符号的取消。没有摧毁人物与情节。在两千来页的作品中，人们跟随着青年知识分子乌尔利希的卑微故事，他结识几个情妇，和几个朋友来往，他在一个严肃而可笑的协会里工作(正是在这里，小说以几乎难以察觉的方式背离了真实性而成为一种游戏)，该协会的目的就是筹办皇帝生日的庆祝活动，一九一八年计划中的重大的“和平庆典”(一颗滑稽的炸弹塞入了小说的基础之下)。每一个小环境在它的进程中仿佛都一动不动(正是在这样一种缓慢得令人惊诧不已的速度中，穆齐尔让人不时地想起乔伊斯)，以便一道长久的目光能穿透其中，能有时间问一问：它意味着什么？怎么理解它和思考它？

在《魔山》中，曼将一九一四年战争前的好几年岁月变成对一去不复返的十九世纪的辉煌的告别庆典。作于相同年代的《没有个性的人》所发掘的却是即将来临时代的人类生存环境，即始于一九一四年、今天正在我们的眼皮底下走向结束的现时代的这一结束阶段。确实，一切都在那里了，都在穆齐尔的这一个卡卡尼国里了：技术的万能统治，没有人能控制技术，人反被技术变成了统计数字（小说的开篇就是在一条街上，那里发生了车祸，一个男人躺在地上，一对路过的男女正在评说这次事件，并计算着一年中交通事故的数目）；速度被当作技术统治下的疯狂社会的最高价值尺度；黑暗昏庸的官僚主义无所不在（穆齐尔的办公机关堪与卡夫卡的办公机关相媲美）；意识形态的喜剧性的贫乏到了既不能理解任何东西又无法指导任何东西的地步（塞腾勃里尼和纳夫塔的辉煌时代已成为过去）；新闻界是昔日所谓文化的继承者；与现代性的通敌合作者大有人在；与罪犯的团结一致成了作为信奉人权宗教的神秘表达（克拉丽丝和莫斯布鲁格尔）；还有儿童崇尚情结与儿童化倾向（汉斯·泽普，一个在法西斯主义一词形成之前的法西斯主义者，他的意识形态就建立在对我们心中的儿童性的崇拜之上）。

一一

在完成了《告别圆舞曲》的创作的七十年代最初时日里，我以为自己的写作生涯从此结束了。那是在俄国军队占领捷克时期，我们，我的妻子和我，有别的伤脑筋的事。只是在我们到达法国（全靠法国的帮助）一年之后，在整整中断了六年写作之后，我才又重新握起笔。但这一次却没有什么创作激情。我惶恐不安。为了能重新感到脚下尚还踏着一方坚实的土地，我打算继续以前曾做过的事：写《好笑的爱》某种意义上的第二卷。这是何等的倒退！二十年前我正是以这些短篇小说开始迈出了我散文创作的第一步。还算幸运，在信手涂鸦了两三篇“好笑的爱之二”以后，我明白我实际上正在写一些全然不同的东西：不是一部短篇小说集，而是一部长篇小说（我随后将它起名为《笑忘录》），一部分为七个独立部分而又具有某种整体意义的小说，当人们单独阅读这七部分的任何一部分时，它就会丧失好大一部分意义。

仍留在我心中的对小说艺术的戒心一下子就飞到了九霄云外：通过给予每一部分以一篇短篇小说的特点，我便使得表面看来于长篇小说创作的大结构不可或缺的整个技术变得彻底无用了。我在自己的处理中与早先的肖邦的战略相遇，与并不需要有非主题段落的小型结构相遇。（这难道是说，短篇小说即是长篇小说的小型形式吗？是的。在短篇小说和长篇小说之间没有本体论上的区别，而在小说与诗歌、小说与戏剧之间却有这种区别。遗憾的是，鉴于词汇上的意外缺陷，我们没有一个唯一的术语来总括这同一种艺术一大一小的两种形式。）

既然这七个独立的小结构没有任何共同的情节，那它们是怎样联结在一起的呢?将它们连成一体、使它们成为一部小说的唯一联系物，就是共同主题的集合。由此，我在我的道路上与另一种古旧的战略相遇：贝多芬式的变奏曲战略；全靠它，我才能一直与某些存在意义上的问题保持直接的不间断的接触，正是这些问题迷住了我，并在我的这部变奏曲小说中得到逐渐的、多种角度的发掘。

主题的逐渐发掘有一种逻辑，是这逻辑决定了各部分间的联络环节。比如：第一部分(《失落的信》)提出了人与历史的主题的基本说法：人在历史的厚墙上碰得头破血流。在第二部分(《妈妈》)中，同一个主题颠倒了个儿：对于妈妈来说，俄国坦克的来临与她花园中的梨比起来代表着微不足道的东西(“坦克是易朽的，而梨子是永恒的”)。在第六部分(《天使们》)中，女主人公塔米娜淹死了，这一部分似乎可以表示小说的悲剧性结局；然而，小说并未在此，而是在下一部分中结束，第七部分既不催人泪下，也不激动人心，也不悲怆动人；它讲述了一个新的人物扬的色情生活。历史的主题在这里只是最后一次露了露脸:“扬有一些和他一样离开故国的朋友，他们终日献身于为祖国争自由的斗争之中。他们都曾感觉到自己与这个国家的联系是虚幻的，他们之所以还准备着为某些对他们来说无关紧要的事情去献身，那只是一种惯性使然。”人们触到了这一形而上的边界(边界：在小说进程中被反复琢磨的另一个主题)，在这边界的后面，一切都失去了原来的意义。塔米娜悲剧生命结束之地的岛屿被天使的笑（另一个主题）主宰着，而在第七部分中，回响着将一切（一切：历史、性、悲剧）化为飞灰的“魔鬼的笑”。只是在这时，主题之路才走到了尽头，书本才可以最终合上。

一二

尼采在标志他成熟期的六本书（《曙光》、《人性的，过于人性的》、《快乐的科学》、《善恶的彼岸》、《道德系谱学》、《偶像的黄昏》）中，继承、发展、建立、肯定、精制了结构上的同一原型。其原则：书的基本单位是章节；章节的长度从一个句子到若干页不等；章节毫无例外地只含有一个自然段；它们总是用数字标明的；在《人性的，过于人性的》和《快乐的科学》中，它们不仅用数字标明，而且还有一个小标题。若干章节构成一个部，若干部构成一本书。书是建立在一个基本主题上的，由题目确定其意义（善恶的彼岸，快乐的科学，道德系谱学，等等）；书的不同部探讨由基本主题派生出来的主题（它们也分别有自己的标题，比如在《人性的，过于人性的》、《善恶的彼岸》、《偶像的黄昏》中情况就是这样，或者，它们只用数字标明）。某些派生主题分布在纵向轴上（即每一部专门探讨由这一部的标题所确定的主题），而另一些派生主题则一直贯穿全书。由此诞生的结构既最大限度地被分节（分成众多相对自治的单位），又最大限度地统一（同样的主题不时地反复返回）。它同时还是一种具有节奏性特殊意义的结构，而这节奏是通过长短不一的章节的交替出现来表现的：比如，《善恶的彼岸》的第四部分只包含一些很短的格言（就如同某种间插曲、谐谑曲一样）。但是，尤其应该注意：这是一种没有任何必要加上填料、过渡乐段、薄弱段落的结构，在这结构中，强度永远也不降低，因为人们只看到思想正“从外面、从上面或从下面，就像注定要发生的事件或意外打击”那样地迅跑过来。

一三

如果一个哲学家的思想是如此紧密地与他文章的形式结构联系在一起，那么它能不能存在于文章之外呢？人们能不能从尼采散文的文笔中提炼尼采的思想呢？当然不能。思想、表达、结构是不可分离的。在尼采身上适用的是否在普遍意义上都适用呢？必须弄清楚：人们能不能说，一部作品的思想（涵义）原则上总是与结构不可分离的呢？

不能。很奇怪，人们不能这么说。长期以来，在音乐中，一个作曲家的特殊之处仅仅在于他分布在结构模式中的旋律—和声的创新，而这结构模式并不取决于他，它们或多或少是预先就已定的：弥撒曲、巴罗克风格组曲、巴罗克风格协奏曲等等。它们的不同部分全都按照一种由传统所确定的秩序排列，像钟表那样精确无误，以至于——举例说——一套组曲总是以一首快速的舞曲而告结束，等等，等等。

贝多芬的三十二首奏鸣曲是他二十五岁到五十二岁期间写成的，几乎贯穿了他的整个创作生涯，这些作品代表了奏鸣曲创作上一番巨大的发展，在此期间，奏鸣曲的结构发生了彻底的变化。最早的奏鸣曲因袭海顿和莫扎特的构思：分四个乐章；第一乐章：快板，以奏鸣曲形式写出；第二乐章：柔板，以利德曲形式写出；第三乐章：小步舞曲或谐谑曲，在中速中进行；第四乐章：回旋曲，在快速中进行。

这一结构的缺陷是显而易见的：最重要、最有戏剧味、最长的乐章是第一乐章；接下来的乐章有一种江河日下的趋势：从最重趋向最轻；而且，在贝多芬之前，奏鸣曲始终处在几个乐章的松散组合（那时人们在音乐会上常常演奏奏鸣曲的单独乐章）和不可分割的整体结构的半途上。随着他三十二首奏鸣曲的进展，贝多芬逐渐将旧的结构模式替换成更为集中（减为三个乐章，有时甚至两个乐章）、更为戏剧化（重心移到了最后一个乐章上）、更为整一（尤其由同一的激情气氛造成）的结构模式。但是这一进展（它由此变成了一次真正的革命）的真正意义并不在以另一个更好的结构模式代替一个不尽如人意的模式，而在于打碎了预定的结构模式的原则。

对奏鸣曲或交响曲预定模式的这种集体服从确实有些可笑。让我们想象一下所有的交响乐曲大家，包括海顿、莫扎特、舒曼、勃拉姆斯，在他们催人泪下的柔板之后，都在第四乐章里乔装成小学生在娱乐场上争先恐后地跳呀，蹦呀，尖声地叫喊道，欢快的结束才是好的结束。这便是人们可称之为的“音乐的蠢举”。贝多芬明白到越过它的唯一途径是让结构彻底变成个体的。

这就是贝多芬留给所有艺术、留给所有艺术家的艺术遗嘱的第一条，我将它归纳如下：不应该将结构（作品整体的建筑构造）当作一种预先存在的模具借给作者，只为让他在其中填上自己的发明；结构本身应该是一种发明，一种使作者的整个特殊性都起作用的发明。

我真不知道这一忠告在何种程度上被后人听从和理解了。但是，贝多芬本人从中取得了他自己的一切辉煌成果，在他最后创作的一些奏鸣曲中，作品结构都体现出一种前所未有的、独一无二的独特性。

一四

奏鸣曲作品第 111 号。它只有两个乐章：第一乐章具有戏剧味，以一种多多少少古典的奏鸣曲形式作成；第二乐章，具有沉思的性质，以变奏曲的形式（在贝多芬之前，这种形式在一首奏鸣曲中是极不寻常的）写成：在个别的变奏之间没有对比，只有一个渐强乐段给前一个变奏加上某种新的色调变化，就这样，它给了这长长的乐章一种特殊的调式整体性。

一个乐章越是在自己的整体中完美无缺，它就越是与另一个乐章相对立。时间长度上它们很不成比例：第一乐章（在施纳贝尔[①]的演奏中）：八分十四秒；第二乐章：十七分四十二秒。奏鸣曲的后半部在时间上是上半部的两倍多（在奏鸣曲历史上确无先例）！而且，第一乐章是戏剧味十足的，第二乐章则是平静的、沉思的。然而，以戏剧性开始而以一个冗长的沉思告终，这似乎违背了一切创作的建筑原则，而且使奏鸣曲失去了以前对贝多芬来说曾是那么珍贵的整个戏剧性强度。

但是，恰恰正是两个乐章出人意料的相邻关系具有雄辩的说服力，正是它成了奏鸣曲的语义学行为，成了奏鸣曲的隐喻意义，这意义展现了艰辛而短暂的生活的形象，展现了随生活而来的无休无止的怀恋之歌。这一隐喻意义无法用词语抓住，但却坚韧有力，给两个乐章以整体感。不可模仿的整体感。(人们可以没完没了地模仿莫扎特奏鸣曲的无个性结构；而奏鸣曲作品111号的结构是那么的个性化，以至于对它的模仿将成为一种伪造。)

奏鸣曲作品111号使我想起福克纳的《野棕榈》。在这部小说中，一个爱情故事与一个逃犯的故事交替进行，两个叙述毫无共同之处，不仅没有共同人物，甚至连动机或主题上都没有一丝的相似性。这种结构恐怕不会被任何一个小说家当作样板；它只能存在一次；它是随心所欲的，不值得推荐的，无法说明的；无法说明，是因为在它后面人们可以听到一曲使得一切说明变得多余的es muss sein[2]。

一五

由于他对体系的拒绝，尼采深刻改变了探讨哲理的方式：如同汉娜·阿伦特[3]所明确指出的，尼采的思想是一种实验性的

① Artur Schnabel (1882—1951)，奥地利钢琴家。

② 德语，必然之歌。

③ Hannah Arendt (1906—1975)，犹太裔美国政治学家和哲学家。

思想。它最初的推动力就是侵蚀一切稳固的东西，炸毁既成的体系，打破缺口，到未知的领域去冒险；尼采说过，未来的哲学家应是实验者；他自由地奔向一些彼此截然不同甚至对立的方向。

如果说我赞成在一本小说中强烈地表达思想，这并不就说明我喜欢所谓的“哲理小说”，喜欢小说对一种哲学的屈从，喜欢道德或政治思想的“故事化”。真正小说式的思想（就像拉伯雷之后的小说所认识的那样）永远是非体系的；无纪律束缚的；它与尼采的思想很相近；它是实验性的；它在包围着我们的一切思想体系中攻打缺口；它考察（尤其是通过人物）一切思索的道路，试图一直走到每一条的尽头。

关于体系化的思想，仍然是这句话：谁在思想谁就在自动地倾向于体系化；这就是他永恒的趋向（也是我的趋向，甚至在写这本书时）：趋向于描述他的想法的一切后果；预料一切可能的异议，并且事先就反驳它们；由此为他的想法建立屏障。然而，那个在思想的人必须不强求说服别人信奉他的真理；他会这样处在走向体系的中途；处在“充满信念者”的悲哀道路上；政治家们喜欢这样形容自己；但到底什么叫信念？它是一种停步了的思想，固定了的思想，而“充满信念者”就是一个被限制住了的人；相反，实验性思想并不期望说服而期望启发；启发另一种思想，使思想动摇；因此，一个小说家必须有系统地使自己的思想非系统化，向他自己为保护自己的思想而竖立起的壁垒狠狠地踢去。

一六

对系统化思想的尼采式的拒绝还带来了另一种结果：巨大的主题上的扩展；不同哲学分支之间阻碍人看到真实世界全体面貌的隔墙被推倒了，从此以后，一切有关人类的东西都可以成为一个哲学家的思维对象。这也使哲学与小说靠得更近了：哲学破天荒地不是思考认识论，思考美学，思考伦理，思考精神现象学，思考理性批评，等等，而是思考与人类有关的一切。

历史学家和教授在阐述尼采哲学时，不仅把它简单化了，这是显而易见的，而且把它歪曲了，把它扭转到它的反面，就是说，把它当成了一个体系。在他们系统化了的尼采哲学中，还有没有位子留给他对女人、对德国人、对欧洲、对比才[1]、对歌德、对雨果式的媚俗、对阿里斯托芬、对轻浮的文笔、对厌烦、对游

① Georges Bizet（1838—1875），法国音乐家。

戏、对翻译、对屈服精神、对占有他人、对这一占有的所有心理学的表面病例、对智者以及他们精神上的局限、对 Schauspieler[①]、对在历史舞台上自我展示的喜剧演员的思索？还有没有位子留给千万种任何别处都无法寻觅的、除非在某些稀罕的小说家那里才可能有的心理学的观察？

如同尼采将哲学靠近了小说那样，穆齐尔将小说靠近了哲学。这一靠拢并不是说穆齐尔比起别的小说家来更不像是一个小说家。同样，尼采比起别的哲学家来并非更不像一个哲学家。

穆齐尔的思维小说同样也完成了一个从未有过的主题上的扩展；从此以后，任何可以被思考的东西都不能从小说艺术中被驱逐出去了。

一七

当我十三四岁时，我去上音乐创作课。这并非因为我是天才儿童，而是出于我父亲难以启齿的微妙心态。那是战争期间，他的一个朋友，一个犹太作曲家被迫戴上了黄星标志；人们开始像躲瘟神一样躲避着他。我父亲不知如何表示自己对他的友谊，就生出想法，请他在那样一个时刻给我上音乐课。那时候，犹太人的房子接二连三地被没收，我的作曲家老师不得不没完没了地搬家，一次又一次地搬到越来越小的居所，最后，在他出发去特雷辛[2]之前，他住到一个每一间房间都密密麻麻挤了好多人的住所。每次搬家他都舍不得丢掉他的小钢琴，我就在那架钢琴上弹着我的和弦或复调练习曲，每次都有陌生人在我们周围干着他们的事。

关于这一切的回忆，我只留有对他的敬意，还有三四个模糊的形象。我特别忘不了一次下课后，他陪我出门，走到门边时，他突然停住，对我说："在贝多芬的音乐中有许多惊人薄弱的乐段。但恰恰是这些薄弱处使强有力的乐段大放异彩。它就像是一片草坪，要是没有草坪，我们看到从地上长出的漂亮大树时也不会太兴奋的。"

真是奇怪的念头。它一直留在我的记忆中，这可能更奇怪。也许，我感到很荣幸能听到老师由衷坦诚的心声吐露，一种秘密，一个只有初学者才有权得知的重大谋略。

无论如何，我老师的这一简短的思想伴随了我一辈子（我先是捍卫它，随后则反对它）；没有它，我的这篇文字是肯定写不出来的。

---

① 德语，演员。

② Terezin，波希米亚地区北部城镇，1941—1945年被纳粹德国用作关押犹太人的隔离区。

但是，对我来说，比这一想法本身更为珍贵的，是一个人的形象：在他踏上恐怖旅途之前，他面对一个孩子高声地说出了自己对艺术作品创作问题的看法。

第七部分

家中不遭疼爱的人

我多次提及莱奥什·雅纳切克的音乐。在英国，在德国，人们非常熟悉他。然而在法国呢？在其他的拉丁语系国家呢？人们知道他一些什么呢？带着这些问题我去了FNAC[①]（一九九二年二月十五日），想看一看究竟能找到他的什么作品。

一

我立即找到了《塔拉斯·布尔巴狂想曲》（1918）和《小交响曲》（1926）：都是他创作辉煌时期的管弦乐作品；作为他最受大众欢迎的（对一个一般的音乐爱好者来说最能接受的）作品，它们十分整齐地被录制在同一张唱片上。

① 法国著名的连锁书店，经营各类图书、音像制品以及笔墨纸张等文具用品，包括电脑及其附件。

《弦乐组曲》(1877)、《弦乐牧歌》(1878)、《拉其克舞曲》(1890)。这些都属于他创作史前阶段的作品，不甚起眼，令那些想在雅纳切克的名下发现大作品的人大失所望。

我在“史前阶段”和“创作辉煌时期”这几个词面前踌躇徘徊。

雅纳切克生于一八五四年。一切的悖理均在于此。现代音乐的这一伟大人物是浪漫主义大师们的兄长：他比普契尼大四岁，比马勒大六岁，比里夏德·施特劳斯大十岁。很长时期中，由于他对浪漫主义极端过分之处的奇特反应，他写了一些被指责为传统主义的作品。始终处于不满足状态的他总是写了又撕，撕了又写，没留下什么曲谱，只是到了世纪的交叉口，他才形成自己的风格。到了二十年代，他的作品进入了现代音乐音乐会的保留节目单中，在斯特拉文斯基、巴托克、兴德米特[①]之旁拥有了一席之地；然而他比他们要年长三四十岁。年轻时代孤独的保守派到了老年时代成了改革派。但是，他依然极其孤独。因为，尽管他和现代主义大师们志愿相同，无奈志同道不合。没有任何人帮助，他独自建立了自己的风格。他的现代主义具有另一种性质，另一种起源，另外的根。

二

我继续在FNAC的唱片架之间漫步徜徉：我很容易就找到了他的两首《四重奏》（1924、1928）：这是雅纳切克的创作顶峰；他的整个表现主义在这两部四重奏中集中浓缩为一种完美无缺的形式。五个录音作品全都相当精彩。然而，我颇为遗憾地没能找到（很长时间以来我一直在找激光唱片，但一直没找到）这些四重奏的最忠实的演奏（最好的演奏），雅纳切克四重奏小组的演奏（苏普拉丰唱片公司的老唱片50556；夏尔·克罗学院奖②，德国唱片批评奖）。

我在“表现主义”这个词的面前踌躇徘徊：

尽管他从未援引过表现主义这一概念，雅纳切克其实可说是唯一一个堪称表现主义的大作曲家，他完全可以冠此头衔，成为按字面理解的表现主义作曲家：对他来说，一切皆为表现，任何一个音符，如果它不是表现的话，便没有存在的权利。从这个理论出发，单纯“技巧性”的音符是不存在的：过渡乐段、展开、对位法填充的机械处理、配器法的常规套路（相反，由某些乐器独

① Paul Hindemith（1895—1963），德国音乐家。

② Charles Cros（1842—1888），法国发明家、诗人。他在一八七七年发明了唱机。如今，以他的名字命名的奖颁发给制作精良的音响制品。

奏构成的新颖的重奏曲却颇能吸引人），等等。既然每一个音符都是表现，那么对演奏者来说，每一个音符（不仅仅是一个乐思，而且是乐思的每一个音符）就必须具有一种带表现力的饱和的音色。再明确一点：德国表现主义的特征就是偏爱过激的心灵状态、谵妄、疯狂。我所说的雅纳切克的表现主义与这种片面性毫无共同之处：它是一类极其丰富的感情，它是柔情与粗暴、愤怒与宁静毫无过渡的混淆，令人目眩的密切糅合。

三

我找到了漂亮的《小提琴与钢琴奏鸣曲》（1921）、《大提琴钢琴叙事曲》（1910）。然后，发现了他生命最后阶段创作的乐曲；那是他创造力的爆发；他从未像在七十多岁时那样自由，充盈着幽默与发明精神；《格拉哥利弥撒曲》（1926）：它与众不同，与其说是一首弥撒曲，倒不如说更像是一首狂欢曲；实在叫人欣喜万分。同一时代的作品还有《管乐六重奏》（1924）、《儿歌》（1927）以及另外两首我十分喜爱但其演奏却令我大为不满的钢琴与乐队的协奏作品：《随想曲》（1926）和《小协奏曲》（1925）。

他的钢琴独奏作品，我数了数有五种录制版本：《奏鸣曲》

（1905）以及两个套曲《在簇叶丛生的小径上》（1902）和《在薄雾中》（1912）；这些漂亮的作品总是汇集在同一张唱片上，而且几乎总是（很倒霉地）与另一些属于他“史前阶段”的小型、片段的东西凑在一起，这尤其因为钢琴家们弄错了雅纳切克音乐的精神与结构；他们几乎全都抵挡不住一种矫饰的浪漫化的诱惑：柔化这一音乐粗野的一面，对它的强奏乐段大摆架子，醉心于几乎体系化的散板的狂热。（钢琴曲对散板尤其没有抵抗能力。整整一个乐队确实很难组织起节奏上没有太大确切性的演奏。但钢琴家是单独的。他那易波动的情绪可能会野马脱缰似的摆脱控制与束缚。）

我在“浪漫化”这个词的面前踌躇徘徊：

雅纳切克的表现主义并非浪漫的伤感主义的一次急剧延续。相反，它是一种旨在跳出浪漫主义的历史可能性。与斯特拉文斯基选择的可能性相对立的可能性：雅纳切克与斯特拉文斯基正相反，他不指责浪漫派谈论感情；他指责他们篡改感情；指责他们用做作地表达感情的举动（按勒内·基拉尔的说法，就是“一种浪漫的谎言”[①]）替代了真实的直接的感情。他被激情所迷，但他更着迷于他想表达激情时所具备的精确性。司汤达，而非雨果。这

① 我终于有机会提到了勒内·基拉尔（René Girard）的名字；他的书《浪漫的谎言与小说的真实》（*Mensonge romantique et vérité romanesque*）是我所读过的关于小说艺术的最好的一本。——原注

便导致了他与浪漫主义音乐的决裂，与它的精神、与它的畸形膨胀的音响（雅纳切克音响上的节省在他那个时代震惊了一切人）、与它的结构的决裂。

四

我在“结构”这个词面前踌躇徘徊：

—— 当浪漫主义音乐寻求给一个乐章强加一种情感上的整体性时，雅纳切克的音乐却在同一片段、同一乐章中，把自己的结构建立在带不同情感色彩的乐段的频繁交替进行之上；

—— 和情感的多样化相吻合的，是在这同一种不寻常的频率中交替出现的速度与音律的多样化；

—— 在一个十分狭窄的空间中多种互相矛盾的表现的共存，创造了一种独特的语义学（正是各种情感的意外的互邻关系使人惊奇，使人着迷）。各种情感的共存是水平方向上的（它们依次相随），但同时也是（这更为罕见）垂直的（它们作为各种情感的复调而同时回响）。举例说：人们同时可以听到一段思恋的旋律，其下是一段愤怒的固执的乐思，其上是另一段像叫喊声似的旋律。假如演奏者不明白乐谱上的每一条声部线都具有语义学上的同一重要性，因而任何声部都不应变成一个简单的伴奏，一种表现主义的哼哼声，他就会与雅纳切克的音乐所特有的结构失之交臂。

互相矛盾的情感的永恒共存，赋予雅纳切克的音乐以它戏剧性的特征；说它戏剧性是就该术语最最字面上的意义而言；这一音乐并不使人回想起一个正在讲故事的叙述者；它使人回顾起一个场景，在这场景里，许多演员同时出场，说话，互相冲突；这一戏剧化空间，人们常常可在一个唯一的旋律性乐思中看到它的萌芽。比如在《钢琴奏鸣曲》的最初几小节中：

在第四小节中由左手弹出的六个八分音符构成的乐思仍然属于先前小节的旋律主题（它由具有相同音程的音构成），但它同时还构成——从情感的观点出发来看——它的对立。再往后几小节，人们看到这“分裂主义”的乐思以其粗暴而与它所出自于的哀歌旋律相背离：

在以下一节中，两种旋律，原始的与“分裂主义”的，又汇合一体；并不是在情感的和谐之中，而是在情感的矛盾的复调之中，就好像一种思乡的哭泣与一种反抗可以相合在一起：

我在FNAC能找到其演奏唱片的钢琴家们，想给这几小节打上情感整体感的烙印，他们全都忽略了在第四小节中由雅纳切克亲自注明的强的字样；他们就这样剥夺了“分裂主义”乐思的粗暴特征，剥夺了雅纳切克音乐的无以模仿的张力，而依凭这一张力，我们可从它最初的几个音符起就立即认出雅纳切克的音乐来（只要它真的被人理解了）。

五

歌剧：我没有找到《布劳切克先生的旅行》，但我并不遗憾，我宁愿认为这部歌剧是个失败；其他所有歌剧都找到了，由查尔斯·麦克拉斯勋爵[①]指挥的演奏本:《命运》(一九〇四年作，其歌词是韵律诗文，写得倒了霉地幼稚，即使从音乐上讲，它也是《耶奴发》两年之后的一次大倒退)；然后就是我毫无保留地敬佩至极的五部杰作:《卡佳·卡巴诺娃》、《狡猾母狐狸》、《马克罗普洛斯案件》；还有《耶奴发》：查尔斯·麦克拉斯勋爵功德无量地最终排除了早在一九一六年就强加于它的改编（这是在一九八二年，已是六十六年之后的事了！）。他对《死屋手记》乐谱的处理取得的成就在我看来更为世人所瞩目。全靠他，世人终于（在一九八〇年，也就是在五十二年后！）明白到，改编者的修改是如何削弱了该剧。在它被恢复了的原始特征中，麦克拉斯重新找回了它异常节省的音响（对浪漫主义交响曲形式而言),《死屋手记》和贝尔格的《沃伊采克》一起，是我们阴暗世纪最真实、最伟大的歌剧。

六

实践中无法解决的困难：在雅纳切克的歌剧中，唱腔的魅

① Charles Mackerras（1925—2010)，澳大利亚指挥家。他对捷克音乐（尤其是雅纳切克的作品）和莫扎特特别心驰神往。

力并不仅仅寓于旋律之美中，它同时也在心理学的意义（总是意料不到的意义）中，这种意义，旋律并不笼统地寄托给某个场景，而是给了每一句、每一个唱词。但是问题又接踵而来，在柏林、在巴黎该怎么演唱呢？如果用捷克语来唱（这是麦克拉斯的解决办法），观众只能听到一些空无意义的音节，他们不明白在每一处旋律处理上体现出来的心理学的细微之处。那么如果翻译呢？就像他的那些歌剧在最初走向国际时那样？问题依然没有解决：比如说，法兰西语言并不容忍捷克语的词把重音放在第一个音节上，这同一种语调在法语中会得到完全不同的心理学意义。

（雅纳切克把他绝大部分的革新创造力集中地投入到歌剧中，由此将自己彻底交给了人们所能想象的最最保守的市民听众，任他们评头论足，这里就产生了某种使人心碎的东西，或者说某种悲剧性的东西了。而且，他的革新寓于一种对唱词的前所未有的重新增值之中，即是说，在世界上百分之九十九的剧院中，人们都无法理解的具体的捷克语字词上。很难想象还有一种比它更甚的作茧自缚了。他的歌剧是对捷克语言所作的从未有过的最美的献礼。献礼？是的，是献礼。以牺牲的方式。他将他万能的音乐祭献给了一种几乎无人熟悉的语言。）

七

问题是：如果说音乐是一种跨民族的语言，那么口语语调的语义学是否也具有一种跨民族的性质？或者完全没有？或者在某种程度上有？这些问题让雅纳切克着迷。他确实着了迷，竟至于在他的遗嘱中声明，遗赠自己所有的钱给布尔诺[1]大学，用以资助对口语的研究（关于口语的节奏，口语的语调，还有它们的语义学）。但是，人们不理会他的遗嘱，这是尽人皆知的。

八

查尔斯·麦克拉斯勋爵对雅纳切克作品的令人敬佩的忠诚意味着：抓住并捍卫本质。瞄准本质，这也是雅纳切克的艺术道德；规则是：唯有绝对必需的（语义学上必需的）音符才有存在的权利；配器法上尽可能的节省便是由此产生的。通过排除前人强加

① Brno，捷克城市，作者的故乡。

给乐谱的附加物，麦克拉斯重现了这一节省，并由此使雅纳切克的美学更加明白易懂。

但是，还有一种相反的忠诚，它表现为热衷于捡取一切可以在一个作者身后挖掘出来的东西。既然每一个作者生前都试图把一切本质的东西公之于众，捡垃圾的于是就热衷于非本质的东西了。

举例说，捡垃圾精神在钢琴、小提琴和大提琴作品（ADDA 581136/37）的灌录中表现了出来。那里头，次要的或无价值的片段（民间音乐的改编曲、被扔弃的变奏乐段、年轻时代的习作、草稿等）占了差不多五十分钟，约三分之一的时间，而且它们分散在别具风格的大手笔之间，比方说，人们不得不在整整六分三十秒内听一首体操训练的伴奏曲。啊！作曲家们，当体育俱乐部的漂亮女士们前来恳求小小的帮助时，请你们自我克制一下吧！你们被嘲笑的殷勤举止将在你们的身后永存！

九

我继续在唱片架上细细察看。我白费力气地寻找着他成年时期的一些美妙的管弦乐作品（《乡村乐师的孩子》，1921，《布拉尼克叙事曲》，1920），他的声乐套曲（尤其是《阿玛鲁斯》，1898），还有他风格形成期的另外几部以惊人的、举世无双的简洁明了为特点的作品:《天主经》(1901)、《圣母经》(1904)。尤其严重缺少的是他的合唱作品；因为在这一领域中，我们这一世纪还没有谁的作品能与创作盛期的雅纳切克的四部杰作相媲美:《玛丽奇卡·马克多诺娃》(1906)、《哈尔发老师》(1906)、《七万》(1909)、《流浪疯汉》(1922)：在技术处理上魔鬼般的难，它们在捷克斯洛伐克得到极其精彩的演出；这些作品的音响录制只有捷克苏普拉丰唱片公司出品的一批老唱片，多年以来早已绝版。

一〇

总结的结果并非完全糟糕，但也并不完全好。对于雅纳切克，一开始便是如此。《耶奴发》在创作之后二十年才登上世界的舞台。太晚了。因为时隔二十年，作品的美学论战特征已然消失殆尽，它的新颖之处再也难以被人体察。所以，雅纳切克的音乐如此频繁地遭到误解，演奏得不像个样子；它的历史意义越来越淡薄；它似乎无法归类；就像位于历史之外的一个漂亮花园；它在现代音乐的进程中（说得更确切些，在现代音乐的根源中）的位置问题，人们甚至连提都不提。

如果说对布洛赫、穆齐尔、贡布罗维奇，从某种意义上还包括对巴托克来说，姗姗来迟的承认应归咎于历史的灾难（纳粹主义、战争），那么对雅纳切克来说，应完全承担起这类灾难角色的就是他的那个小小民族。

一一

众多的小小民族。这概念并非数量上的；它指的是一种环境，一种命运：各个小民族体验不到亘古以来就存在于世并将永远在这世上存在下去的幸福感受；在它们历史的这一或那一时刻，它们全都等候过死神的召见；它们总是碰撞在大民族傲慢的无知之墙上，它们时时看到自身的生存遭到威胁与质疑；它们的生存确实是个问题。

欧洲大部分的小民族在十九和二十世纪里得到了解放，赢得了独立。它们的发展进程颇为特殊。从艺术上说，历史的不同步常常带来多产的效果：它让不同时代的奇花异葩兼存并蓄：雅纳切克和巴托克满腔热情地参加了他们国家人民的民族斗争；十九世纪在他们一边：对真实的特殊意义的追求，对大众阶层的依恋；

这些个在大国的艺术中早已消失的品质与现代主义的美学联系在一起，结成了一种意外的、无法仿效的、幸运的姻亲。

众多的小小民族形成了“另一个欧洲”，其发展与大国的欧洲恰成对位。一个观察家可能会被他们文化生活惊人的强度所迷惑。小表现出小的优势：文化事件的丰富是“人类高度”上的；所有人都能一览无余地观瞻这一丰富，参加文化生活的全部；所以说，一个小民族在它的最佳时期甚至可以使人回想起一个古希腊城邦的生活来。

所有人对所有事的这一可能的参加，还使人回想起另一事物：家庭；一个小民族像是一个大家庭，它也喜欢这样自比。在欧洲最小民族的语言冰岛语中，家庭称作fjölskylda；其词源是很雄辩的：skylda的意思是：义务；fjöl的意思是：多样的。由此，家庭就是多样的义务。冰岛人只用一个词来表示“家庭中的联系”：fjölskyldubönd：多样的义务的细线（bönd）。在一个小民族的大家庭中，艺术家被多种多样的方式、被多种多样的细线束缚住了手脚。当尼采大声地斥责德意志性格时，当司汤达宣称他爱意大利甚于爱他的祖国时，没有一个德国人或一个法国人奋起反击他们；假如一个希腊人或一个捷克人胆敢说一句相同的话，他的家庭就会像对待一个可憎的叛徒那样把他踢出家门。

隐藏在它们无法接近的语言后面，欧洲各小民族（它们的生活、它们的历史、它们的文化）鲜为他人所知；人们十分自然地想到，这里头存在着原则上的缺陷，妨碍它们的艺术得到国际上的承认。然而，事实恰恰相反：这一艺术的缺陷是因为所有人（批评界、历史研究界，国内同胞和外国人都一样）把它和民族家庭的大照片贴在一起，不允许它超出这个范围。贡布罗维奇：他的外国阐释者们在津津有味地、却毫无效益地（也毫无能力地）解释他的作品时，大谈特谈波兰贵族、波兰巴罗克，等等。如同普罗基迪斯[①]所说，他们把他“波兰化”，把他“再波兰化”，把他推回到民族的小背景之中。然而，并不是有关波兰贵族的知识，而是世界现代小说的知识（也就是说，有关大背景的知识）才能使我们更好地懂得贡布罗维奇小说的新颖之处，并且进而懂得它的价值。

一二

喔！一个个小民族！在热烈的亲密气氛中，每个人嫉羡每个人，所有人监视所有人。“家庭哟，我恨你们！”纪德还说过另外的话：“对你来说，再没有什么比你的家庭、你的房间、你的过去更加危险的了［……］你必须离开它们。”易卜生、斯特林堡、乔伊斯、塞菲里斯[②]很清楚这一点。他们生命中的一大部分时间是在远离着家庭权力的外国度过的。对雅纳切克这位天真的爱国主义者来说，这是不可思议的。于是他为此付出了代价。

当然，所有的现代艺术家都体验过不被理解与仇恨的滋味；但他们同时也被弟子、理论家、演奏者拥裹着，这些人为他们辩护，从一开始起，就把他们艺术的真正观点公之于世。在布尔诺，在雅纳切克度过了一生的省份里，雅纳切克也有他的忠实追随者，有一些令人敬佩的演奏者（雅纳切克四重奏小组就是这一传统的最后一批继承者），但他们的影响力实在过于微不足道了。从本世纪的头几年开始，捷克官方音乐学就对他不屑一顾。国家的意识形态理论家们在音乐方面只认斯美塔那[3]一个神，只认斯美塔那所遵循的一种创作法则，他们被雅纳切克的相异性所刺痛。尼耶德利教授[4]在一九四八年他晚年时成了斯大林主义捷克的部长和万能的文化大师，这个布拉格音乐界的教皇在他好战的衰老之年只有两大爱好：对斯美塔那的崇敬，对雅纳切克的诅咒。雅纳切克生前受到的最有效支持来自马克斯·布洛德；从一九一八到

---

① Lakis Proguidis:《一个并不如批评界所说的作家》(*Un écrivain malgré la critique*)，伽里玛出版社，1989年。——原注

② George Seferis（1900—1971），希腊作家。

③ Bedřich Smetana（1824—1884），捷克作曲家。

④ Zdeněk Nejedlý（1878—1962），捷克历史学家、文艺理论家、政治家。曾任政府部长、科学院院长、副总理等职。

一九二八年，布洛德把他的所有歌剧译成德文，他为它们打通了边界，使它们从嫉妒成性的家庭中至高无上的权力下解放出来。一九二四年，他写了世界上第一部关于雅纳切克的专题论文；可他不是捷克人，第一部论雅纳切克的论文自然用德文写成。第二部专题论文是法文的，一九三〇年在巴黎出版。在捷克，第一部完整的论文只是在布洛德的论文发表后的第三十九年才问世[①]。弗兰兹·卡夫卡把布洛德为雅纳切克作的斗争比作昔日人们为德雷福斯的斗争。这惊人的比较揭示出了雅纳切克在自己祖国遭到的仇视达到了何等程度。从一九〇三到一九一六年，布拉格国家剧院一直固执地拒演他的第一部歌剧《耶奴发》。同一时期，从一九〇五到一九一四年，在都柏林，乔伊斯的同胞也在拒绝乔伊斯第一部用散文写成的书《都柏林人》，甚至在一九一二年还焚烧了该书的校样。雅纳切克的故事与乔伊斯的故事的区别就在于事情结局的可恶：雅纳切克不得不看到《耶奴发》的首演由一个在十四年中一直拒绝它、在十四年中对他的音乐只有蔑视的乐队指挥来指挥。他不得不感谢敌手。从这次侮辱性的胜利（乐谱被改得满篇红，涂画的红杠杠，添加的红音符）之后，人们在波希米亚终于容忍了他。我说得很明白：容忍。如果一个家庭没能成功地消灭不被疼爱的儿子，它也会怀着母爱的宽容逼迫他屈从。在波希米亚，通常的说法，主观上愿意对他有利的说法，总想把他从现代音乐的背景中拉出来，把他圈围在地方色彩的是非判断之中：酷爱民间艺术，摩拉维亚[2]的爱国主义，崇拜女性、大自然、俄罗斯、斯拉夫性，以及其他无聊的废话。家庭，我恨你。直至今日，还没有一个他的同胞写过一篇像样的音乐学的研究论文，分析一下他作品的美学新意。在雅纳切克作品的演奏中，还没有一个有影响力的学派能使他奇特的美学为世人所懂。还没有策略使人了解他的音乐。还没有他的作品的唱片全集。还没有他的理论文章与批评文章的全集。

然而，这个小小的民族从来没有过比他更伟大的艺术家。

一三

不提它了。我想到他生命的最后十年：他的国家独立了，他的音乐终于受到人们的欢迎，他本人也赢得了一个年轻女子的爱；

---

① 雅罗斯拉夫·伏盖尔（Jaroslav Vogel），《雅纳切克》（布拉格，1963年；英译本1981年由W·W·诺顿公司出版），这是一部老老实实的、分析细致的论著，但在评价方面，它受到作者民族的和民族主义的视野的局限。巴托克和贝尔格：与雅纳切克最相近的两个作曲家已登上了国际舞台，前者在论文中根本没有提及，后者也只稍稍涉及了一点。如果没有了这两个参照体系，我们怎么可能在现代音乐的世界版图上为雅纳切克找到坐标呢？——原注

② Moravia，捷克中部的一个地区。

他的作品变得越来越大胆、自由、欢快。真是毕加索式的晚年。一九二八年夏季，他的心上人由她的两个孩子陪同到他乡间的小屋来看他。孩子们在森林里玩迷了路，他去寻找，东奔西跑地四下搜寻，结果着凉发烧，引起肺炎，住进了医院，几天以后，他便与世长辞。她一直陪在他身旁。我从十四岁起，就听人家悄悄议论说他是在医院的床上做爱时死去的。好像不太真实。不过，如同海明威所说，这比实际情况还要真实。对他暮年迟到的这一奔放洒脱的安乐来说，还有什么别的桂冠吗？

这也是一个有力的证明：在他的民族之家中，毕竟还有人爱着他。这一传闻是摆放在他坟墓上的一束鲜花。

第八部分

雾中之路

反嘲是什么？

在《笑忘录》第四部分，女主人公塔米娜需要得到她的朋友、一个年轻的女写作狂皮皮的帮助。为博得她的好感，她按其意为她安排了与外省作家巴纳卡的约会。作家向女写作狂解释说，今日真正的作家已经抛弃了小说的陈旧艺术："您知道，小说是人类幻想的产物。幻想着能理解他人。可是，我们彼此又互相了解什么呢？[……]我们所能做的，就是做一份关于自己的报告。[……]其余都是谎言。"巴纳卡的朋友，一个哲学教授说："自詹姆斯·乔伊斯以来，我们知道，我们生活的最大遭遇便是没有遭遇。[……]荷马的奥德赛转移到内心，它内在化了。"该书出版不久，我发现这些词竟作了一本法国小说的题献。这叫我好不得意，但也令我十分尴尬，因为在我眼里，巴纳卡和他的朋友所说的只不过是一些文绉绉的蠢话而已。在那个时代，在七十年代，我在我周围到处听到这类东西：大学里缀满结构主义和心理分析痕迹的闲聊。

当这同一部《笑忘录》的第四部分在捷克斯洛伐克以单行本出版（这是我的作品在长达二十年的遭禁之后首次出版）之后，有人给在巴黎的我寄来一份剪报：评论家对我很满意，并在文章中援引了以下这些他以为相当精彩的话，以证明我的睿智："自詹姆斯·乔伊斯以来，我们知道，我们生活的最大遭遇就是没有遭遇，"等等，等等。我仿佛看到自己骑在一头历史误会的毛驴上返回我的故乡，我感到一种奇特的、狡黠的快乐。

误会是可以理解的：我并没有试图让巴纳卡和他的教授朋友变得可笑。我没有明确表示对他们的保留态度。正相反，我尽可能地加以掩盖，想赋予他们的观点以那时候所有人都热情崇拜和模仿的睿智的风雅。倘若我想故意夸大他们讲话的分量，使之显得滑稽可笑，我就会使用人们所谓的讽刺法。讽刺，这是论文的艺术，确信自身之正确，便奚落一下自己决意要与之斗争的对象。小说家与他的人物之间的关系从来不是讥讽的，它是反嘲的。但是，这被定义掩盖的反嘲是怎样显示出来的呢？由上下文：巴纳卡和他的朋友的话是处在一个动作、行为、话语的空间里，这些都使他的话相对化了。塔米娜周围的外省小世界以一种天真的自我中心主义为特征：每个人都对她抱有真诚的好感，然而，没有人试图去理解她，甚至都不知道理解是什么意思。如果巴纳卡说小说艺术已然陈旧过时，因为理解他人只是一种幻想，那他并不仅仅在表现一种时髦的美学姿态，他还在不知不觉中表达了他自身的以及他周围的一切悲苦境况：缺乏理解他人的愿望；对真实细节世界的自我中心主义的盲目。

反嘲是说：在一部小说中，人们找不到任何可以单独抽出来的肯定意义，每一种肯定意义都和其他的肯定意义、其他的环境、其他的行为、其他的思想、其他的事件处在一种复杂的互相矛盾的混杂关系中。只有慢慢地阅读，两遍三遍地、反复多次地阅读才能将小说内部的一切反嘲关系显现出来。没有这反嘲关系，小说将永远不会被理解的。

在被捕时K.的怪异行为

K.一早醒来，还赖在床上就按铃叫人送早餐来。结果女仆没来反倒来了一帮陌生人，一帮平常的人，穿戴都很普通，但他们的行为很快就透出一种至高无上的气势，令K.不能不感受到他们的力量、他们的威慑。尽管他厌烦得要命，却不能将他们扫地出门，他只得彬彬有礼地问道："你们是谁？"

从一开始起，K.的行为就摇摆于软弱与恐惧之间：准备屈从于擅入者不可思议的冒犯（他们是来通知他，他已经被捕了）的软弱，担心自己显得可笑的恐惧。比如，他坚定地说："我既不愿留在这里，也不愿你们不先自我介绍一下就跟我说话。"我们只需把这些词从它们的反嘲关系中拉出来，按字面的意思对待它们（就像我们的读者在巴纳卡的话里所琢磨到的一样），K.对我们而言就会成为（就如同对把《审判》改编成电影的奥逊·威尔斯而言）一个反——抗——暴力——的——人。但是，只要认真读一读小说，我们就能看出，这个所谓的反抗者在继续屈从于那些擅入者，那帮人不仅根本不通名报姓，反而吃了他的早餐，并且让他在这段时间里穿着睡衣待在一旁。

在这个莫名其妙的侮辱性场景（他向他们伸出手，但他们却拒绝握它）的最后，有一个人对K.说："我猜您是不是想去您的银行了？""去我的银行？"K.说，"我还以为我已经被捕了呢！"

主人公又一次变成了反抗暴力的人！他在挖苦！他在挑衅！就如同卡夫卡的阐释所表明的那样：

"K.在他的发问中掺入了某种挑战，因为，尽管人们拒绝和他握手，他仍然感到自己越来越独立于所有这些人，尤其是在那个监视者站起来之后。他在要弄他们。他打算一旦等他们离去，他就要追到公寓楼的门口，请他们逮捕他。"

这里就有一种十分微妙的反嘲：K.本已屈服了，但还要硬充一个强者，要"要一下他们"，要存心捉弄他们一下，装作一次正经八百的被捕；他屈服了，但他随即想把自己的投降美化一番，使它在自己眼中成为一次维护了自身尊严的行为。

人们最开始读了卡夫卡的作品，一脸悲痛欲绝的表情。后来人们得知，当卡夫卡给友人读《审判》的第一章时，他曾引得他们哄堂大笑。于是，人们也开始强迫自己跟着大笑，笑归笑，却不知道为什么要笑。确实，在这一章中，到底有什么那么滑稽可笑的东西？K.的行为呗。但这行为的喜剧味又在哪里呢？

这一问题使我想起了我在布拉格电影学院度过的岁月。在教员会议上，我和我的一个朋友总是恶作剧地直盯着我们的一个同事，一个五十来岁的作家，他的举止行为本来无可非议，但我们一直怀疑他懦弱之极到了无可救药的地步。我们幻想着这样一个我们从未实现过的（可惜啊！）情景：

在会议的正当中，我们两人中的一个突然冲着他大吼一声："跪下！"

他先是不明白我们的意思；说得更确切一些，在他明镜般清楚的胆怯的内心中，他一下子就明白了，但他自以为还能装傻充愣地拖延一阵。

我们就不得不提高嗓门："跪下！"

这时，他再也不能假装不明白了。他心里已经准备屈从，只剩下一个问题要解决：怎么个下跪法？怎么在会场中当着所有同事的面不失脸面地跪下来？他绝望地寻找着一种可笑的方式来完成这一跪拜："我亲爱的同事们，你们能不能允许我，"他终于开了口，"找个垫子垫在膝盖下？"

"闭上你的嘴，跪下！"

这时他会照办不误，双手合十，脑袋微微向左倾斜："我亲爱的同事们，假如你们研究过文艺复兴时期的绘画，那么要知道，拉斐尔笔下的阿西西的圣方济各正是做着这样的一种姿势啊！”

每天我们都想象着这一令人愉快的场景的不同变形，同时创编着一个又一个新的托词，好让我们的同事能抓住这一根根精神的救命稻草，以维持他的尊严。

对约瑟夫·K.的第二次审判

与奥逊·威尔斯相反，卡夫卡的第一批改编者远远没有把K.当作一个无辜的反抗暴力者。对马克斯·布洛德来说，这是毫无疑问的，约瑟夫·K.是有罪的。他做了什么了呢？根据布洛德的说法（《弗兰兹·卡夫卡作品中的绝望与拯救》，1959），他的罪在于他的Lieblosigkeit，在于他的不能爱。“Joseph K liebt niemand，er liebelt nur，deshalb muss er sterben.”约瑟夫·K.不爱任何人，他只是跟人调情，他应当死去。（让我们永远永远地记住这句话的极大愚蠢！）布洛德接着就拿出了关于Lieblosigkeit的两个证据：根据小说的一个未完成并被删去的章节（一般是作为附注发表的），约瑟夫·K.已有三年时间没去看望他的母亲了；他只是给她寄钱，通过一个表兄弟了解她的健康状况;(多么奇怪的相似啊:《局外人》中的莫尔索也被指控为不爱他的母亲。)第二个证据就是他与布尔斯特纳小姐的关系，依布洛德看来，这是“最低下的性”的关系(die niedrigste Sexualität)。“约瑟夫·K.沉湎在性欲之中，根本就没把女人看成是一个人。”

爱德华·高尔德斯德克尔[①]，捷克的卡夫卡学家，在一九六四年布拉格版的《审判》的前言中，用同样严厉的言辞谴责了K.，只不过他的词汇不像布洛德那样带有神学色彩，而是具有马克思主义社会学的味道:“约瑟夫·K.是有罪的，因为他听任他的生活变得机械化、自动化、异化，他让他的生活顺从社会机器的老一套节奏，眼睁睁地使它失去一切人性的东西；K.违背了这样的一个法则：当这条法则说:‘有一点人性吧’时，在卡夫卡看来，整个人类都得服从它。”在被指控犯了莫须有的罪过并经历了一次斯大林式的可怕审判后，高尔德斯德克尔于五十年代度过了四年铁窗生活。我经常问自己：作为一次审判的牺牲品，他怎么能够在十几年之后起诉另一个跟他当年同样清白无辜的被告呢?

在亚历山大·维亚拉特看来(《〈审判〉的秘密历史》，1947)，

① Edouard Goldstücker(1913—2000)，捷克文学史家、评论家。

卡夫卡小说中的审判实际上是他对自己进行的一次预审，K.只是他的第二自我：卡夫卡中止了他与费丽采[1]的订婚关系，未来的岳父“从马尔默特意赶来，专门为了审判这个罪人。在阿斯坎宁饭店的房间里发生的这一场景（一九一四年七月）使卡夫卡感到有一种上法庭的效果。[……]次日，他就开始着手写《在流放地》和《审判》。K.的罪过我们是认识不到的，通常的道德观念宽恕了他。然而，他的‘无辜’是魔鬼般的。[……]K.以神秘的方式违背了一种神秘的、与我们的正义不可同日而语的正义的法则。[……]法官是卡夫卡博士，被告是卡夫卡博士。他替魔鬼般的无辜罪人辩护”。

在第一种审判（卡夫卡在他小说中描述的那种）的过程中，法庭指控K.*却不点明罪名*。卡夫卡学家对人们不由分说便指责一个人毫不惊奇，他们既不急于思索这一闻所未闻的发明的智慧，也不急于珍视这一发明的美。他们热衷于在自己提起的新的审判中扮演一个检察官的角色，这一次，他们在指控K.的时候试图明确被告的真正罪过。布洛德说：他不能够爱！高尔德斯德克尔说：他听任他的生活变得机械化！维亚拉特说：他中断了他的订婚关系！他们真正配得上这一荣誉：他们对K.的起诉与第一种起诉是同样卡夫卡式的。因为，假如说在第一种审判中，K.因为*没有任何事*而受到指控，那么在第二种审判中，他是因为*随便任何事*而受指控，反正结果全一样，因为在这两者中，有一件事是清楚的：

K.是有罪的，并非由于他犯了一桩罪，而是由于他被指控了。他被指控了，于是，他就应当去死。

产生犯罪感

要理解卡夫卡的小说，只有一种方法。像读小说那样地读它们。不要在K.这个人物身上寻找作者的画像，不要在K.的话语中寻找神秘的信息代码，相反，认认真真地追随着人物的行为举止，他们的言语、他们的思想，想象他们在眼前的模样。假如人们是这样阅读《审判》的，那么人们从一开始起，就会对K.面对控告的奇特反应感到困惑：根本就没干过什么坏事（或者根本就不知他干了什么坏事）的K.很快就开始表现得如同犯了罪似的。他感到自己有罪。人们让他变得有罪。人们使他产生犯罪感。

过去，在“有罪”和“感到有罪”之间，人们只看到一种极

① Felice Bauer（1887—1960），卡夫卡的未婚妻，于一九一四年六月一日与卡夫卡订婚。订婚后，卡夫卡给费丽采的委托人格蕾特小姐写了许多情意绵绵的书信，两人的关系非同一般。格蕾特可能由于内疚也可能出于嫉妒便向费丽采发出警告，于是卡夫卡在同年的七月十二日被传唤到柏林阿斯坎宁饭店的“法庭”。代表“法庭”的是格蕾特、费丽采和她的妹妹艾尔娜，“被告”是卡夫卡和他的朋友恩斯特·魏斯。“审判”的结局便是解除婚约。

其简单的关系：有罪的人才感到自己有罪。"使产生犯罪感"[①]这个词的发明还是在不久以前；在法语中，它于一九六六年才首次被使用，这还有赖于心理分析学及其术语的创新；这一动词的派生名词（culpabilisation）在两年之后的一九六八年被创造出来。然而，直至那时一直未被发掘的产生犯罪感的情景，早在很久以前就已在卡夫卡的小说，在K.这个人物身上得到了展示、描绘和发展；它的发展进程经历了几个不同的阶段：

*第一阶段：为了失去的尊严的徒劳斗争。*一个受到了荒诞的指控、自己还未怀疑自身无辜的人看到自己表现得如同一个有罪之人，实在很为难。表现得如同有罪之人而事实不是有罪之人，这里就有侮辱性的东西，这正是他想竭力掩盖的。小说第一场戏里展示的场景，在接下来的一章中，浓缩为下面这个具有极大反嘲寓意的玩笑：

一个陌生人打电话给K.：下星期天他将在郊外的一栋房子里受审。他毫不犹豫就决定前去；这是出于服从？出于恐惧？哦，不！自我哄骗在自动地起作用：他想去那里是为了尽早和那帮讨厌鬼了结此事，他们愚蠢的审判已经浪费了他太多的时间（"审判反正已不可避免，那就必须正视它，但愿第一次开庭也就是最后一次"）。一个小时之后，他的经理也邀请他在同一星期天去他家。这次邀请对K.今后的仕途自然是至关紧要的。那么，他会不会因此而拒绝那次怪诞的传唤呢？不；他谢绝了经理的邀请，因为他已经被审判制服了，尽管他不愿承认这一点。

于是，星期天他就去了。他明明知道打电话通知他审问地点的那人忘了告诉他几点钟开庭。不过关系不大；他匆匆忙忙地赶去，他跑着（对，要从字面上理解，他确实在跑着，德文原文是：er lief）穿过整个城市。他跑着，为了及时赶到，尽管没有人告诉他应在几点到达。就算他有道理想尽可能早一点赶到，可是，他为什么不坐电车而非要跑路呢？有轨电车正好也走这条线路。理由如下：他拒绝搭乘有轨电车是因为，“他根本就不打算分秒不差地准时到达，那样只会在陪审团面前降低自己的身份”。他跑向法庭，但他是作为一个自信的、从不自卑自贬的人跑向那里的。

第二阶段：力量的考验。他终于来到了人们正等着他的那个大厅。“您是油漆匠？”法官发问道；K.当着满屋子的人才华横溢地对答如流，好一副目中无人的可笑样：“不，我是一家大银行的襄理。”然后，在滔滔不绝的演讲中，他严词抨击了法庭的无能。得到掌声的鼓励后，他更是感到自己强大百倍；按照那著名的被告变原告的老一套（威尔斯对卡夫卡式的反嘲充耳不闻，任自己被这一陈腔滥调忽悠得团团转），他竟然向他的法官发起了挑战。当他发现出席旁听的每个人的衣领上都缀着同样的徽章时，他才

---

① 原文为culpabiliser。

第一次感到大事不妙，才明白到他本想争取的听众竟都是些“法庭的官员［……］他们聚集在此只是为了听讯和捞取情报”。他扬长而去，在大门口，预审法官拦住他，警告他说：“您自己已经抛弃了审问肯定会给被告带来的全部好处。”K.高喊起来：“你们这帮恶棍！总有一天我也要审讯你们的！”

如果不把这场戏放在它与该章末尾K.的反抗呼喊之后紧接着发生的事之间的反嘲关系中来看，人们对这场戏就会怎么也看不明白。下一章的开头几句如下：“在接下来的那个星期里，K.日复一日地等着再次传讯他的消息；他无法想象自己拒绝受审已被法庭认可；到了星期六晚上，他仍未接到任何通知，于是他就自然而然地设想，他们准是等着他在第二天的同一时间到同一地点去，这恐怕是不言自明的事。因此，他星期天又到那里去了……”

第三阶段：审判的社会化。有一天，K.的叔叔从农村赶来，原来他也听说了K.的案子。事情就奇怪了：审判秘密得不能再秘密，可以说完全是地下化的，然而，所有人都知道了。另外还有一件奇怪事：没有人怀疑K.是有罪的。社会已经认可了起诉，并加上了它默许的赞同（或者说，它的不反对）。大家预计叔叔会有一种愤慨的惊奇：“人们怎么会指控你呢？说你是什么罪来的？”但是，叔叔并不惊讶。他只是害怕审判会给亲戚朋友带来不良后果。

第四阶段：自我批评。为了在这场拒绝起诉的审判中更好地替自己辩护，K.竟然自己挑起自己的毛病来。他的错藏在了哪里？当然是在他的履历表的某个角落。“他必须回顾自己的一生，找遍自己行为举止的细枝末节，从各个角度来一次彻底的大检查、大曝光。”

情景远非那么不真实：确实，每当一个单纯的女子遭到不幸命运的捉弄时，她都会问自己：我到底做了什么错事？她就会开始在她的过去中翻寻不止，不仅检查自己的行为，而且反思自己的言语和内心思想，以求明白上帝为何要迁怒于她。

共产主义的政治实践给这种行为创造了一个词，叫自我批评（这个词在法语中约于一九三〇年使用于政治范畴；卡夫卡没有用它）。人们对该词的实际使用并不十分确切地证实了它的词源学。它并不意味着批评自身（把好的地方和坏的地方分离开来，从而达到纠正缺点的目的），而是说发现自己的错误以便能帮助指控者，以便能接受和证实指控。

第五阶段：牺牲者与刽子手的同化。在最后一章中，卡夫卡的反嘲达到了它可怕的顶峰：两个身穿礼服的先生来找K.，把他带到街上。他一开始还反抗，但很快就自言自语道：“现在我能做的唯一事情[……]就是自始至终保持我推理的明确[……]现在我该不该让人觉得，一年的审判居然没教会我任何东西？我该不该像一个什么都不懂的傻瓜那样走开呢？……”

后来，他远远地看到警察在大街上来回巡逻。其中有一个还有意向他们走来，可能觉得这三人在一起有点不正常。这时，K.竟主动用力拽着两个先生走，甚至还加快步子一起跑了起来，以期甩开有可能追上来干扰他们的警察，这警察也许真的会——谁知道呢？——妨碍正等着他们去执行的死刑。

最后，他们到了目的地；两个先生正准备杀死他，这时，一个念头（他最后的自我批评）从K.的脑中闪过："他的义务是自己拿起这把刀［……］把它插入自己的身体。"他抱怨自己的软弱："他没能完全经受住考验，他没能替官方卸下完成全部任务的职责，这最后一次错误的责任归咎于那个拒绝给予他仅剩的必要力气的人。"

多长时间里人可以被认为与自己完全同一？

陀思妥耶夫斯基人物的真正身份寄于他们个人的意识形态之中，正是它以多多少少直接或间接的方式确定了他们的所作所为。基里洛夫彻底沉湎于他的自杀哲学，他把它当作自由的最高表达。基里洛夫：一个变成了人的思想。但是，在现实生活中，一个人真的就是他个人意识形态的那么直接的投影吗？在《战争与和平》中，托尔斯泰的人物（尤其是皮埃尔·别祖霍夫和安德烈·保尔康斯基）也有相当丰富的、相当发达的理智，但这理智是那么变化多端、千变万化，人们根本就不可能从他们的思想出发来划定他们的性格，因为在生活的每一阶段中，他们的思想都是不同的。托尔斯泰由此给我们提供了关于人的另一种概念：一段旅程；一条迂回曲折的道路；一次游历，它那一段段依次相接的行程不仅互相不同，而且经常体现为对前一行程的彻底否定。

我说到了*道路*，而这个词恐怕会将我们引入歧途，因为道路的形象总是令人想起一个目的地。然而，这一条条结局往往出乎意料、被死神所切断的道路，究竟是通向什么目的地呢？到最后，皮埃尔·别祖霍夫的行为似乎确实到达了理想的最终阶段：到那时他才以为自己懂得了，一门心思地寻求生命的意义，为这种或那种事业而奋斗是徒劳无益的；上帝无处不在，在整个生命中，在生命的每一天中，只要经历一切该经历的事，并怀着爱去经历体验它们就算没白活：他终于幸福地和妻子、和家人享受着天伦之乐。目的达到了吗？到了顶峰后再往回看，一路旅途的段段行程就变成了一级级台阶？倘若果真如此，托尔斯泰的小说就失去了它本质上的反嘲意义，就变得与一堂小说化的伦理道德课相差无几了。情况并非如此。在简述了发生在八年之后之事的“尾声”中，人们看到别祖霍夫别妻离家一个半月，去彼得堡参加一次半地下的政治活动。他又一次准备寻求生命的意义，准备为一项事业而斗争。道路并未结束，目的地还未看到。

人们可能会说，一段旅程的各不同阶段彼此处在一种反嘲关系中。在反嘲的王国中，占统治地位的是平等；这意味着整段旅程中的任何一个阶段，从道义上说，都不比别的阶段来得更高。保尔康斯基投身于工作，以求能对祖国有用，他是想就此弥补他早先愤世嫉俗之过错吗？不。没有自我批评。在道路的每段进程中，他都集中起自己智力与道德的所有力量，选择他的行为准则，他心明如镜；他怎么可能谴责自己没有做自己做不到的事呢？从道德意义上，人们无法评判他生命中不同阶段的作为，同样，从真实性的意义上，人们也无法评判它们。不可能确定，到底哪一个保尔康斯基对他自身更忠实：是那个逃避政治生活的保尔康斯基呢，还是那个投身于政治生活的保尔康斯基。

既然不同阶段是如此的矛盾，我们又怎能确认它们的共同命名呢？使我们把无神论者别祖霍夫与虔诚信徒别祖霍夫看成同一个人物的共同本质又是什么？一个“我”的固定本质又在何处？别祖霍夫第二号对别祖霍夫第一号的道德责任感又在哪里？拿破仑的死敌别祖霍夫会不会为昔日拿破仑的崇拜者别祖霍夫打保票？在多长的一段时间中人们可以把一个人看成与他自身完全同一？

只有小说才能很具体地探测人类所能认识的这最深奥的奥秘之一；很可能是托尔斯泰第一个完成了这一使命。

细节的共谋关系

托尔斯泰笔下人物的变形并不显现为一次漫长的进化，而体现为一种心灵的顿悟。别祖霍夫从无神论者到宗教信徒的转变易如反掌，令人瞠目结舌。他跟妻子闹翻后在一个驿站遇到一位云游四方的共济会人士，没聊几句话，两人一拍即合，别祖霍夫原先的精神思想便彻底动摇了。易如反掌的转变并非由于心血来潮的朝三暮四。透过这次踪迹清晰的改宗，人们可以猜度到他内心中隐藏的一段无意识的准备过程，冰冻三尺非一日之寒，改宗只是一次总爆发罢了。

在奥斯特里茨战役中受了重伤的安德烈·保尔康斯基正在渐渐地恢复，回到生命的怀抱。此时此刻，他心中年轻人的辉煌世界一下子崩溃了：这并非出于理性的、逻辑的思考结果，而是出于他与死神的一次简单交手，出自他投向苍天的一道久久的目光。正是这些细节（投向苍天的一道目光），在托尔斯泰的人物所经历的关键时刻，扮演了一个极其重要的角色。

后来，安德烈从他怀疑论的旋涡中探出头来，重新奔向积极的生活。这次转变发生在与皮埃尔一起碧流泛舟的长谈之后。皮埃尔积极、乐观、关心他人（他的进程的当时阶段就是如此），与安德烈愤世嫉俗的怀疑论势不两立。但在交谈中，他却显得有些幼稚，滔滔不绝地鼓吹着陈词滥调，倒是安德烈显得才华横溢，妙语连珠。比起皮埃尔的话语更为重要的是紧接着交谈而来的沉默：“跳下小船后，他抬起头望着皮埃尔指给他看的蓝天，从奥斯特里茨战役以来，他还是第一次又看到了无边无际的高不可测的苍天，在战场上，他曾这样久久地眺望过。在他心灵深处，一股喜悦与温柔的暖流重又流淌起来。”这一感觉是那么短暂，紧接着便消失得无影无踪，但安德烈知道，“他从不懂得去培育的这一感情正活跃在他心中”。很久以后的一天，一个细节的共谋关系（投在橡树簇叶上的一瞥，无意中听到的姑娘们的欢声笑语，意外的回忆）就像点燃一场烟花芭蕾一样点燃了这一感情（因为它“活跃在他的心中”），并使它发出明亮耀眼的光。昨天还津津乐道于隐退生活的安德烈一下子就决定“秋天动身去彼得堡，甚至打算在那里谋一个职［……］，他双手叉在背后，在房间里来回踱步，一会儿双眉紧蹙，一会儿又喜笑颜开，脑海中掠闪过所有那些无理的、无以表达的、像罪孽一样秘不见人的思想，与这些思想奇怪地搅和在一起的，有皮埃尔、荣誉、窗口上的姑娘、橡树、美、爱，所有这些完完全全改变了他的生存。在这一时刻，如果有人进来，他会显得格外的冷淡、严厉、干巴巴、毅然决然、具有逻辑头脑［……］他似乎想以这过度的逻辑为他在自己内心所做的这整个不合逻辑的秘密之事向某人进行报复”。（我换用了字体以强调涵义丰富的句子或词组。——米兰·昆德拉注）（让我们回想一下：正是这样一种差不离的细节的共谋关系：遇到的一张张丑陋的面貌、火车包厢中无意听到的话语、意外的回忆，所有这些，在托尔斯泰的下一部小说中，促使安娜·卡列尼娜下定决心自杀。）

在安德烈·保尔康斯基的内心世界中还有另一个很大的变化：在博罗季诺战役中受了致命重伤后，他躺在军营的手术台上，突然感到周身充满了一种奇怪的平静和调解的情愫，一种永远不离开他的幸福感，这一幸福感因战争场景的无限残酷而显得尤为怪异（尤为壮美），在一个还没有麻醉药的年代，手术的残酷是可想而知的，它描写得越是惊人地细致，主人公的幸福感也就越是奇特；奇中最奇的是，它不合逻辑地唤起了出乎意料的记忆：当护士过来脱掉他的衣服时，"安德烈回想起了遥远的童年时代"。再往下，我们可以读到："在所有这一切痛苦之后，安德烈感受到一种很久以来就一直没有再体验到的安逸。他生命中最最美好的时刻，尤其是他幼年的时光，当大人给他脱衣服，把他放到小床上哄他睡觉，当他的奶娘给他唱着摇篮曲，这时，他的脑袋埋在枕头中，幸福地感到生命的充实，—— 在他的想象中，这些时刻并不表现为过去，而是作为实实在在的现实。"只是在一会儿以后，安德烈才在相邻的手术台上看到了他的情敌，娜塔莎的诱惑者阿纳托尔，这会儿，医生正在锯他的一条腿。

对此场景，人们通常可读到这样的描述："受了伤的安德烈看着他那一条腿被截掉的情敌；这一场面使他心中充满对他的情敌以及对普遍意义上的人的无限怜悯。”但是，托尔斯泰知道，这突如其来的启示并非出于那么显然、那么合逻辑的原因。那是一种奇妙的转瞬即逝的形象（回忆起小时候人们像现在的护士一样给他脱衣服）在启动一切，他新的变化，他新的视觉形象。短短的几秒钟之后，这神妙的细节就被安德烈自己忘得干干净净，同样，它也很可能被大多数像“阅读”自己亲历的生活那样不认真地、稀里糊涂地阅读小说的读者们忘却。

除此之外，小说中还有一个大变化，这次是皮埃尔·别祖霍夫的变化，他下定决心要杀死拿破仑。他是在以下的插曲之后做出该决定的：他从他的共济会朋友那里得知，拿破仑与《启示录》第十三章中的敌基督完全为同一体：“凡有聪明的，可以算计兽的数目，因为这是人的数目。它的数目是六百六十六……”假如人们把法文字母表译成数字，那么拿破仑皇帝（l’empereur Napoléon）这个词正好是数字666。“这一预卜使皮埃尔十分震惊。他经常自问究竟谁能将那恶兽——换句话说，就是拿破仑——的势力消灭干净；他绞尽脑汁地想通过类似的数字预测找出问题的答案。他首先试了一个词组：亚历山大皇帝（l’empereur Alexandre），然后又是：俄罗斯民族（la nation russe）。但总的数目不是超过666就是不足666。有一天，他突发奇想地写上了自己的姓名：皮埃尔·别祖霍夫伯爵（comte Pierre Bésouhoff），但还是没有预期的数字。他用z代替了s，又加上了小词de和冠词le，仍然得不出预想的结果。此时，他的脑子里冷不丁爆出一个念头：假如问题的答案真在他的姓名中，那就必须加上他的国籍。他于是写道：俄罗斯人别祖霍夫（le Russe Bésuhof）。这些数字相加起来为671，多了5。5代表了一个e，与在皇帝（empereur）一词之前的冠词中省略的e为同一个字母。减去他姓名前的这个e虽然不合语法，但恰好给了他梦寐以求的答案：l'Russe Bésuhof——666。这一发现使他大惊失色。”

托尔斯泰所描述的皮埃尔将自己姓名的拼写变化百般腾挪以求得一个666之数的谨小慎微的方式确实是喜剧性的，令人忍俊不禁：l'Russe，这是一个极其精彩的拼写笑料。一个无疑算得上聪明而热情的人做出严肃而勇敢的决定，难道会基于一个荒唐的愚蠢念头吗？

对人您是怎么想的？对您自己您是怎么想的？

为适合时代精神的观点改变

一天，一个女人来看我，神采飞扬地告诉我：“知道了吗？已经没有列宁格勒了！又改为老名字圣彼得堡了！”城市、街道等的改名从来没能使我激动过。我差一点没把这说出来，但在最后一秒钟，我还是忍住了：在她那因惊人的历史进程而闪闪发亮的眼睛里，我先已猜到了，我的话只要一出口，就会遭到她的反驳。而我根本不想为它而白费口舌，再说，此时此刻我回想起了肯定已被她忘得一干二净的一段往事。那是在一九七〇年或一九七一年，俄国军队入侵布拉格之后的事，这个女人一次来看我们，看我的妻子和我，当时我们正处在遭人唾弃的恶劣环境中。从她那方面说，这是对我们的支持的证明，而我们也想说几句笑话逗她高兴，以示我们的感激。我的妻子给她讲了一个滑稽的（而且也颇有奇妙的预示意义的）故事。说是有一个美国阔佬住在莫斯科一家旅馆里。有人问他："您有没有去列宁墓看一看？"他回答说："我花了十个美元叫人把他带到了旅馆。"我们的客人一下子就大惊失色。作为一个左派（她始终是一个左派），她把俄军入侵捷克斯洛伐克看成是对理想的背叛，而理想对她是无比珍贵的。现在，连她为之同情的牺牲者也来嘲笑这同一个被背叛的理想，她觉得无法忍受。"我不觉得这有什么好笑的，"她冷冷地说，只是因为我们被迫害者的身份，我们才免遭一次决裂的危险。

我可以讲一大堆这样的故事。这类的观点改变不仅仅局限在政治上，它们同时还是广义的风俗上的，女权主义先是高涨再高涨，后是低落再低落，对"新小说"，崇拜之后便是蔑视，革命的清教主义被放荡淫秽的色情主义所代替，欧洲一体的想法先是被一些人诋毁为反动的新殖民主义，后来又被那同一帮人炫耀为一面进步的旗帜，等等，等等，不一而足。我倒要问自己：他们还记不记得他们过去的行为？他们的记忆中还有没有保留下他们的转变史？我这么问并不是因为我看到人们改变观点就愤愤不平。昔日拿破仑的崇拜者别祖霍夫后来成了一心谋杀拿破仑的刺客，但无论是在过去或是在现在，他的行为都让我觉得可爱。一个在一九七一年无限崇敬列宁的女人，到了一九九一年难道没有权利为列宁格勒不再是列宁格勒了而欢欣鼓舞吗？她当然有权利。然而，她的改变与别祖霍夫的改变是不一样的。

恰恰是当别祖霍夫或保尔康斯基的内心世界发生变化时，他们才被证明是有血有肉的个体；他们令人惊异；他们变得与别人不同；他们的自由如火焰一般升腾，伴随着这自由的是他们真正的自我；这是诗意的时刻：他们强烈地体验到这些时刻，仿佛整个世界都沉醉在神秘的细节中排着队飞奔着向他们迎来。在托尔斯泰的作品中，人越是有自我改变的力量、奇念、智慧，他就越是他自己，他就越是一个个体。

相反，我看到的那些对列宁、对欧洲一体等改变态度的人，全都露出了他们非个性的本质。这改变既不是他们的创造，也不是发明，不是心血来潮，不是出其不意，不是认真思索，不是疯狂之举；它没有诗意；它只是靠向历史多变精神的一种十分乏味的调整。因此连他们自己都没有感觉出来；反正，他们总是保持着老样子：总是站在对的一边，总是想着——在他们的圈子里——应该想的；他们改变不是为了靠向他们自我的某种本质，而是为了和他人混成一团；变化使得他们始终保持着不变。

我可以换一种方式来表达：他们是按照看不见的、自身也在不断地改变着想法的法庭在改变自己的想法；他们的改变只不过是一个赌注，押在明天将自喻为真理的法庭上。我想起在捷克斯洛伐克度过的青年时代。从最初的共产主义的迷惑中摆脱出来后，我们感到，走在反官方学说道路上的每一小步，似乎都是一个勇敢的举动。我们抗议对宗教信徒的迫害，我们为遭唾弃的现代艺术辩护，我们对舆论宣传的愚蠢提出异议，我们批评我们对俄国的臣属关系，等等。干这些事情时，我们在冒某种风险，不是什么大险，但总归有一点点险，而这（小小的）危险给了我们一种精神上惬意的满足。一天，我的脑子里蹦出一个可怕的念头：假如这些反抗行为并非出于心灵的自由，出于勇气，而是受制于一种欲望，想讨好另一个已在阴影中准备着它的审判的法庭，那又会怎样呢？

窗　户

人们不可能走得比卡夫卡在《审判》中还要更远；他创造了

极其非诗意世界的极其诗意的形象。所谓“极其非诗意世界”，是说：个人自由、个体特性在其中找不到位置的一个世界，人在其中只是超人类力量——官僚主义、技术、历史——的工具的一个世界。所谓“极其诗意的形象”，是说：卡夫卡并没改变这世界非诗意的本质和特征，就以他诗人的巨大幻想改造和变换了这一世界。

K.被强加于他的审判的情势耗得心力交瘁；他根本没有一分一秒时间想别的事情。然而，纵使在这样一个无出路的环境中，也有一些窗户在瞬间突然打开。他不能从这些窗户上逃出去；因为这些窗户稍稍打开之后便立即关上；不过他至少还能透过窗户看到在一瞬间闪现的空间，看到外面世界的诗意，无论如何，这诗意毕竟存在，就像是一种永远现存的可能性，它在他被逼得走投无路的生活中投入一丝银亮的反光。

这些短暂的开窗，举例说，是K.的目光：他来到被传讯去受第一次审理的那条郊区街道。几分钟前，他还气喘吁吁地跑着唯恐迟到。现在，他却停下了步子。他直挺挺地站在街上，几秒钟里忘记了正等待着他的审判，他打量着四周：“几乎每一个窗口都有人，只穿着衬衫的男人们趴在窗台上抽烟，或者小心翼翼地扶着靠着窗户框的小孩。在另一些窗口上挂满被单、床单、绒毯，偶尔会从那上面冒出一个蓬头散发的女人脑袋。”然后，他走进了法庭的院子。“离他不远，有一个没穿鞋子的男人坐在一个板条箱上读报。两个男孩正拿一辆手推车玩跷跷板。一个面容憔悴的年轻姑娘穿着睡衣，站在吸泵前打水，她瞧着K.，等着水哗哗地流入罐里。”

这些句子使我想起福楼拜的描述：简洁；视觉丰满；充满意义的细节，无一不是新鲜生动。这一描述的力量使人感到，K.是何等地渴望着真实，他是何等贪婪地吮吸着世界的汁液，而在几分钟之前，这世界尚还被受审的忧虑遮掩得黯淡无光。可惜啊，停息是短暂的，一会儿工夫之后，K.的眼睛里就没有穿着睡衣、等着水哗哗地流入罐里的那个面容憔悴的年轻姑娘了，审判的激流将充满他的心。

小说中的几个色情场景同样也像即开即合的窗户：K.只遇到一些以这种或那种方式与他的案子连在一起的女人：举例说，他的邻居布尔斯特纳小姐，逮捕就发生在她的家里；K.语无伦次地向她讲述所发生之事，并且终于在大门口拥吻了她一下："他抱住她，先吻了吻她的嘴，然后在她的脸上盖满了吻印，好像一头口干舌燥的野兽，贪婪地汲饮着渴望已久的清冽甘泉一样。"我强调了"口干舌燥"一词，它对一个失去了正常生活的人，一个只能通过窗户同正常生活进行短暂交往的人来说是具有意义的。

在第一次审问中，K.开始还滔滔不绝地大发宏论，但一会儿以后，他就被一个奇怪的现象搅得不知所措：在大厅里有执达吏的妻子，还有一个瘦骨嶙峋的实习生，这个丑八怪居然把执达吏的妻子放倒在地，在大庭广众之下和她做起爱来。以种种无法兼容之事件的难以想象的相遇（卡夫卡式的美妙诗意，粗野而不真实！），又一扇窗打开了，它打开，向着远离审判的景象、向着庸俗的欢乐、向着K.被剥夺得干干净净的庸俗的欢乐的自由。

这一卡夫卡式的诗意使我想起了另一部小说，它同样讲述一次逮捕和一次审判的故事：奥威尔的《一九八四》，一部在几十年中可以不断充当反极权主义专家的参考资料的书。在这部想成为想象中极权主义社会可怖画像的小说里，没有任何窗户；在那里，人们见不到守在水罐边面容憔悴的姑娘；这部小说与诗意彻底隔绝；它是小说吗？它只是乔装为小说的政治思想；清晰而正确的思想，但它被它的小说伪装弄得变了形，是它的小说伪装使它变得不准确、不确切。假如说，小说形式模糊了奥威尔的思想，那么它反过来是不是也给了它什么？它是不是照亮了社会学与政治学均无法达及的人类生存情境的秘密？不：情境与人物在作品中均平淡无奇得如一纸告示。那么，它是不是至少还算得上美好想法的普及？也不是。因为思想一旦小说化了便不再以思想的形式行事，而恰恰是以小说的形式行事，在《一九八四》中，思想是以糟糕的小说的身份，以一部糟糕的小说所能散布的一切流毒的形式行事的。

奥威尔小说的流毒在于，它将一种现实无可挽回地缩小在它纯政治的范围内，而且只局限在这一范围的否定面上。我拒绝这一龟缩，尽管它一再借口说此举有利于与可恶的极权主义作斗争，是有益的宣传。可恶的恰恰是把生活缩小为政治，把政治缩小为宣传。因此，不管他的主观意图如何，奥威尔的小说自身就构成了极权精神的一部分，构成了舆论宣传精神的一部分。它将一个可恨的社会的生活缩减(并教人缩减)成了它的罪孽的简单罗列。

当我在捷克的社会制度转变之后的一两年里与捷克人交谈时，我在他们每个人的话语中都能听到这样一种公式化的语汇，这样一种作为他们全部回忆、全部思索的官样套话:“在这四十年可怕的岁月之后”，或是:“这可怕的四十年”，尤其还有:“失去的这四十年”。我看着我的对话者：他们并没有被迫移居国外，也没有被投入监狱，没有被革除公职，甚至也没有遭到白眼；他们全都好好地在他们的国家、在他们的家庭、在他们的工作单位生活着，他们都有他们的假期、他们的友谊、他们的爱；以“四十年可怕岁月”一语，他们把自己的生活缩减到了政治范围。他们难道忘记了在这些年中他们看过福尔曼[①]的电影，读过赫拉巴尔[②]的书，光顾过上演标新立异剧作的小剧场，讲过成百上千的笑话，在得意忘形之际，还嘲笑过当权者？假如他们全都谈到四十年可怕岁月，那是因为他们把自己生活的回忆奥威尔化了，它在他们的记忆和他们的头脑中逐渐因果溯源，变得丧尽价值，或者干脆就变得一文不值(失去的这四十年)。

即使在被极端地剥夺了自由的情景中，K.仍可看到一个等着水罐里慢慢流满水的面容憔悴的姑娘。我说过，这些时刻就像是朝远离着审判的景象打开一小会儿工夫的窗户。朝向什么样的景象？我将把隐喻明确化：卡夫卡小说中打开的窗户朝向托尔斯泰的景象；朝向人物始终把持着——纵然是在最危急的时刻——自由的决定权的世界，正是自由的决定权给了生命以幸运的不可估量性，后者恰恰是诗意的源泉。托尔斯泰极其诗意化的世界与卡夫卡的世界是两个极端。但是，全靠那半开半闭的窗户，它就像一股怀旧的气息，一丝柔和的微风，进入了K.的故事中，并留在了那里。

法庭与审判

思索存在意义的哲学家喜欢在日常语汇中注入哲学涵义。在读到焦虑和饶舌这两个词时，我很难不想到海德格尔赋予它们的意义。在这点上，小说家领先于哲学家。在分析他们人物的环境时，他们精心设计安排了人物独特的语汇，而且经常使用具有特定概念的、超出词典规定的定义的关键词语。因此，小克雷比

① Miloš Forman（1932— ），捷克当代电影导演，后移居美国。

② Bohumil Hrabal（1914—1997），捷克作家。

永[1]就用时候[2]一词作为放荡游戏的概念词（指一个女人可能被诱惑的短暂时机）并把它留给他的时代和其他作家。同样，陀思妥耶夫斯基谈论到侮辱，司汤达谈论到虚荣。靠着《审判》，卡夫卡至少为我们留下两个概念词，要理解现代社会，这两个词是不可或缺的：法庭和审判。他为我们把它们留下了：这就是说，他把它们交到我们手中，让我们使用它们，按照我们自身的经验，一而再再而三地反思它们。

法庭；它在这里并不是一个旨在惩罚违反国家法律的罪人的司法机构；卡夫卡意义上的法庭是一种判决的力量，它要判决，是因为它有力量；是它的力量而不是别的什么东西赋予了法庭以合法性；当K.看到两个陌生人闯入他的房间，他一下子就承认了这一力量，他当即就俯首称臣了。

由法庭提起的审判总是绝对的；这就是说：它并不涉及一个孤零零的行为，一项确定的罪孽（一次偷窃、一次走私、一次强奸），而是被告整体上的个性：K.在他整个生命的“最细枝末节处”找寻自己的错误；别祖霍夫在我们这一世纪要被指控，既为了他对拿破仑的爱，也为了他对拿破仑的恨，同时还要为了他的酗酒。因为，既然法庭是绝对的，它就不但要管人的公开生活，而且要管他的私生活；布洛德判了K.的死刑，因为K.在女人身上只看到“最低下的性”；我想起了一九五一年在布拉格的那些政治审判；人们当时大量地散发被告们的传记；正是在那时，我第一次读到了一篇淫秽读物：它记述了一次狂欢节，狂欢期间，一个女被告的身体上涂满了巧克力（在商品极端匮乏时期！），其他几个后来被吊死的男被告用舌头把它舔得干干净净；在《玩笑》中，一个由三名大学生组成的法庭就因路德维克写给女朋友信中的一句话而对他进行判决；他为自己辩护，说他是不假思索匆匆写下的，他们就反驳道："就算这样，我们至少也知道了你心中所隐藏的东西"；因为，被告所说、所想、所喃喃念叨的一切，他内心所隐藏的一切，都将交给法庭支配。

审判是绝对的，还因为它并不仅仅局限于被告的生活；K.的叔叔对K.说得好，假如你的官司打输了，"你就被社会抛弃了，连你的亲戚也一块儿倒霉"；一个犹太人的罪包含了所有时代的犹太人的罪；共产主义关于阶级出身之影响的学说，把一个被批评者的父母甚至还有祖辈的错误都加在了他的错误之上；在萨特以殖民化的罪名对欧洲一体化发起的审判中，他并未指控殖民，而是指控欧洲，整个的欧洲，所有时代的欧洲；因为"殖民在我们每一人心中"，因为"在我们中，一个人就是一个帮凶，既然我们所有人都享受了殖民开发的成果"。审判精神无视什么时效限制；悠远的古代之事与今日发生的事件一样生动；就是到了死后，你还

---

① Crébillon fils（1707—1777），法国作家，写过一些色情小说。

② 原文为moment。

是逃脱不得：墓地里也还有密探。

审判的记忆是庞大的，但它是一种尤为特别的记忆，人们可以将它定义为对一切非罪之行为的忘却。于是审判就把被告的传记简化为犯罪记录；维克托·法里亚斯（其作《海德格尔与纳粹主义》是一部犯罪记录的经典样板）在哲学家海德格尔的少年时代发现了他纳粹主义的根源，而丝毫不关心他才华的根源在哪里；"为什么我们的街道还冠以毕加索、阿拉贡、艾吕雅、萨特等人的名字呢？"一九九一年在后共产主义的大陶醉中，一家巴黎的报纸这样问道；人们试图回答：为了他们作品的价值！但是，萨特在他对统一欧洲的审判中，道明了所谓的价值代表着什么："我们尊敬的价值已经失去了它们的翅膀；从近处细看，没有一种价值不是血迹斑斑"；血污的价值就不再是价值了；审判精神就是把一切简化为道德；这是针对一切工作、艺术、作品的一种绝对虚无主义。

在擅入者前来逮捕K.之前，K.看到对面房子里有一对老年夫妇"正怀着一种不同寻常的好奇"打量着他；这样，从一开始起，看门人的古老歌队就进入了角色；《城堡》里的阿玛丽亚从来就没有被指控，也没有被惩罚，但是，诚如众所周知的，那看不见的法庭对她极为不满，而这一点就足以使村里人全都远远地躲着她；如果法庭要对一个国家强加一种审判制度，那么全体人民就都投入了审判的大演习中，并百倍地增加其有效性，每个人都知道他随时随地可能被指控，于是他就事先做反省，做自我批评；自我批评：被告对起诉人的屈服；对自我的抛弃；一种取消个性的方式；在一九四八年的共产主义革命之后，一个富裕家庭出身的捷克姑娘因为自己的寄生生活而感到有罪，为了表示低头认罪，她变成了一个虔诚的共产党人，她公开与父亲脱离关系；今天，在她的国家的共产主义制度消失之后，她重又经受了一次审判，她又一次感到有罪；经过两次审判、两次自我批评的粉碎性折磨，她在自己身后只留下一片荒漠，被否定了的生活的荒漠；尽管在此期间，人们将从前被没收的她父亲（他也被否定）的房子又还给了她，她今天仍只是一个被废弃了的人；两重的废弃，自我废弃。

人们提起审判不是为了求得公道，而是为了消灭被告；如同布洛德所说：一个不爱任何人而只知道调情的人，他应当去死；因此K.被割了喉咙；布哈林被绞死。甚至当人们对已死者提起申诉时，他们也是为了再一次将死者处死：焚烧他们的书；把他们的名字从教科书中删除；拆毁他们的塑像；把以他们的名字命名的街道改名。

对世纪的审判

大约七十年以来，欧洲生活在一种审判制度之下。在我们世纪的大艺术家中有多少人受到了指控？在这里我只讲一讲那些对我而言代表了某种东西的人。从二十年代开始，就有革命的道德法庭的牺牲者：蒲宁[1]、安德烈耶夫[2]、梅耶荷德[3]、皮利尼亚克[4]、维普里克[5]（俄国犹太音乐家，现代艺术被遗忘的牺牲者；他敢于对抗斯大林，为肖斯塔科维奇的歌剧辩护；他被投入劳改营；我还记得我父亲十分喜爱弹奏他的钢琴作品）、曼德尔施塔姆[6]、哈拉斯[7]（《玩笑》中路德维克敬佩的诗人；死后因其作品的愁苦情调而被认为有反革命倾向）。随后，又有纳粹法庭的牺牲者：布洛赫（他的照片还在我的写字台上，嘴里叼着烟斗，正在看着我）、勋伯格、魏菲尔[8]、布莱希特、托马斯与亨利希·曼兄弟、穆齐尔、万楚拉（我最喜爱的捷克散文作家）、布鲁诺·舒尔茨[9]。极权帝国连同它们血腥的审判消失了，但是，审判精神却如同遗产留了下来，它又来算账了。因此，一系列的审判接踵而来：汉姆生[10]、海德格尔（帕托契卡[11]为首的捷克持不同政见者的整个思想都可以归咎于他）、里夏德·施特劳斯、戈特弗里德·贝恩[12]、冯·多德勒[13]、德里欧·拉罗歇尔[14]、塞利纳（在一九九二年，战争结束半个世纪之后，一个愤愤不平的省长仍拒绝将作家的故居列为历史遗迹）；墨索里尼的拥护者：皮兰德娄[15]、马拉帕尔泰[16]、马里内蒂[17]、埃兹拉·庞德（美国军队整整几个月把他关在一个囚笼里，像头牲口似的在意大利的烈日下暴晒；卡尔·戴维森在他雷克雅未克的画室里，给我看了一张庞德的大幅照片："五十年来，他一直伴随着我。"）；慕尼黑的绥靖主义者：吉奥诺[18]、阿兰[19]、莫朗[20]、蒙泰朗、圣琼·佩斯[21]（他是慕尼黑会议的法国代表团成员，直接参加了使我的祖国蒙受奇耻大辱的阴谋）；然后，还有共产主义者和他们的同情者：马雅可夫斯基（今天，谁还记得他的爱情诗，记得他无与伦比的隐喻？）、高尔基、萧伯纳、布莱希特（他经受了第二次审

---

① Ivan Alekseyevich Bunin（1870—1953），俄国诗人、小说家。
② Leonid Andreyev（1871—1919），俄国作家。
③ Vsevolod Meyerhold（1874—1940），俄国戏剧家。
④ Boris Pilnyak（1894—1938），俄国小说家。
⑤ Alexander Veprik（1899—1958），俄国音乐家。
⑥ Osip Mandelstam（1891—1938），俄国犹太诗人、文学评论家。
⑦ František Halas（1901—1949），捷克诗人、小说家。
⑧ Franz Werfel（1890—1945），奥地利作家。
⑨ Bruno Schulz（1892—1942），波兰作家。
⑩ Knut Hamsun（1859—1952），挪威小说家。
⑪ Jan Patočka（1907—1977），捷克哲学家。
⑫ Gottfried Benn（1886—1956），德国诗人、杂文家。
⑬ Heimito von Doderer（1896—1966），奥地利小说家。
⑭ Drieu La Rochelle（1893—1945），法国作家。
⑮ Luigi Pirandello（1867—1936），意大利戏剧家。
⑯ Curzio Malaparte（1898—1957），意大利作家。
⑰ Filippo Marinetti（1876—1944），意大利作家。
⑱ Jean Giono（1895—1970），法国作家。
⑲ Alain（1868—1951），法国散文家。
⑳ Paul Morand（1888—1976），法国诗人、小说家。
㉑ Saint-John Perse（1887—1975），法国诗人。

判）、艾吕雅（这个天使杀手以两把剑的图形修饰他的签名）、毕加索、莱热[1]、阿拉贡（我怎么能忘记他在我生活的困难时刻向我伸出了手？）、奈兹瓦尔[2]（他的油画自画像就挂在我的书柜旁边）、萨特。有些人经历了两重审判，先是被指控为背叛，因为他们倒向了革命，后来又因他们为革命提供的服务：纪德（对于原先的共产主义国家，他是一切恶的象征）、肖斯塔科维奇（为了赎买他的难懂的音乐，他为社会制度的需要制造了一些愚不可及的作品；他以为，对艺术史来说，一件无价值的东西就等于完全没有一样；他不知道，对于法庭来说，恰恰是无价值的东西在起作用）、布勒东、马尔罗（昨天被指责为背叛了革命的理想，明天又因他有过革命理想而可能被控）、蒂博尔·德里[3]（在布达佩斯的屠杀后，这位作家被投入监狱，对我来说，他的几个句子是对斯大林主义首次重大的、文学上的、非宣传意义上的回答）。本世纪最精美的艺术之花，二三十年代的现代艺术甚至遭到了三重的指控：先是被纳粹法庭当作Entartete Kunst，“堕落艺术”；然后被共产主义法庭当作“与人民格格不入的象牙之塔的形式主义”；最后被得意扬扬的资本主义当作浸泡在革命幻想中的艺术。

马雅可夫斯基怎么可能一直是大诗人？苏维埃俄国的沙文主义者、诗歌宣传品的制造者、被斯大林誉为“我们时代的最伟大诗人”的那一位马雅可夫斯基怎么可能一直是一个大诗人，一个最伟大的诗人呢？以他无比高昂的热情，以他激动的、使他看不清外部世界的泪水，他的抒情诗——不可触及的女神——难道不是在将来的某一天注定要成为涂在凶残暴行外表的脂粉，成为它的“忠心耿耿的女仆”吗？二十三年前，当我写作《生活在别处》这部小说时，这些问题搅得我如痴如醉，在小说中，不到二十岁的年轻诗人雅罗米尔成了斯大林主义制度的狂热卫士。当那些称赞我的书的批评家把我的主人公看成一个假诗人，甚至看成一个无赖时，我感到惊惶失措。雅罗米尔是一个真正的诗人，他有一颗纯洁的心灵；如果没有这一点，我的小说也就一无可取之处了。引起误会的有罪之人难道是我吗？是我表达得不够清楚吗？我并不以为。身为真正的诗人同时又加入毋庸置疑的可怖事业（就像雅罗米尔或马雅可夫斯基）是一种丑闻。法国人就是以这个词来指一种无法辩解、无法接受、违背逻辑而又真实无疑的事件。我们全都无意识地试图回避丑闻，做得好像它并不存在似的。所以我们宁肯说，文化界中与我们世纪的可恶现象妥协的那些大人物是无赖；但这么说不太确实；那么，仅仅是出于他们的虚荣心，知道别人在瞧着他们，看着他们，评判他们，这些艺术家和

① Fernand Léger（1881—1955），法国画家。

② Vítězslav Nezval（1900—1958），捷克诗人。

③ Tibor Déry（1894—1977），匈牙利作家。

哲学家也会一门心思地考虑自己要做得正直、勇敢，要站在真与善的一边。可这使得丑闻变得更不可容忍，更不可解释。假如人们不愿在走出这个世纪时仍然跟在进入这个世纪时同样愚蠢，那就必须抛弃浅薄的审判道德主义，而想一想这一丑闻，一直想到底，哪怕这思索可能推翻我们原先对人之所以为人的一切确信。

但是公众舆论的随大流是一种力量，这一力量以法庭自居，而法庭的存在并非为了某些思想而浪费时间，它是为对人进行审判的。随着法官与被告之间时代鸿沟的形成，我们看到，总是由一种不怎么成其为经验的经验来审判一种更深入的经验。未成熟的人审判塞利纳的积习，但他们却不知道，正是靠这种种积习，塞利纳的作品包容了存在意义上的知识，未成熟的人们若是懂得了它，它就会让他们更成熟一点。因为文化的威力就寄寓此处，它能弥补过错，将昔日的恐怖改变为存在的智慧。假如审判精神能消灭这个世纪的文化，那么我们的身后将只留下那样一种回忆：由童声合唱歌颂的凶残暴行。

无法产生犯罪感的人在跳舞

被称作（通常被模模糊糊地称作）摇滚乐的音乐，二十年来一直泛滥在日常生活的音响气氛中；正当我们的二十世纪怀着厌恶感唾弃它的历史时，摇滚乐夺取了整个世界；由此，一个问题便缠绕着我：这两者是偶然之巧合吗？或者，在世纪的最后审判与摇滚乐之风行的相遇中，有着某种被掩盖了的意义？在心醉神迷的狂吼乱叫中，世纪是否想忘却自己？忘却它在恐怖中的黯然失色的乌托邦？忘却它的艺术？一种以其繁琐、以其无谓的复杂刺激人民、对抗民主的艺术？

摇滚乐一词是模糊的；我倒更喜欢这样来描绘它：人的嗓音压倒了乐器，尖利的高音压倒了低音；声响力度没有任何对比的反差，一直维持在最强上，这始终如一的最强把唱变成了吼；像在爵士乐中那样，它的节奏也在小节的第二拍上强化，但以一种更立体化、更喧闹的方式完成；和声与旋律是简而又简，由此更加强调声响的色彩这一新音乐的唯一新发明；当世纪前半期的一唱再唱的老调子以优美的旋律赢得穷苦人的一把眼泪（并使马勒和斯特拉文斯基的音乐反嘲迷惑不解）时，摇滚乐却免除了多愁善感的罪孽；它不是情感上的，而是心荡神驰的，它是一瞬间里出神的延长；而既然出神是一段从时间中摆脱出来的瞬间，是无记忆的一小段时刻，被遗忘所包围的时刻，旋律中的乐思也就没有空间得以展开，它就只好反复而反复，既无演进又无结束（摇滚乐是唯一一种旋律不占优势的“轻”音乐；人们从来不哼摇滚乐的旋律）。

怪事：多亏音响拷贝技术，这一出神的音乐无时无刻无所不在地回响，当然也包括出神之外的环境。出神的听觉形象变成了我们厌倦的日常布景。这一庸俗化了的出神既不邀请我们去狂欢，也无意让我们体验神秘经历，那它要对我们说什么呢？让人接受它。让人习惯它。让人尊敬它占据的特殊地位。让人观察它颁布的道德。

出神的道德跟审判的道德正好相反；在它的保护下，所有人都做他们想做的事：每个人都已可以自由自在地吮吸他的大拇指了，从他的童年起一直到中学毕业，这是任何人都不准备放弃的自由；在地铁中您瞧瞧您的四周；坐着的，站着的，每人都把手指头放进脸上的一个洞：耳朵里、嘴巴里、鼻子里；没有人感到别人在看他，每个人都想着写一本书，以便说出他那无以模仿的、独一无二的抠鼻子的自我；任何人都不听任何人，所有人都写，每个人都写，就像人们跳摇滚舞：独自一人，为自己跳，心思只在自己身上，而做的动作却和所有其他人一样。在这统一化的自我中心主义环境里，犯罪感不再扮演它昔日的角色；法庭始终在工作，但它们只被过去所迷惑；它们只瞄着世纪的中心；它们只瞄着老一代或死去的一代。卡夫卡的人物因父亲的权威而产生犯罪感；因为失去了父亲的宠爱，《判决》的主人公才淹死在一条河里；这个时代已经结束了：在摇滚世界中，人们已给当父亲的压上了那么沉重的犯罪感的重荷，以至于很久以来他就允许孩子做一切了。无法产生犯罪感的人在跳舞。

最近，两个少年杀死了一个神甫：我在电视里听到了评论；另一位神甫带着善解人意的颤巍巍的嗓音说："应该为以身殉职的神甫祈祷：他是牺牲者，他尤其为青年传道。但也应该为两个不幸的少年祈祷；他们也是牺牲者：他们冲动的牺牲者。"

随着思想越来越自由，字词、行为、玩笑、思考、危险思想、智力教唆的自由之路则变得越来越狭窄，此路越是受到随大流主义法庭警惕的监视，冲动的自由也就越是增大。人们鼓吹对思想罪要严厉；人们鼓吹对在激情的出神中犯下的罪孽要宽容。

雾中之路

罗伯特·穆齐尔的同代人对他的智力比对他的书还要更敬佩；在他们看来，他本应该写随笔而不是写小说。为了驳斥这一观点，只需拿出反证即可：读一读穆齐尔的随笔：它们是多么冗长、枯燥无味、缺乏魅力！穆齐尔只是在小说中才是一个大思想家。他的思想需要在具体人物的具体环境里汲取营养；一句话，那不是哲学的思想，而是小说的思想。

菲尔丁《汤姆·琼斯》十八个部分的所有第一章都是一篇短

短的随笔。十八世纪的第一个法国译者把它们一股脑儿全删去了，借口说它们不合法国人的口味。屠格涅夫指责托尔斯泰在《战争与和平》中大段大段地以随笔形式讨论历史的哲学。托尔斯泰在劝告的压力下开始怀疑起自己，他在小说的第三版中删除了这些段落。幸亏后来他又把它们补插进去。

就同小说有自己的小说对话与小说情节一样，小说也有它的小说思索。《战争与和平》中长段的思索离开小说便是不可思议的，比方说，改放在一本科学杂志里。这当然是由于充满明喻与隐喻的有意写得天真的语言。但这尤其是因为，托尔斯泰在谈到历史时，并不像一个历史学家那样对事件的真实描写感兴趣，对它们产生的社会、政治、文化生活上的结果感兴趣，对这一个或那一个的作用的评估等等感兴趣；他对作为人类存在的新维度的历史感兴趣。

大约在十九世纪初，在《战争与和平》所谈及的那一系列拿破仑战争期间，历史变成了每一个人的具体经验；这些战争一下子就使每一个欧洲人明白到，他周围的世界正被一次永恒的变化折磨着，这一变化闯入了他的生活，改变它，摇撼它。十九世纪之前，战争、起义对人的影响就好像一场自然灾害、一场鼠疫或者一场地震。人们在历史事件中既不觉察到整体性，也不觉察到连续性，他们没想到要改变生活进程。狄德罗的宿命论者雅克被征入伍，后来在一次战役中负重伤；战争标记打在了他的余生中，到死他也瘸着一条腿。但这是哪一次战役的事？小说没说。为什么要说呢？所有的战争都是一样的。在十八世纪的小说中历史时刻只要大致对头就行。只是到了十九世纪初，从司各特和巴尔扎克起，战争才不千篇一律，小说人物才生活在一个确定的时代中。

托尔斯泰写了五十年之前的拿破仑战争。在这种情况下，对历史的新认识并不仅仅处于变得越来越适合截取（在对话中，通过描述）所叙事件历史特征的小说结构中；使他第一位感兴趣的，是人与历史的关系（他控制它或逃避它的能力，面对它时，他是自由自在还是相反），他直接探索了这一问题，把它作为他小说的主题，他以一切办法，包括小说思索在内，对这主题进行研究。

托尔斯泰跟大人物的意志与理性创造历史的观点进行论战。依他看，历史是由它自己写成的，它服从于它自己的、尚未被人探明的规律。大人物"是历史的无意识的工具，他们完成一项使命，却不明白它的意义"。他还说："天命迫使每一人在继续个人目标的同时齐心合力去取得这唯一的、崇高的结果，他们中的任何一人，无论是拿破仑还是亚历山大大帝，或是随便哪一个角色，都丝毫不知其结果。"还有："人有意识地为自己而活，但同时又无意识地参加到追逐全人类历史目标的事业中。"由此得出这样一个重大结论："历史，也就是说，人类的无意识的、普遍的、随大流的生活……"(我自己强调了那些关键词。)

出于这种历史的概念，托尔斯泰描绘了超验的空间，让他的人物在其中活动。他们既不知道历史的意义和它的未来进程，甚至也不知道自己所作所为的客观意义(以种种所作所为，他们"无意识地"参加到事件中，同时又"不明白它们的意义")，他们在生活中前进就像前进在迷雾中。我说迷雾，而不是黑暗。在黑暗中人什么也看不见，他是盲目的，他听天由命，他没有自由。在迷雾中，他是自由的，但这是雾中人的自由：他看清前面的五十米，他能够清楚地辨明对话者的脸，他能够为路旁大树的美而欢欣鼓舞，他甚至还可以观察近处发生之事，做出反应。

人是在迷雾中前进的。但当他回过头来评判往昔之人时，他在他们的道路上看不到一丝迷雾。他所处的现今也即他们遥远的未来，站在这一点上，他们的道路在他看来一片光明，一览无余。回头看，人看到了道路，他看到前进中的人们，他看到他们的错误，但迷雾不再有了。然而，所有那些人，海德格尔、马雅可夫斯基、阿拉贡、埃兹拉·庞德、高尔基、戈特弗里德·贝恩、圣琼·佩斯、吉奥诺，他们都在迷雾中行走，我们不妨设问一下：谁更盲目？是写了歌颂列宁的诗歌却不知列宁主义走向何处的马雅可夫斯基？还是我们这些倒退几十年去评判他却没有看到迷雾包围着他的人？

马雅可夫斯基的盲目是人类永恒生存状态的一部分。

不看到马雅可夫斯基前进道路上的迷雾，就是忘记了人是什么，忘记了我们自己是什么。

第九部分

亲爱的，您不在自己家中

一

在生命的末期，斯特拉文斯基决定把他所有作品汇集成一个庞大的“唱片版”，而且全是由他亲自演奏，或作为钢琴家，或作为指挥家，以求为他的音乐保留一个权威的音响版本。这一由自己担任演奏者的意愿，不时地遭到愤愤不平的抱怨：恩斯特·安塞美在他一九六一年出版的书中是如何激烈地嘲笑他啊：当斯特拉文斯基指挥着乐队时，他“惊惶失措，紧紧抓住指挥台上的谱架，唯恐站不稳倒下来，他的目光无法离开他早已记得烂熟的乐谱，他在数着拍子！”；他“逐字逐句地、奴隶般地”演绎着他的音乐；“作为演奏者，他已经失却了一切快乐”。

为什么这般地讽刺挖苦?

我打开了斯特拉文斯基的通信集：与安塞美的信笺来往始于一九一四年；斯特拉文斯基在他一百四十六封信中，一直用的是以下的口气：我亲爱的安塞美，我亲爱的，我亲爱的朋友，十分亲爱的，我亲爱的恩斯特；没有一丝紧张的气氛；然后，就像一场电闪雷鸣：

巴黎，一九三七年十月十四日

匆匆，我亲爱的，

没有任何理由要对在音乐会中上演的《纸牌游戏》作这些删节[……]此类作品是舞蹈组曲，其形式严格按照交响乐的曲式，对听众无需作任何解释，因为此中并无任何描述成分来阐释舞台动作，来阻碍井然有序的乐段的交响进程。

如果说您的脑子里产生这一奇怪想法，想叫我作些删节，那是因为《纸牌游戏》的乐段连接使您感到有些腻烦。我实在无能为力。使我尤其吃惊的，是您还想说服我，让我作删节；而我最近在威尼斯指挥了这一作品，而且我还告诉过您，听众是如何欢快地接受了它。或许您忘了我给您讲过的事，再不然您对我的看法和我的批评意见不以为然。另外，我不相信您的听众会不如威尼斯的听众聪明。

真没想到，是您建议我删节我的作品，以使听众更好地理解它，而这极可能会把它弄得面目全非，——而当初您演奏一部无论从成功的把握或是听众的理解来说都跟《管乐交响曲》一样担着风险的作品时，您根本就不担心公众！

因此，我不能允许您对《纸牌游戏》作删节；我认为，宁可不演，也不可做违心之事。

我没有什么可补充的了，就此搁笔。

十月十五日，安塞美回了信：

我只问您是否允许我删去第四十五节的第二拍到第五十八节的第二拍？

斯特拉文斯基于十月十九日回复：

[……]我很遗憾，但我无法允许您对《纸牌游戏》作任何删节。

您要求我作的荒谬删节，会使我小小的进行曲残缺不全，我的曲子有它的形式和它在作品整体中的结构意义（您声称要捍卫的结构意义）。您之所以对我的进行曲作剪除，仅仅是因为它的中间部分和它的展开不如其他部分讨您的欢心。依我看，这不是一个充分的理由，我要对您说："亲爱的，但是您不是在自己家里，"我从未对您说过："喏，这是我的乐谱，您拿去随便怎么弄去吧。"

我再向您重复一遍：要不，您照着原样演出《纸牌游戏》，要不您就干脆不演。

您似乎没有懂得，我十月十四日的信对这点早已说得明白无疑了。

此后，两人只交换了几封简单而冷淡的信。一九六一年，安塞美在瑞士出版了一本厚厚的音乐学著作，其中专有长长的一章抨击斯特拉文斯基音乐的无感情性（也抨击了他作为乐队指挥的无能）。只是到了一九六六年（他们争论的二十九年之后），人们才又读到斯特拉文斯基对安塞美一封求和信的回答：

> 我亲爱的安塞美，
>
> 您的来信使我很感动。我们两人都已岁数不小，不能不想想我们的末日；我不愿看到我们带着一种沉重的敌意走向坟墓。

典型环境中的典型句式：反目为仇的朋友到了老年常常就是这样，给他们的敌意冷冷地打上一个叉叉，而不可能重又成为好朋友。

导致友谊破裂的争论的关键是清楚的：斯特拉文斯基的作者权，所谓作者的精神权；作者忍受不了别人改动他的作品，他发怒；从另一方面说，演绎者无法容忍作者的高傲，他有他的恼怒，他试图极力划定作者权力的界限。

二

我听着由伦纳德·伯恩斯坦[1]演奏的《春之祭》;“春的轮舞”中那个著名的抒情片段使我觉得不对劲；我翻开了乐谱：

它在伯恩斯坦的演奏中成了：

上述乐段的新鲜魅力表现在旋律的抒情性与机械而又不合常

① Leonard Bernstein（1918—1990），美国作曲家、乐队指挥。

规的奇怪节奏之间的张力关系；假如这节奏不能得到确切的、像钟表一样精确的遵守，假如有人要将它散板化，假如在每一个短句后面延长最后一个音符（伯恩斯坦正是这样演奏的），张力便消失了，乐段也就庸俗化了。

我想起安塞美的挖苦。我一百倍地更喜欢斯特拉文斯基准确的演绎，哪怕他"紧紧抓住指挥台上的谱架，唯恐站不稳倒下来，而且在数着拍子"。

三

身为乐队指挥的雅罗斯拉夫·伏盖尔在他论雅纳切克的专著中，谈到了科瓦洛维茨对《耶奴发》乐谱的修改。他赞成改动并为之辩护。令人惊诧的举动；因为，纵使科瓦洛维茨的修改是有理、有益、有效的，从原则上它也是不可接受的，在一个创造者的原版与一个改动者（审查者、改编者）的改版之间作仲裁，这一想法本身就是反常的。毫无疑问，人们完全可能把《追忆逝水年华》中的某个句子写得更好些。但上哪儿去找这么个愿意读一本修改后的普鲁斯特作品的疯子呢？

再说，科瓦洛维茨的修改也不尽是有益、有理的。仿佛为了证明其正确，伏盖尔援引了最后一幕的一段：在发现她的孩子被杀死之后，在虐待孩子的后母被抓起来之后，耶奴发独自与拉科留在了场上。过去，拉科出于对斯特沃的嫉妒和复仇，砍伤了耶奴发的脸；现在耶奴发原谅了他：他砍伤她是为了爱情；同样，她犯罪也是为了爱情：

这一句影射她对斯特沃的爱的“如同过去的我”，是很快地说出来的，就像一声轻轻的叫声，用逐渐升高的并且中断的音符唱出；仿佛耶奴发回忆起了某种她想立即忘掉的事。科瓦洛维茨加长了这一乐段的旋律（如同伏盖尔所说，他“使它如花怒放”），把它变成下面这个样子：

伏盖尔说，在科瓦洛维茨笔下，耶奴发的歌不是变得更美了吗？同时这歌唱不是仍保留了雅纳切克的风格吗？是的，如果人

们想模仿雅纳切克，人们便无法做得再好了。但是，这仍免不了让我们说，追加的乐段是荒谬的。在雅纳切克笔下，耶奴发怀着强忍的厌恶，匆匆地回忆了她的“罪过”，在科瓦洛维茨的笔下，她动情地投入这一回忆，她久久地滞留其中，她为之感动（她的咏唱拉长了那些字词：爱、我、过去）。这样，面对着拉科，她唱起了对拉科的情敌斯特沃的怀恋，她唱起了对给她带来一切不幸的斯特沃的爱！作为雅纳切克坚定拥护者的伏盖尔怎么能赞成这样一种心理学上的荒谬行为呢？他不是知道，雅纳切克的美学反叛的根基，恰恰是拒绝把日常心理学的非现实主义用于歌剧实践吗？他怎么能同意这样的处理呢？怎么可能爱一个人而同时又误解他至此程度？

四

然而，伏盖尔有他的一定道理：是科瓦洛维茨的修改使得歌剧变得稍稍合乎常规，导致它获得成功。“大师啊，让我们稍稍改变一下您的面貌，人们就将爱您。”但是，大师现在拒绝以这种代价获得人们的爱，他宁肯被人憎恨，被人理解。

一个作者拥有什么样的办法可以使人认识他的原来面目？

不太多，三十年代在被法西斯德国吞并的奥地利，赫尔曼·布洛赫就没有太多的办法，后来在他移居他国的孤独中也不太多：做几次讲座，阐述一下他的小说美学；然后，就是给朋友、读者、出版商、译者写信；再如，他也极其注意印在他的书的护封上的文字，一点一滴都不放过。在一封致出版商的信中，他明确表示，反对在《梦游者》的介绍性文字插页中把这部小说与胡戈·冯·霍夫曼斯塔尔①和伊塔洛·斯韦沃②的作品相比的建议。他预先提出一个反建议：把《梦游者》与乔伊斯和纪德排列在一起。

让我们仔细看一看这一建议：布洛赫—斯韦沃—霍夫曼斯塔尔的背景与布洛赫—乔伊斯—纪德的背景之间，区别究竟在哪里？前一个背景是广义上的和模糊意义上的文学的；后一个背景是特殊意义上的小说的（布洛赫所倚仗的是写《伪币制造者》的纪德）。第一个背景是小背景，也就是说，地方的、中欧的。第二个则是大背景，即是说国际的、世界的。通过把自己与乔伊斯和纪德并列在一起，布洛赫坚持将他的小说放在欧洲小说的背景中来考察；他意识到，《梦游者》跟《尤利西斯》或《伪币制造者》一样，是一部推动了小说形式革命的作品，一部创造了另一种小说

① Hugo von Hofmannsthal（1874—1929），奥地利作家。

② Italo Svevo（1861—1928），意大利小说家。

美学的作品，这种美学只有在小说作为原样的小说的历史背景中才能被理解。

布洛赫的这一要求同样适用于任何重要的作品。我反复强调这一点是从来不会足够的：一部作品的价值与意义只有在国际的大背景中才能得到珍视。这一真理对于任何处于相对隔离状态的艺术家尤为急切。一个法国超现实主义艺术家、一个“新小说”作者、一个十九世纪的自然主义作家，都有一代人、有一个世界著名的运动支持，他们的美学纲领可说是先于他们的作品而存在。但贡布罗维奇呢？他身处何地？怎样理解他的美学？

他于一九三九年离开祖国，是年三十五岁。他随身所带只有《费尔迪杜凯》，一部用波兰文写成的尚未出名、在国外更是默默无闻的天才小说，这简直就是他的艺术家身份证。他远离欧洲来到阿根廷。他令人难以想象地孤独一人。从未有一个阿根廷大作家靠近过他。反共产主义的波兰移民对他的艺术很不感兴趣。整整十四年中，他的环境一点儿也没变，直到一九五三年他才开始写作并发表了他的《日记》。在日记中，人们对他的生活了解不到太多的东西，它更像是一番对他立场的陈述，一种美学上和哲学上永恒的自我解释，一部他的“战略”的教科书，或者更不如说，他的遗嘱；并非他那时想到了死期，他是想把他对自身和对自己作品的理解，作为最后的和最终的遗愿那样诉诸世人。

他以三种关键性的拒绝划定了自己的立场：拒绝对波兰侨民政治介入的屈从（并非他有亲共产主义的倾向，而是因为介入艺术的原则令他反感）；拒绝波兰的传统（在他看来，只有与“波兰性”相对立，摆脱它沉重的浪漫主义遗产，才能真正为波兰做一些有价值的事）；最后，拒绝六十年代的西方现代主义，“不忠实于现实的”、小说艺术上一无是处的、学究味十足的、冒充高雅的、沉湎于它的自我理论化的贫乏的现代主义（并非贡布罗维奇不那么具有现代性，皆因他的现代主义是另外一副样子）。“遗嘱”的这第三“款”尤其重要，同时也被固执地误会。

《费尔迪杜凯》发表于一九三七年，比《恶心》早一年，但是贡布罗维奇默默无闻，而萨特已举世闻名，可以说，《恶心》抢占了贡布罗维奇在小说史上应占的地位。当存在主义哲学在《恶心》中披上了小说的奇装异服（就好像一个教授为了吸引昏昏欲睡的学生，决定以小说为形式给他们上一堂课）时，贡布罗维奇已写出了一部真正的小说，它和喜剧小说的古老传统（拉伯雷、塞万提斯、菲尔丁意义上的小说传统）结合得如此之巧妙，以至于存在问题在他的作品中显出一种非严肃性的、滑稽的光彩。

《费尔迪杜凯》是那些标志着——在我看来——小说历史第三时开端的力作中的一部（《梦游者》也是，《没有个性的人》也是），它使巴尔扎克以前小说的遭人遗忘的经验获得新生，它夺取了以往被认为专留给哲学的领地。至于是《恶心》而不是《费尔迪杜凯》成了这一新发展方向的榜样，这事本身也带来了棘手的后果：哲学与小说的新婚之夜是在相互的厌烦中度过的。贡布罗维奇的、布洛赫的、穆齐尔的作品（当然也包括卡夫卡的作品）在诞生之后的二三十年才被人发掘，它们再没有必要的力量去诱惑一代人或创造一场运动；它们被另一种在许多方面可说是对立的美学流派介绍出来，得到人们的尊重甚至敬佩，但不为人理解，我们几乎可以说，我们世纪的小说史中最伟大的转折点就这样悄无声息地过去了。

五

雅纳切克的情况也是如此，我早已说过了。马克斯·布洛德帮助他就像帮助卡夫卡那样：怀着满腔无私的热诚。让我们把这一光荣还给他吧：他帮助了两个最伟大的艺术家，两个一直生活在我出生的那个国家里的艺术家。卡夫卡与雅纳切克：两人都没得到应有的重视；两人都有一种难以把握的美学；两人都是他们恶劣环境的牺牲品。对卡夫卡，布拉格代表了一个巨大的缺陷。他生活在那里，与德语文学界以及出版界几乎隔绝，这对他是致命的。布拉格的出版商很少注意这个他们几乎不认识的作者。约阿希姆·翁塞尔德，一个德语大出版商的儿子，专门就此问题写了一本书，他指出，这很可能是卡夫卡完不成没人向他催要的小说的最主要原因（我觉得这一想法很现实）。因为，一个作者如果看不到有人要发表他手稿的具体前景，那就没有什么力量去促使他作最后的修改，那就没有什么东西可以阻止他离开书桌去干别的事。

对于德国人，布拉格只是一个外省城市，就像布尔诺对于捷克人一样。卡夫卡和雅纳切克都是外省人。当卡夫卡在一个其居民对他都极其陌生的国家里默默无闻时，雅纳切克在同一个国家里被他的同胞看得越来越不值钱。

谁想明白卡夫卡学创立者在美学上的无能，谁就该好好读一读他关于雅纳切克的专著。论著自然充满热情，极大地帮了遭人白眼的大师的忙。但文章很无力，很幼稚！用了不少大话空话，宏观、爱、怜悯、被侮辱与被损害的、神圣的音乐、极其敏感的心灵、温柔的心灵、一个梦幻者的心灵，没有一丝结构上的分析，没有一丝努力去抓住雅纳切克音乐的具体美学。布洛德认识到布拉格音乐界对这个外省作曲家的仇恨，他试图证明雅纳切克属于民族传统，证明他完全配得上捷克民族意识形态的偶像、十分伟大的斯美塔那。他竟然任凭自己被这一捷克的、外省的、有界限的论战弄得头脑糊涂，以至于整个世界的音乐都从他的书中飞逝得干干净净，在所有时代的所有作曲家中，只有斯美塔那一人的名字在书中得到援引。

马克斯啊，马克斯！你决不应该急匆匆地赶到对手的地盘中去！那里，你只会见到一群怒火冲天的人，看到被买通的裁判！布洛德没有利用他非捷克人的立场，把雅纳切克移置到大背景之中，到欧洲音乐的宏观背景之中，而只有在这个背景中，雅纳切克才能得到保护，得到理解；布洛德把他重新关闭在民族的范围内，把他与现代音乐的关系切断，把他牢牢地隔离起来。一部作品一开始以某种方式得到演绎，它就永远无法摆脱了。同样，布洛德关于卡夫卡的思想将一劳永逸地渗透在整个文学中，雅纳切克也将永世为他的同胞强加于他的、并被布洛德所肯定的外省化而痛苦不已。

谜一般的布洛德。他喜爱雅纳切克；没有任何个人小算盘在支使他，只有正义精神；他从本质上爱他，爱他的艺术。但这一艺术，他不懂。

我恐怕永远也探不明布洛德的奥秘。而卡夫卡呢？他是怎么想的呢？在他一九一一年的日记中，他记述道：一天，他们两人一起去拜访立体派画家威利·诺瓦克[①]，他刚刚完成了一套布洛德的肖像，都是石版画；从绘画手法上可以见出毕加索的痕迹，第一幅相当忠实，而其余的，依卡夫卡的话来说，则是一幅比一幅离模特儿更远，到最后一幅，竟成了极其抽象的一团东西。布洛德窘困不堪；他不喜欢这些画，除了第一幅现实主义的，它倒是十分讨他的欢心，卡夫卡带着一种温和的嘲讽记述道，因为“除了相像之外，它还在嘴角眼旁有一些高贵而安详的线条……”

布洛德对立体主义的理解，跟他对卡夫卡和雅纳切克的理解同样的糟。通过把他们从各自的社会隔离中解放出来的一切努力，他反而确认了他们在美学上的孤独。因为他对他们的忠诚意味着：甚至一个十分热爱他们的人，一个全身心地投入进去准备理解他们的人，也会是他们艺术的陌路生人。

六

对卡夫卡做出的销毁他一切作品的（所谓）决定所引起的震惊，我总有些奇怪。仿佛这样一种决定生来注定是荒诞似的。仿佛一个作家不可能有足够的理由把他的作品带走，去作他最后的游历似的。

事实上，一个作者在他作最后的总结时，是会证实自己不再

① Willi Nowak（1886—1977），波希米亚画家。

喜欢自己的书的。他是会不愿在身后留下那些标志其失败的凄惨遗作的。我知道，我知道，您会向他提出异议，说他弄错了，说他被病态的消沉所压垮了，但您的劝导是没有意义的。在他的作品中如同在自己家中的是他，而不是您，我亲爱的！

另一理由也说得过去：作者总是喜欢自己的作品，但他不喜欢世界。他不能允许把作品留给他觉得充满敌意的未来。

还有另一种情况：作者总是喜爱自己的作品，而不关心世界的未来，但他因为有与公众打交道的亲身经验，他懂得艺术的vanitas vanitatum[①]，不被人理解是他不可避免的命运，一辈子的忍受已经够了，他不愿在死后仍然忍受不理解（不是轻视，我不是在说爱虚荣者）的痛苦。（也许正是由于生命的过于短暂，妨碍了艺术家们透彻地理解他们辛劳的空虚，妨碍他们及时地遗忘他们的作品和他们自身。）

这一切，不都是站得住脚的理由吗？当然是。然而，它们都不是卡夫卡的理由：他意识到他所写东西的价值，他还没有对世界产生一种厌恶感，他还太年轻，几乎默默无闻，他没有与公众打交道的糟糕经验，他几乎没有公众。

七

卡夫卡的遗嘱：不是确切法律意义上的遗嘱；事实上只是两封私人信件；甚至算不上是真正的信件，因为它们从未寄出。布洛德作为卡夫卡遗嘱的执行人，在他的朋友死后的一九二四年，在一个抽屉里找到它们，和其他文件混在一起：其中一封用墨水写成，折叠得很好，上面写着布洛德的地址，另一封信的内容更为详细，用铅笔写成。在《〈审判〉第一版后记》中，布洛德这样解释："…… 在一九二一年，我对我的朋友说，我写了一份遗嘱，在遗嘱里我请求他替我毁掉某些东西（dieses und jenes vernichten），并复查另一些东西，等等。这时，卡夫卡手持一张后来人们在他的书桌中找到的用墨水写满字的纸片对我说：'我的遗嘱将是十分简单的：我求你把一切全烧掉。'我还清清楚楚地记得我对他的回答：'[……]我预先告诉你，我是不会这样做的。'"通过回顾这一细节，布洛德想为他对友人遗愿的不服从寻找证明；他继续写道，卡夫卡"知道我对他作品的每一个字的狂热崇拜"；他很明白他的遗嘱不会得到执行，他"最好还是另选一个遗嘱执行人，假如他

① 拉丁语，虚空的虚空，语出《旧约·传道书》第1章第2节。

自己的安排果真是一件严肃而无条件的事情的话”。但它真是那么确实吗？在他自己的遗嘱中，布洛德要求卡夫卡“毁掉某些东西”；那么卡夫卡为什么不会觉得向布洛德提出同样的要求是一件十分正常的事呢？假如卡夫卡真的知道他的遗嘱不会被执行，他为什么在一九二一年的那次谈话之后还要用铅笔写第二封信，并在信中进一步明确和展示他的安排呢？算了吧：人们永远也弄不清楚这两位年轻的朋友在此问题上是怎么说的，再说，这个问题对他们来讲也不算最紧迫，因为他们之中谁也没有——尤其是卡夫卡——在那时自以为受到不朽的特殊威胁。

人们常说：假如卡夫卡真想毁掉他所写的东西，他完全可以自己动手。可是，怎么毁呢？他的信属于他的通信者所有。（他自己没有保留任何一封他收到的信。）至于日记，这倒是真的，他完全可以把它们烧掉。但这只是工作日记（说是日记倒不如说是日志），只要他还写作，它们就对他有用，而他一直写作到生命的最后一刻。对他未完成的散文作品，可以说情况也是如此。它们都无可救药地未完成，只有到死它们才能说是未完成，只要他活着，他就可能一直修改下去。甚至一部被作者认定是失败之作的短篇，对他来说也并非完全无用，它可以用作另一部短篇的材料。只要一丝气息尚存，作家就没有任何理由毁掉他所写的东西。但当卡夫卡到了弥留之际，他却不在家中了，他在疗养院里，他什么都毁不了了，他只有把希望寄托在朋友帮助之上。因为没有太多的朋友，因为到最后只有一个唯一的朋友，他就指望他了。

人们还会说：想毁掉自己的作品是一个病态的举动。在这种情况下，不服从毁灭者卡夫卡的愿望，倒是真正忠实于另一个创造者卡夫卡。这里，人们触及到有关他遗嘱的传说的最大谎言：卡夫卡不愿毁掉他的作品。他在第二封信中表达得不能再清楚了："在我所写的一切东西中，只有以下书是有价值的（gelten）：《判决》、《司炉》、《变形记》、《在流放地》、《一个乡村医生》以及短篇小说《饥饿艺术家》。（《观察》的一些样书可以留下来，我不愿让任何人来毁它的版，但是不要再印了。）"照此看来，卡夫卡不仅不否定他的作品，而且还列单将那些应该留下来的（那些人们可以再印的）与那些不能满足他的苛求的区分开来；在他的判决中有一种忧愁，一种严酷，但没有疯狂，没有绝望的盲目：他发现他所有刊印的书都是有价值的，除了第一本《观察》，他或许把它当成未成熟之作（实在很难说成相反的）。他的拒绝也并非自动地加到所有未发表的作品之上，因为他把短篇小说《饥饿艺术家》也列入了"有价值的"作品之中，当他写这封信时，《饥饿艺术家》还停留在手稿形式上。后来，他又加上了另外三部短篇（《第一次痛苦》、《一个小个子女人》、《歌女约瑟芬》）凑成一本书；在疗养院里，在他病床的床头，他临死前边读边改的就是这本书的校样。这又是一个感人的证明：卡夫卡与打算毁掉自己一切作品的作者没有任何共同之处。

毁作的愿望仅仅涉及两部分文字，而且已经明确地划定了界限：

首先，卡夫卡特别强调的，是私人文字：信件、日记；

其次，依据他的判断，那些没有写成功的短篇和长篇小说。

八

我看着对面的一扇窗户。黄昏时分，灯光亮了。一个男人走进了房间。他低着头来回踱步；时不时地还挠挠脑瓜。然后，突然间，他意识到房间里亮着灯，别人可以看到他。他猛地一下拉上了窗帘。然而这时他又没在偷偷制造伪币；他没有什么需要掩盖的，除了他自己，他在房间里走路的方式，他漫不经心的穿戴方式，他挠头皮的方式。他的安逸舒适以他不为人所见的自由为条件。

羞耻心是现时代——今天正悄悄地离我们远去的个人主义的时代——的关键定义之一；羞耻心：一种为保卫个人私生活的表面反应；要求在窗户上挂帘子；要求写给A的信不被B看到。人们走向成人时期的基本情景之一，与父母亲的最初冲突之一，就是要求拥有一个装自己信件和小本本的抽屉，要求有一个加锁的抽屉；人们以羞耻心的反抗进入成年时期。

一个革命的、法西斯主义的古老乌托邦：毫无秘密的生活，公开生活与私生活成为一体。布勒东的超现实主义之梦：玻璃房子，没有帘子的房子，人在众目睽睽之下生活。啊，透明之美！这一梦幻的唯一成功的实现便是一个被警察彻底控制的社会。

我在《不能承受的生命之轻》中提到过这种社会：扬·普罗哈兹卡[1]，布拉格之春的著名人物，在一九六八年俄军入侵后成了一个在高度监视下的人。他那时常常会见另一个著名的反对派人物瓦茨拉夫·切尔内[2]教授，他喜欢跟他在一起喝酒、聊天。他们的一切谈话都被秘密录了音，我怀疑这两个朋友知道此中奥秘，彼此心照不宣。但是有一天，在一九七〇年或是一九七一年，警察想使普罗哈兹卡信誉扫地，便在电台中连续广播了这些谈话。从警察方面来说，这是一次史无前例的大胆举措。确是惊人之举：它差不多一举成功；普罗哈兹卡在打击下已经是声名狼藉：要知道，在私下里人们总是信口开河，总是要说朋友的坏话，说一些粗话，不太严肃，开一些趣味低下的玩笑，胡说八道，用非常粗鲁的话寻对手的开心，吐露一些在公开场合不愿承认的不轨的想法，等等。当然，我们全都会像普罗哈兹卡那样，在亲密无间

---

① Jan Procházka（1929—1971），捷克小说家、电影剧作家。

② Václav Černý（1905—1987），捷克文艺理论家、历史学家。

的气氛中，我们会诽谤朋友，我们会满口脏话；公开与私下里的行为不一，是我们每个人最显然的生活经验，是我们的个人生活得以建立在其上的基础；奇怪的是，这一显然性却似乎是无意识的，不被承认，不断地被关于透明玻璃房的抒情梦幻遮掩，它很少被理解为必须加以保护的价值中的价值。人们只是逐步地（因而以一种更狂的愤怒但不无狂热地）才意识到，真正的丑闻并不是普罗哈兹卡的大胆言辞，而是对他生活的无端强暴；他们意识到（仿佛被什么东西撼醒似的）公开生活与私生活是本质上截然不同的两个世界，尊重这一不同，是人之所以能自由自在地活着的不可或缺的条件；分割这两个世界的帘子是神圣不可侵犯的，撕帘子的人是有罪的。既然撕帘子者在为一个遭人憎恨的制度服务，他们就只能被看作尤其下流的罪人。

后来，当我从处处充塞着麦克风的捷克斯洛伐克来到法国时，我在一份画报的封面上看到雅克·布雷尔[1]用手挡着脸的大幅照片，他在医院门口遭到摄影记者的包围，他正是在那家医院治疗已到晚期的癌症。突然，我感到我发现了同样的恶，我离开祖国正是为了逃避这一种恶；普罗哈兹卡谈话的播放和一个濒死的歌手捂着自己脸的照片，在我看来属于同一个世界；我对自己说，他人隐私的泄露一旦成为习惯和规则，就使我们落入这样的一个时代：其最大的赌注就是个人的幸存或是消失。

九

在冰岛几乎没有什么树，有一些树也全都在墓地里；仿佛没有树就没有死人，没有死人就没有树。人们不是把它们栽在坟墓的边上，就像在我们田园般的中欧那样，而是种在坟墓的正中央，谁经过那里都不得不想象树根在地下正穿透着尸体。我和埃尔瓦·D在雷克雅未克的墓地里散步；他在一座墓前站住脚，那上面的树还很小；人们埋葬他的朋友才刚刚一年；他高声地念叨起了对他的回忆：他的私生活有一个秘密，可能是性方面的。“因为秘密引起人们压抑不住的好奇，我的妻子、我的女儿们、我周围的人坚持要我讲给他们听。我不愿，到后来，连我妻子与我的关系都闹得很僵。我不能饶恕她的咄咄逼人的好奇心，而她则不能饶恕我的沉默，认为这是我对她缺乏信任的证明。”然后，他微笑着说：“我什么都没有背叛。因为我没有什么可背叛的。我不允许自己去打听朋友的秘密，我也就不知道任何秘密。”我入迷地听着他：从我小时候起，我就听人说，朋友就是你可以和他分享你秘密的人，他同样也有权利，以友谊的名义坚持要了解这些秘密。对于

---

① Jacques Brel（1929—1978），比利时歌手、词曲作者。

我那位冰岛友人，友谊则是另一码事：成为一个守门人，为朋友掩盖住私生活；他永远不去打开这道门；他不允许任何人去打开它。

一〇

我想起了《审判》的末尾：两个先生低头看着被他们杀死的K.："K.的目光渐渐地模糊了，但是还能看见面前的这两个人，他们正脸靠着脸，盯着看这最后的一幕：'像一条狗似的！'K.说；好像这种耻辱在他死后还将留存人间。"

《审判》的最后一个名词：耻辱。它的最后一个形象：陌生的脸孔，离他的脸很近很近，几乎都贴到了他的脸上，观察着K.的最隐秘的状态，他的咽气。在最后的名词中，在最后的形象中，整部小说的基本环境得以浓缩：在任何一个时刻，被人闯入他的卧室；被人吃了他的早餐；日日夜夜随时准备被传到法庭；看到遮盖窗户的帘子被没收；不能够见他想见的人；不再属于他自己；失去了个人身份。这样一种从主体的人到客体的人的变化，人们体验到的是一种耻辱。

我不相信卡夫卡要求布洛德毁掉他的信件是害怕它们会发表。这种想法是不会来到他的头脑里的。出版商们对他的小说不感兴趣，他们怎么还会对他的信件感兴趣呢？促使他想把它们毁掉的是耻辱，根本的耻辱，不是一个作家的耻辱，而是一个普通人的耻辱，耻于将隐私的东西暴露给别人看，给家里人、陌生人看，耻于被转换成客体的人，耻于在死后仍“幸存下来”。

然而，布洛德将他的信件公开了；以前，在布洛德自己的遗嘱中，他要求卡夫卡为他“毁掉某些东西”；但是他自己却不加区别地发表了一切；甚至包括在抽屉中找到的这封又长又艰涩的信，这封卡夫卡从没决定要寄给他父亲的信，而现在由于布洛德，任何人都可以来读它，除了它的收信人。在我看来，布洛德的冒失是得不到任何原谅的。他背叛了他的朋友。他的行为违反了他的愿望，违反了他的愿望的意义和精神，违反了他所知道的他的羞耻本性。

一一

在一边的小说和另一边的回忆录、传记、自传之间，有着一种本质上的区别。一部传记的价值，在于它所揭示的事实的新颖与准确。一部小说的价值，则在于揭示某种存在直至那时始终被掩盖着的可能性；换句话说，小说发现的，是在我们每个人身上隐藏着的东西。通常对小说的赞扬之一就是这样说：我在书中的人物身上找到了我；我感到作者就在说我，他认识我；或者以抱怨的形式说：我感觉自己被这小说攻击了、剥露了、侮辱了。决不应该嘲笑这一类看似幼稚的评价：它们是小说被当作小说读了的证明。

所以真人真事小说（它讲的是真实的人的事，只不过用的是假名字）是假小说，美学上模棱两可，伦理道德上不太得体。隐藏在伽尔塔名字后的卡夫卡！您如果向作者提出异议：这不确切！作者会说：我不是在写回忆录，伽尔塔是一个想象的人物！而如果您说：作为想象的人物，他没有真实性，非常蹩脚，写得缺乏才华！作者会说：但这不是一个跟别人一样的人物，他使我揭示出我的朋友卡夫卡的某些不为人知的东西！您：揭示得不确切！作者：我不是在写回忆录，伽尔塔是一个想象的人物！……等等。

当然，任何小说家都多多少少地从他的生活里汲取素材；有的人物完全是虚构的，纯粹出自小说家的梦幻，有的人物则直接或间接地受生活原型的启迪，有的人物只是在一个细节上来自对某人的观察，但无论如何，他们都应归功于作者的内省活动，归功于他对他自身的认识。想象力的工作极大地改变了这些灵感与观察，到最后小说家会忘记这些灵感与观察。然而，在出版他的书之前，他应该想到使那些容易露馅的真人真事变得面目全非，叫人认不出来；首先，至少要考虑到那些会惊异地在小说中看到自己生活片段的人，其次，因为真人真事（不管真到何等地步或假到什么程度）到了读者手中就可能会引他们入歧途；他们在小说中寻找的不是生存的未知面貌，而是作者的生存的未知面貌；小说艺术的一切意义就将这样被取消，我们还记得，那个被一大串万能钥匙武装起来的、写过海明威传记的美国教授，就是这样抹杀了小说艺术的一切意义：

他以他的阐释，将海明威的一切作品变成了一部唯一的真人真事小说；他就像抖落一件衣服那样把它翻转过来：突然间，书就被翻到了另一面，看不见了，在里子中，人们贪婪地观看着他的生活事件（真正的或所谓的），没多大意义的、艰难的、可笑的、平庸的、愚蠢的、无价值的事件；作品就这样被瓦解，想象的人物变成了作者生活中的熟人，传记作者对小说家提起了道德起诉：在一部短篇小说中，有一个凶狠母亲的形象：海明威这里诽谤的便是他自己的母亲；在另一部短篇中，有一个冷酷无情的父亲：这便是海明威对他父亲的报复，他小的时候，他父亲让他不用麻醉药就做扁桃体切除手术；在《雨中猫》里，女性人物无名氏显得对“她那个自我中心主义和萎靡不振的丈夫”极为不满：这是海明威的妻子哈德莉在抱怨；在《夏天的人们》的女性人物身上，应该看出多斯·帕索斯[①]的妻子：海明威曾徒劳地想诱惑她，

① John Dos Passos（1896—1970），美国作家。

而在短篇中，他卑鄙地强暴了她，让一个人物出面跟她做爱；在《过河入林》中，一个丑陋的陌生人穿过酒吧：海明威是这样无情地描述辛克莱·刘易斯[①]的丑貌，以至于后者“被这残忍的描写深深地伤害了，在小说发表后的第三个月就猝然死去”。如此这般，一个控诉接着一个控诉。

亘古以来，小说家就在传记的愤怒中奋力自卫，照马塞尔·普鲁斯特看来，这一传记的愤怒的原型代表就是圣伯夫[②]及其格言：“文学决不能与人区别开来，或者，至少不能与它分离开来……”圣伯夫明确指出：要理解一部作品，首先必须认识人，也就是说，要知道对某一些问题的答案，尽管它们“可能对他作品的性质显得有些怪异：比如，他对宗教是怎么想的？他如何受自然景观的影响？他对妇女问题怎么看？对金钱问题怎么看？他是富人还是穷人？他的饮食制度如何？他的日常生活方式如何？他的缺点或弱点是些什么？”普鲁斯特评论说，这种几乎像警察审讯式的调查方法要求批评家“注意可能得到的有关一个作家的所有情况，核对他的来往信件，询问认识他的人们……”

然而，在“一切可能的情况”的包围中，圣伯夫终于没能在他的世纪中承认一个伟大的作家，巴尔扎克不算，司汤达不算，波德莱尔不算；在研究他们生活的同时，他致命地忽视了他们的作品，普鲁斯特说，因为“一本书是另一个我的成果，而不是我们在平时的习惯中、在社会中、在我们的恶习中表现出来的那一个我的成果”;“作家的我仅仅体现在他的书中”。

普鲁斯特与圣伯夫的论战具有根本意义上的重要性。让我们强调一下：普鲁斯特没有指责圣伯夫夸大其事；他没有揭露他的方法的局限；他的判断是绝对的：这一方法无视作者的另一个我；无视他的美学意愿；与艺术无法兼容；违背艺术的原则；厌恶艺术。

一二

卡夫卡的作品以四卷本在法国出版。其中第二卷是叙事作品与叙述性片断；也就是说，卡夫卡生前发表的一切，外加人们在他抽屉里找到的一切：未发表的叙事性作品、未完成之作、提纲梗概、初稿、被取消或被抛弃的文本。对这一切如何处置呢？出版商遵循了两条原则：1）所有叙述性的散文，不管它们的性质、它们的体裁、它们的完成程度，都置于同等地位上，2）按编年顺序排列，也就是按它们诞生的顺序。

---

① Sinclair Lewis（1885—1951），美国作家。

② Sainte-Beuve（1804—1869），法国作家、文学批评家。

因此，卡夫卡曾自己编排和出版的三个短篇小说集(《观察》、《一个乡村医生》、《饥饿艺术家》)中没有一个在这里是按卡夫卡给它们定的形式发表的；这些集子简单地消失了；构成这些集子的各篇散文都按时间的先后分散在别的散文间(分散在提纲梗概、片断等等之间)；卡夫卡八百页的散文作品就这样成了一切分解在一切中的一片波浪，成了只有水才能如此的一片无形的波浪，滚来滚去的水，将好的与坏的、完成的与未完成的、强的与弱的、提纲与作品一起带走。

布洛德已经表现出对卡夫卡写的每一个字的“狂热崇拜”。卡夫卡作品的出版商也对他们的作者触及的一切体现出相同的绝对崇拜。但必须懂得绝对崇拜的奥秘：它同时也是——而且致命地是——对作者美学意愿的绝对否认。因为美学意愿同样地表现在作者所写的和作者所删除的东西中。删除一个段落，比起写作这个段落来，要求作者有更多的才华、更多的修养、更多的创造力。发表作者所删除的东西，跟删去他决定保留的东西一样，是一种强暴的举动。

在某一部作品的微观情景中站得住脚的删节，在作品全集的宏观情景中同样站得住脚。一个作者在作总结把握的时刻，出于美学苛求的考虑，也常常会剔除那些他不满意的东西。因此，克洛德·西蒙[1]不再允许重印他早期的作品。福克纳明白无疑地声明，“除了已刊印的书之外”，他不想留下“任何别的”痕迹，换言之，不留下任何捡垃圾的人可以在他死后翻腾出来的东西。他提出了跟卡夫卡一样的要求，得到了跟卡夫卡一样的回报：人们出版了他们所能发掘的一切。我买了一张小泽征尔指挥的马勒的《第一交响曲》的唱片。这部四个乐章的交响曲早先包含五个乐章，在第一次演奏之后，马勒最终剔除了第二乐章，在任何一份印制的乐谱中人们都找不到这第二乐章。小泽征尔却又把它插入到作品中；这样一来，任何人终于都明白了马勒把它删除是十分明智的。还要我继续下去吗？要列单子将是没完没了的。

在法国出版卡夫卡全集的方式没有叫任何人吃惊；它很符合时代精神。出版商解释道："读卡夫卡要整个儿地读，在不同的表达方式中，没有一种能够宣称比别的拥有更多的尊严。我们这些后代就是如此做决定的；这是一种为人们所证实并且必须接受的判断。有时人们走得更远：人们不仅拒绝体裁间的任何贵贱之分，人们还否定体裁的存在，人们肯定卡夫卡讲的到处都是同一种语言。人们到处寻找的或始终期望的生活体验与文学表达之间的完美巧合，在他身上终于得到了实现。"

"生活体验与文学表达之间的完美巧合。"这只是圣伯夫的以下口号的一个翻版而已："文学与作者的不可分。"这口号使人回想

---

① Claude Simon（1913—2005），法国作家。

起："生活与作品的统一。"这还令人回忆起误归于歌德的著名格言："生活如同一件艺术作品。"这些神奇的短语一方面是尽人皆知的道理（当然啦，人所作的自然离不开他本人），另一方面又是违背真理的（不管离得开离不开，创造要超过生活），老生常谈的（"人们到处寻找的或始终期望的"生活与作品的统一，表现为理想的、乌托邦的状态，失而复得的天堂），但是，它们尤其反映了这样一种愿望：拒绝给予艺术以它的自治属性，把它一直推到它刚刚露头的地方，到作者的生活中，在这生活中冲淡它，由此否定它的存在理由（假如生活可以是艺术作品，那又要艺术作品干吗？）。人们嘲笑卡夫卡在他的短篇集中决定给小说篇目排列加上的顺序，因为唯一站得住脚的顺序是由生活本身确定的顺序。对这个以他隐晦的美学将我们置于难堪之中的艺术家卡夫卡，人们嗤之以鼻，因为人们愿卡夫卡成为生活与写作的统一，而这个卡夫卡与父亲的关系却是那么紧张，这个卡夫卡不知道如何与女人打交道。当有人把赫尔曼·布洛赫的作品放置在一个斯韦沃与霍夫曼斯塔尔的小背景中，布洛赫就提出抗议。可怜的卡夫卡，就连这样一个小背景都没被让与他。当人们说起他时，人们既想不到霍夫曼斯塔尔，也想不到托马斯·曼，既想不到穆齐尔，也想不到布洛赫；人们只给他留一个唯一的背景：费丽采、父亲、米莱娜、多拉；他被打发到他的传记的超小－超小－超小－背景中，远离着小说的历史，遥遥地远离着艺术。

一三

现代社会使人、使个体、使一个思想着的自我成了世间万物的基础。从这样一个新的世界观出发，产生了一种新的艺术作品观。它成了一个独一无二的个体的独特表达。正是在艺术中，现代社会的个人主义得以实现，得以确立，得以找到它的表达、它的认可、它的荣耀、它的里程碑。

假如说一部艺术作品是一个个体及其独特性的流露，那么作者作为这个唯一的个人，对从自己这里产生的东西拥有一切权利，也就是十分合逻辑的。经过数世纪之久的长期进展过程，这些权利在法国大革命期间获得了它们法律意义上的最终形式，大革命承认文学所有权是“一切所有权中最神圣的、最个人的”。

我回想起我迷上摩拉维亚民间音乐的时候：旋律程式的优美；隐喻的独特。这些歌曲是怎么诞生的呢？集体创作吗？不；这一艺术有它的个别的创造者、它的诗人和它的乡村作曲家，他们的发明一旦流入世间，他们便没有任何可能性去继续这种艺术，去保护它不变化、不被改变，不受永恒变形的影响。那时候我很接近那些人，他们把这个没有艺术所有权的世界看成是一种天堂；一个诗歌由每个人所作并为每个人所作的天堂。

我回顾往事只是为了说明，作者作为现代社会的伟大人物，只是在最近几个世纪中才逐渐地显露出来的，在人类历史中，著作权的时代只是瞬间的一刻，如同镁光灯一闪那么短促。然而，要是没有作者及作者权利的辉煌魅力，最近数世纪中欧洲艺术的大飞跃便是不可想象的，欧洲最伟大的荣耀也就没有了。我说最伟大的荣耀，或许还可以说唯一的荣耀，因为，如果我们有必要在此提醒一下的话，我们就可以说，欧洲之所以受到崇敬，甚至受到被欧洲推入苦难的人们的崇敬，靠的既不是欧洲的将军，也不是欧洲的政客。

在著作权成为法律之前，需要有某种心理状态才能使人尊敬作者。这种在好几个世纪中才慢慢形成的心理状态，今天似乎在走向毁灭。不然，人们就不会用勃拉姆斯交响曲的某一乐段来为卫生纸的广告作伴奏。人们也不会出版司汤达小说的畅销的缩写本。假如尊重作者的心理状态尚还存在，人们就会问：勃拉姆斯会同意吗？司汤达不会发怒吗？

我看了新起草的有关著作权的法律：作家、作曲家、画家、诗人、小说家的问题在里头占的比重微乎其微，绝大部分的条款涉及所谓视听制品的大工业。毋庸置疑，这一巨大的工业要求有全新的游戏规则。因为环境变了：人们坚持称之为艺术的东西，越来越不是“一个独特的、唯一的个体的表达”。当一部价值几百万钱的电影有成百的人员参加创编，当他们全都以作者身份要求承认他们互相限制的道德价值时，这部电影的编剧又怎能够使他的精神权利（也就是说，不让别人乱动他所写东西的权利）得到承认呢？他又怎样面对制片人——他虽然不是作者，但却无疑是影片唯一真正的老板——的意愿提出自己的合理要求呢？

旧式艺术的作者们，尽管其权利未被限制，却一下子陷入了另一个世界中，在那里，作者权利正在失去它早先的光晕。在这新的气候中，那些违反作者精神权利的人（小说的改编者；把偷盗之手伸向大作家作品的所谓批评版的捡垃圾者；将千年的遗产溶解在它粉红的口水里的广告；不经许可就转载任何它们想刊登的东西的杂志；干涉电影艺术家作品的制片人；极度自由地对待剧本——剧本遭到任意篡改，以至于只有疯子才会再写本子——的导演；等等），遇到版权冲突时会得到舆论的容忍，而当作者呼吁收回他的精神权利时，他却会遭到公众的无情冷待，他所能得到的法律支持也将勉为其难，因为即使法律的卫士也不会对时代精神无动于衷。

我想起了斯特拉文斯基。想起了他做出的非凡努力，旨在将他的全部作品保留在他自己如同标准器一般的演奏方式中。塞缪尔·贝克特的举动也相差无几：他为他的戏剧剧本伴写了越来越详细的表演提示，并坚持（与通常的容忍相反）要求这些提示得到严格遵守；他经常光顾排演场，以便肯定导演的处理方法，并且有时亲自作导演；他甚至还出版了为《结局》的德语版所做的笔记，以便作为永久性的定稿。他的友人、出版商热罗姆·兰东[1]始终监督着使他的著作权得到尊重，甚至在他死后，哪怕要付出诉讼的代价也在所不惜。

这种旨在给予一部作品以确定的、彻底完成的和得以验证的面貌的最大努力，在历史上是前所未有的。正因如此，斯特拉文斯基和贝克特才想保护他们的作品不仅免遭通常的曲解，而且提防未来的对一部文字作品或一部乐谱的日益严重的不恭敬；正因如此，他们才打算做出一个榜样，做出何为作者——要求他的意愿得以完全实现的作者——的最高观念的榜样。

一四

卡夫卡把他《变形记》的手稿寄给一家杂志，杂志的编辑罗伯特·穆齐尔准备发表它，但提出的先决条件是，作者必须将它缩减。（啊！大作家之间多么令人忧愁的邂逅！）卡夫卡的反应是极为冷淡的，与斯特拉文斯基对安塞美的反应同样的毫不含糊。他可以忍受作品不被发表，但发表残缺不全的作品是绝对不可接受的。他的作者观跟斯特拉文斯基及贝克特的作者观是同样的绝对，但是如果说，后两人多多少少成功地让人们接受了他们的作者观，那么卡夫卡则是失败了。在著作权的历史上，这个失败是一个转折点。

当布洛德于一九二五年在他的《〈审判〉第一版后记》中发表了作为卡夫卡遗嘱的两封信时，他解释说，卡夫卡清楚地知道他的心愿不会得到满足。就算布洛德说的是实话，就算这两封信真是一次心血来潮之举，就算在可能（可能性不太大）发表卡夫卡所有遗作的问题上，两个朋友彼此都心明如镜；在这种情况下，布洛德作为遗嘱执行人，完全可以自己承担起一切责任，发表他认为该发表的东西；在这种情况下，他没有任何道德义务要向我们说明卡夫卡的意愿，既然在他看来，这一意愿早就没有什么价值，或者说已经过时了。

然而，他急急忙忙发表了这些“遗嘱”信，把事情闹得沸沸扬扬；事实上，他已经在创造他一生的最伟大作品，他的卡夫卡神话，其中最重要的一部分，就是历史上独一无二的这一意愿，一个打算销毁自己所有作品的作者的意愿。卡夫卡就这样被刻在了公众的记忆中。这与布洛德在他的神话小说中让我们相信的事是一致的，在他的小说中，没有任何的细微差别，伽尔塔—卡夫

① Jérôme Lindon（1926—2001），法国午夜出版社经理。

卡也想毁掉他所写的一切东西；让我们回想一下吧：他的朋友诺维-布洛德拒绝服从他，因为，尽管伽尔塔所写的只是“简单的随笔”，它们也能帮助“在黑夜中游荡的人们”，帮他们寻找“高尚的、不可替代的善”。

通过卡夫卡的“遗嘱”，圣伽尔塔 — 卡夫卡的伟大传说就诞生了，随之同时还诞生了先知布洛德的小传说，是这位先知以悲怆动人的真心实意，将他朋友的最终愿望公开化了，同时以极其崇高的原则（“高尚的、不可替代的善”）的名义，忏悔了自己为什么决定拒绝服从友人的意愿。伟大的神话小说家赢得了他的赌注。他的行为上升到值得模仿的伟大举动的行列。是啊，谁能怀疑布洛德对他朋友的忠诚呢？谁敢怀疑卡夫卡留给人类的每一个句子、每一个字词、每一个音节的价值呢？

布洛德就这样创造了对亡友的不服从的榜样；对打算置作者的最终遗愿于不顾、或打算透露友人最隐私秘密的那些人可供咨询的一个法律判例。

一五

当涉及卡夫卡未完成的长篇或短篇小说时，我倒很愿意认为，它们将会置遗嘱执行人于一个十分尴尬的境地。因为在这些具有不同重要性的文字中，有三部长篇小说；而卡夫卡没写过再更伟大的作品了。由于它们的未完成状态，他便十分自然地把它们归于失败的行列，这样做大概没什么不正常吧；一个作者很难相信，一部他没写完的、尚在半途中的作品的价值能被清清楚楚地发掘出来。但是，一个作者看不清的东西，他人却可能一目了然地看个明白。

要是我处在布洛德的地位，我会怎么做呢？一个故友的希望，对我来说当然是一道法律；而从另一方面来说，我怎么能毁掉我无比喜爱的三部长篇小说呢？没有这些作品，我根本无法想象我们这一世纪的小说艺术。不，我是不会服从的，不会武断地听从卡夫卡信中的吩咐。我会尽一切可能使它们得以出版。我会满怀信心地行动，相信在天国中我最终将说服它们的作者，我既没有背叛他，也没有背叛他的作品，它们的完善一直牵挂在他的心上。但是，我会把我的不服从（仅仅局限于对这三部长篇小说的不服从）看作一种*例外*，我这样做完全出于我自己的责任感，我完全敢承担自己的道德风险，我是作为*违背法律的人*，而不是作为否定或取消这法律的人才这样做的。所以，除了这一例外，我将会忠实地、谨慎地、完全地履行卡夫卡的“遗嘱”中的所有愿望。

一六

电视中的一个专题节目：三位著名的、受人敬重的女士集体建议，女性也应有权利葬在先贤祠[①]中。她们说，应该想到这一举措的象征意义。她们随即举出了几个已故的伟大女性的名字，在她们看来，这几位有资格移葬在先贤祠里。

当然，这些要求是公正的；然而，某些东西困扰着我：这几位可以立即移葬先贤祠的女人，她们不安息在她们丈夫身边了吗？当然；她们原本愿意如此。那么，人们拿她们的丈夫怎么办呢？也将他们移葬吗？很难做到；由于还不够重要，他们不得不留在原地，而迁居的女士将在寡居的孤寂之中，度过她们永恒的黑暗岁月。

然后，我问自己：那么男人呢？当然啦，我问的是男人！他们或许很愿意待在先贤祠！在他们死后，人们肯定没有征求他们的意见，甚至违背他们的最终意愿，就决定把他们改变成民族的象征，把他们与他们的妻子相分离。

在肖邦死后，波兰的爱国者剖割了他的遗体，挖走了心脏。他们把这块可怜的心肌带回了祖国，安葬在波兰。

人们对待一个死者像对待一堆垃圾或一个象征物。对于他那已消失的个性而言，这是同样的不尊重。

一七

啊，要违背一个死者的意愿是多么的容易。如果说有时候人们服从于他的愿望，那也不是出于恐惧，出于被迫，而是因为人们爱他，人们不愿意相信他死了。假如一个奄奄一息的老农求他的儿子不要砍掉窗前的那棵老梨树，那么，只要儿子还能在心中怀着敬意回忆起父亲，梨树就不会被砍掉。

其实，这与一种宗教信仰、与相信灵魂的永恒存在并没有多大的关系。道理十分简单，一个我所爱的死者，对我来说是永远不会死的。我甚至不能说：我曾爱他；不，我说：我爱他。如果我拒绝使用过去时态谈到我对他的爱，那便是说，那已死的人还在。人的宗教之维度也许就存在于此。确实，对临终遗言的服从是神秘的：它超越了实践与理性的一切思索：老农在他的坟墓中决不会知道梨树是被砍了还是没有；然而，对儿子来说，只要他爱着父亲，他就不可能不听从他的遗言。

过去，我曾为福克纳小说《野棕榈》的结局而激动（我现在仍然激动）。女人在堕胎失败之后死去，男人关在监狱中，判的是十

---

① Panthéon，指巴黎的先贤祠，建于十八世纪。只有对法国作出了卓越贡献的伟人，才有资格在死后移入先贤祠中，如伏尔泰、卢梭、居里夫人和马尔罗等。

年徒刑；有人把一片白色的药片，一片毒药带进他的牢房；但他很快排除了自杀的念头，因为他延长他钟爱的女子生命的唯一方法，便是把她留在自己的记忆中。

“…… 当她不再存在时，我记忆的一半也就不在了；而假如我不再存在时，那么，所有的记忆也就都不在了。是的，在忧伤与虚无之间，我所选择的是忧伤。”

后来，当我写作《笑忘录》时，我沉湎于塔米娜这个人物，她失去了丈夫，绝望地试图找回并聚集起纷乱飘散的记忆，以便重新构建一个失去的存在、一个已然结束的过去；正是在那时，我开始懂得了在一个回忆中人们再也找不到死者的在场了；回忆只是对他不在场的证实；在回忆中，死者只是一段苍白的、远去的、不可达及的过去。

然而，假如我永远不可能把我所爱者看成已经死去，那么他的在场又怎么表现出来呢？

它在我所熟知的、并且我将忠实执行的他的意愿中。我想起了那棵老梨树，只要那农民的儿子还活着，梨树就将一直挺立在窗外。